Finnland zur Neujahrsnacht. Während alles auf den Beinen ist, um zu feiern, sitzt ein Flüchtling alleine in seiner Unterkunft. Gesellschaft leistet ihm zunächst nur der Wein, aber dann auch Jesus Christus, der über eine Leiter vom Himmel herabsteigt und an seinem Tisch Platz nimmt. Er sei gekommen, um zu vollbringen, was beim ersten Mal nicht gelungen war: die Menschheit zu erretten. Sein einziges und letztes Wunder sei es, die Botschaft der Liebe zu verkünden. Sein Gegenüber, ein fürsorglicher *advocatus diaboli,* zweifelt an diesem Vorhaben und will Jesus davon abbringen, denn die Menschen seien seit Golgatha nicht besser geworden. »Sie werden dich wieder ermorden! Wer Liebe sät, erntet Blutvergießen.« Der vor Gewalt und Verfolgung Geflohene versucht also, den Retter zu retten. Und das, obwohl Jesus ihm die Liebe seines Lebens abspenstig gemacht hatte. Diese letzte Nacht, in der Jesus herabsteigt, erzählt von den großen Fragen einer Menschheit, die nicht in Frieden leben kann. Dabei kommt es zu einer berührenden Begegnung mit einem Erlöser, der erstaunlich menschlich ist.

Sherzad Hassan wurde 1951 in Erbil im kurdischen Teil des Irak geboren. Der Schriftsteller, Dichter und Übersetzer ist einer der bedeutendsten Vertreter zeitgenössischer Literatur in Kurdistan. Hassans erster Kurzgeschichtenband *Einsamkeit* erschien 1983; große Bekanntheit im kurdischsprachigen Raum erlangte er 1988 mit dem Erzählband *Die schwarze Rose.* Gemeinsam mit anderen Autoren gründete er 1991 die Gruppe *Rahand* (Dimension) und schuf damit bislang unbekannte Artikulationsmöglichkeiten. Aufgrund seiner kritischen Haltung gegenüber illiberalen gesellschaftlichen Dogmen und dem politischen Islam wurde 1997 eine *fatwa* gegen ihn ausgesprochen, die ihn zur Flucht nach Finnland veranlasste. Im Exil begann er, an dem Roman *Die Nacht, in der Jesus herabstieg* zu arbeiten, der 2012 in kurdischer Sprache veröffentlicht wurde. Der Autor zählt zu den bedeutendsten Intellektuellen in Kurdistan, er setzt sich entschieden für die Rechte der Frauen ein und ist eine wichtige Stimme im Kampf gegen Unterdrückung, Korruption und Gewalt.

Ute Cantera-Lang, geboren 1974 in Erlangen, und Rawezh Salim, geboren 1973 in Sulaimaniyya (Irak), übersetzen seit 2015 erfolgreich Werke aus dem Kurdischen (Sorani) in die deutsche Sprache. Zu den von ihnen übersetzten Autoren gehören unter anderem Bachtyar Ali und Jiyar Jahan Fard. Das von ihnen übersetzte Werk *Der letzte Granatapfel* von Bachtyar Ali gilt als der erste aus dem Sorani ins Deutsche übersetzte Roman überhaupt. Die Übersetzer leben in Österreich.

Sherzad Hassan

Die Nacht, in der Jesus herabstieg

Roman

Aus dem Kurdischen (Sorani) von
Ute Cantera-Lang und Rawezh Salim

Verlag Klingenberg

I

Ich hatte immer schon, eigentlich seit ich denken kann, diese seltsame Eigenheit: Im Gegensatz zu all meinen Freunden, Verwandten und Altersgenossen mochte ich weder Trauerfeiern noch fröhliche Feste. Um es kurz zu machen: Seit jeher graute mir vor Menschenmassen. Ich war schon als Kind das Spielen schnell leid. Gleich, ob man mir Murmeln vorsetzte, *Guli Danda,* Fußball, oder welches verflixte Spiel es auch immer sein mochte. Ein Kind denkt ja normalerweise nicht darüber nach, wofür solche Spiele gut sein sollen. Aber ich Unglückseliger tat das. Nach jedem Spiel und jedem sinnlosen Wirbel stellte ich mir die Frage: Und, wozu war das jetzt wieder gut? In den Augen der anderen war ich ein Griesgram, eigenartig und mürrisch. Ein Einzelgänger, den Leuten und der Welt fern.

Wenn ich heute darüber nachdenke, warum ich so eigentümlich war, gibt es nur eine Erklärung dafür: Es war meine übermäßige Angst, diese unüberwindbare Scheu vor allen anderen. Sie mussten mich immer zum Spielen zerren. Dabei war ich in keinem dieser Spiele weder talentiert noch als lausiger Statist brauchbar. Das Einzige, was mir gefiel, war zu rennen. Es war ein Galoppieren, mit dem ich mich mit Windhunden, Katzen und entlaufenen Eselhengsten maß. Vielleicht tat ich das aus der Befürchtung heraus, meine Altersgenossen könnten mir auflauern, um mich, wie so oft, zu schikanieren und zu verprügeln. Für einen solchen Fall hielt ich mir stets einen anderen Weg offen, auch wenn dieser viele Stunden länger war. Wenn ich in der Klemme steckte, musste ich wie ein Pfeil, der den Bogen verlässt, die Luft durchschneiden, um ihnen zu entwischen. Ich rannte los und traute mich nicht zurückzublicken, um nicht eines der Kinder zu sehen, die mir möglicherweise noch im Nacken saßen und mich zermalmen wollten.

Beim jährlichen Laufwettbewerb in unserer Stadt belegte ich meist den ersten Platz, oder wenigstens den zweiten. Darauf war ich sehr stolz: Es war auch das Einzige, womit ich in der Schule angeben konnte. Für alles andere war ich nicht zu gebrauchen. Aber das Rennen wurde gewissermaßen zu meiner Gewohnheit. Ich rannte, ob es nun einen Grund dafür gab oder nicht. Vor allem rannte ich, weil alle Bewohner in unserem Viertel, Väter, Mütter und enge Verwandte, uns Kinder, ob begründet oder unbegründet, verprügeln durften. Diese Gewalt. Sie war schlimmer, härter, als das, was wir Kinder ertragen konnten. Ich war ein Duckmäuser und meine Angst entfachte in den Erwachsenen noch mehr das Feuer, uns zu peinigen. Sie hatten mir erzählt, dass Schlangen, Hunde, Wölfe und Löwen nur auf diejenigen losgingen, die ihre Angst zeigten. Aber nicht nur Tiere können diese Angst wittern, sondern auch Menschen. Und genau diese Angst in unseren, vor allem in meinen Augen befeuerte ihre Lust, auf uns loszugehen, ob wir nun etwas angestellt hatten oder nicht. Mich haben die Erwachsenen immer besonders hart bestraft. Die Angst vor ihren Hieben, ihrer Wut, trieb mich dazu, mich aus dem Staub zu machen. Wie ein Windhund. So ging es das ganze Jahr, vom Frühjahr bis zum Winter, vier Jahreszeiten der Angst.

Meine Schulkameraden glaubten, dass ich diese Wettrennen nur deshalb gewann, weil ich wegen meiner Feigheit so schnell laufen konnte. Darum brachte sie die Freude über meinen Sieg weder zum Applaudieren noch machte sie meine Niederlage traurig. Doch in Wahrheit kannte niemand das Geheimnis hinter den Gold- und Silbermedaillen, die ich einheimste: In dem großen Stadion unserer Stadt war für mich nur eines wichtig. Ich wollte die leuchtenden Augen meiner gleichaltrigen Nachbarin Meryam auf mich gerichtet wissen, ohne dass ihr Blick auch nur durch einen einzigen Wimpernschlag unterbrochen würde. Unter den hunderten, die da applaudierten, konnte ich den Klang des Lufthauchs heraushören, den ihre zarten Handflächen beim Klatschen erzeugten, wenn sie voller Freude sah, wie ich den anderen Jungen davonflog. Ich rannte wie in einem Rausch, um dann vom Podest aus, beim Empfang der Medaille, den Ausdruck vollkommener Glückseligkeit auf ihrem zarten Gesicht sehen zu können.

Oh, meine Meryam! Oh, diese meine Meryam, die mir gemeinsam mit Jesus in der Christnacht so kummervolle, so sehnsüchtige Gedanken bereitet hat. Immer, jedes Jahr zur Weihnachtszeit, werde ich traurig und unruhig. Jesus und meine Herzens-Meryam, beide werden sie zu Gästen meines Herzens, meiner Seele, meiner Fantasie, ob ich es will oder nicht. So wie auch in dieser Nacht.

Schon in meiner Kindheit und bis heute konnte ich nicht verstehen, warum bei den Trauerfeiern das Rudel junger Männer unseres Viertels betrübt und still dasaß, sie mit ihren Rosenkränzen spielten, Zigarillos rauchten oder ihre Schnurrbärte zwirbelten. Nur ältere Männer, die das Sagen hatten, konnten vielleicht diese öde, geistlose Stille brechen. Sie taten das aber nur mit den üblichen leeren Floskeln, die ich bis heute für geschmack- und geruchlos halte, denn es waren nichts als moralistische Ermahnungen, die an uns Unmündige gerichtet waren. Bei Festen und Feierlichkeiten beachtete niemand uns Jungen und Mädchen, und es befiel mich regelmäßig eine tiefe Traurigkeit bei diesen Anlässen. Dutzende Male schlich ich mich davon und fand Zuflucht neben einer Mauer, wo ich erstickt und schluchzend weinte. Meine Mutter geriet außer sich, als ich sie fragte: »Was soll ich nur tun, wird das denn immer so weitergehen?« Diese Frage konnte ich vor meinem Vater nicht aussprechen, denn zur Antwort kassierte ich betäubende Ohrfeigen und Tritte.

Die Nachbarn und die mir Nahestehenden fragten immerzu, warum sich ein Junge wie ich so sehr zurückziehen würde. Warum ich mich bei den bedrückenden Trauerfeiern, wo sich Frauen und Männer wehklagend selbst geißelten, aber auch bei fröhlichen Festen, in ein Loch auf einem verlassenen Grundstück, neben der Mauer eines Metzgerladens oder unter einem Baum des verwilderten Waldes dieser Stadt verkroch und mir die Seele aus dem Leib heulte. Vielleicht fragten sie sich, woher dieses in jungen Jahren ungewöhnliche Gefühl des Fremdseins rührte.

Noch seltsamer war für meine Mutter, dass ich heimlich an ihren Kleidern, denen meines Vaters und meiner Geschwister schnupperte. Ohne erklärbaren Grund vergaß ich mich dabei und wurde wie berauscht. Jedes Kleidungsstück hatte seinen eigenen Geruch. Besonders der Duft der Kleider meiner Mutter versetzte mich in eine Art Trunkenheit. Der modrige Geruch, der der Kleidung meines Vaters entströmte, tat mir dagegen in der Seele weh. Die Kleider meiner Schwestern rochen angenehmer als die meiner Brüder. Einmal, als ich vollkommen abwesend war, fragte mich meine Mutter: »Mein Sohn, wann hörst du mit dieser schlechten Angewohnheit auf? Mein Junge, hör auf mit diesem abartigen Benehmen! Wir sind doch gar nicht weg! Du tust so, als würdest du uns vermissen müssen!«

* * *

Viele Jahre später wurde mir klar, dass ich an mir selbst das Fremdsein roch und nicht an meinen Verwandten. Dieses Fremdsein trug ich in meiner Seele. Je älter ich wurde, umso tiefer wurde diese Empfindung. Warum es mich bis heute begleitet, weiß ich nicht. Die Jahre vergehen und die Wurzeln dieses Gefühls dringen tiefer und tiefer in meine Existenz ein. Warum war meine Seele zu Ramadan und dem Opferfest immer so betrübt? Dass ich keine neuen Schuhe, keine neue Kleidung und kein Geld bekam, wie all die anderen Kinder, verstärkte mein Gefühl, nicht dazuzugehören. Zugleich wuchs mein Groll gegen die Welt. Auch nun, bei dem zur Mode gewordenen Wirbel um Weihnachten und um den Jahreswechsel, kann ich die Freude meiner Mitmenschen nicht teilen und es verkrampft sich alles in mir, wenn ich auch nur daran denke. Was mich jedoch von den anderen unterscheidet, ist wohl ein wenig speziell: Es ist mein ganz persönliches Fest der Melancholie und der Traurigkeit, das ich für mich – und nur für mich allein! – ausrichte. Ich brauche nicht viel: eine gute Flasche Wein, aber ein Fusel tut's auch, und ein paar Musikkassetten. Dann lasse ich mich weit wegtragen vom Treiben der Welt mit ihren alltäglichen Freuden und ihrer scheinbar so selbstverständlichen, aber für mich unerträglichen Oberflächlichkeit.

Auch heute Nacht, irgendwo dort, wo der nördliche Wendekreis verläuft, begehe ich mein kaltes, bescheidenes Fest. Ich sitze hier, nur in Gesellschaft all meiner Gedanken, meinen Sorgen und meinen Träumen. Ein neues Jahr ist im Anmarsch. Vor mir ein paar brennende Kerzen, die dahinschmelzen wie meine Lebensjahre. Das Knistern der herunterbrennenden Dochte ist wie das Knistern der brennenden Adern meines Herzens. Das tropfende Wachs bildet Tränen. Sie fließen ununterbrochen, wie meine eigenen. Ich bin derart am Boden zerstört, dass ich es nicht wage, die Fotos meiner Frau und meiner Kinder hervorzuholen.

In den ersten drei Monaten hier an diesem Ort hatte ich mit großer Sehnsucht die im Nebel liegenden Gesichter auf dem Fotopapier betrachtet und der Schmerz in meiner Brust ließ mich kaum atmen. Seit kurzem aber suchen mich Sorgen und Traurigkeit noch häufiger heim und die Tränen brechen wie eine Sturzflut aus mir heraus. Die Fotos erinnerten mich an meine Einsamkeit, und an ihre. Darum habe ich aufgehört, ihre Fotos nebeneinander aufzulegen und sie zu betrachten.

Ich hebe meinen Kopf und sehe meinen Schatten. Er tanzt und wandert auf den Wänden hin und her, lebendiger und sorgloser als ich selbst. Vom Alkohol berauscht denke ich mit einem Mal an Jesus Christus, an die kräftezehrenden Tage um seine Geburt, seine Heimatlosigkeit und an die Weisheit in seinen Botschaften bis hin zu seinem Tod am Kreuz. In der Zeit zwischen den Jahren herrscht in mir kein Seelenfriede. Mir ist nicht nach Feiern, Singen und Tanzen. Ich frage mich, ob es heute Nacht jemanden gibt, der über all die Schmerzen von Jesus nachdenkt, die er am Kreuz über sich ergehen lassen musste, oder über all das Blut, das seinen schmalen Körper hinabrann. Ähnlich geht es mir, wenn ich an das Opferfest denke und an jenen Moment, als Vater Abraham das Messer an

Isaaks Kehle legte. Warum wurden Isaak und Jesus überhaupt zu Opfern gemacht? Warum ließen es die Väter zu, dass ihre Söhne in jungen Jahren ihr helles Blut einem Wunsch opferten, den nur der Himmel kennt? Wie im Fall von Jesus, dessen Blut angeblich vergossen wurde, um eine Botschaft zu überbringen und um irgendwelche religiösen Wunschträume zu erfüllen. Was könnte es wohl bedeutet haben, als Jesus beim letzten Abendmahl zu seinen Jüngern sagte: »Nehmet und esset alle davon: Das ist mein Leib, der für euch hingegeben wird. Nehmet und trinket alle daraus: Dies ist mein Blut, das für euch und für alle vergossen wird«? Mir stellt sich wieder die Frage: Was passiert nach diesem Abend? Solange ich denken kann, bin ich nervös und zerrissen in den Tagen, Nächten und Wochen vor der Christnacht, versunken in meine Einsamkeit und mein Grübeln, und ich lasse noch einmal all die Kälte und Wärme des vergangenen Jahres an mir vorüberziehen, blättere durch die schwarzen und weißen Seiten meiner Lebensjahre, die wie vom Wind verweht wurden. Die meisten dieser Blätter sind schwarz wie Pech, wie mein Pech.

Keine der Einladungen zu den Feierlichkeiten in dieser Neujahrsnacht können mich locken. Mich kümmern auch nicht all die Werbeeinschaltungen für die Feiern in Kneipen, in Clubs und in den großen Hotels, Konzerte und dergleichen. Überall dasselbe Versprechen: Kommt, hier erlebt ihr die schönste Nacht des Jahres! Wo europäische und orientalische Musikgruppen die schönste Musik spielen, das beste Essen und die köstlichsten Getränke serviert werden!

Solche Menschenaufläufe und Versammlungen sind bei uns im Orient noch abstoßender: Alle sind so sehr darauf bedacht, andere Leute zu beobachten und zu zerpflücken, dass sich kaum jemand an dem Geschehen selbst erfreut. Anscheinend liegt es an mir, dass ich keinen Sinn in diesen mich anwidernden Anlässen und Feierlichkeiten finde. Wahrscheinlich bin ich einfach von Grund auf abnormal und deswegen ständig so nachdenklich und von Trauer erfüllt. Wie kann es sonst sein, dass sich die anderen alle solchen Festen hingeben, aber ich kann das nicht? Offenbar bin ich ein lustloser Miesepeter. Kurz und kurdisch gesagt: Ich bin *mon,* ein Kotzbrocken. Da ich nun schon dabei bin, mich selbst herunterzumachen, sollte ich vielleicht noch ergänzen, dass mich sowohl die Trauerfeiern als auch die Feste in meiner Heimat deshalb anekeln, weil sie nicht jenen der anderen Kulturen der Welt ähneln. Bei uns besteht kaum ein Unterschied zwischen Trauerfeiern und fröhlichen Festen. Beide bestehen aus Gedränge, Geschrei, Hysterie und sonst nichts.

Das Schlimme an der Sache und warum ich mich von diesen Anlässen fernhalte, ist, dass mir die zusammengeschmiegte Gesichtermasse auf beiden Festen ein befremdliches Rätsel ist. Dieser Zustand macht mir klar, dass es sich bei diesen sogenannten Festen, bei denen man sich Masken vors Gesicht hält, um nichts anderes handelt als um einen großangelegten Selbstbetrug. Sie gehen so gerne ins Kollektiv, um sich dort selbst zu beweisen, dass sie existieren und lebendig sind. Vielleicht liegt es an meiner grundsätzlichen Skepsis gegenüber einem verlogenen Zugehörigkeitsbedürfnis.

Vielleicht erkennt ihr ja auch, was ich sehe, wollt es aber nicht aussprechen. Oder ihr seid zu stark beherrscht von den Regeln der Gesellschaft, die es euch nicht erlauben, sie zu hinterfragen. Oder meine Abneigung kommt einfach daher, dass ich ein Angsthase bin. Vielleicht renne ich, wie früher schon als Kind, aus Angst und Scheu vor der Zivilisation und überhaupt vor allem weg.

* * *

Genau deshalb sitze ich heute Nacht wohl allein in dieser Flüchtlingsunterkunft. Nur eine Flasche Wein, Bachs Matthäuspassion und ein paar Kerzen leisten mir Gesellschaft. Diese Dinge stehen mir so nahe, dass sie mir viel mehr Verständnis schenken als meine Mitmenschen. Außer mir sind alle bereit und schon seit den frühen Abendstunden herausgeputzt. Sie meinen: »Vergnügen, Tanz, Trunkenheit und Lust, nehmt euch in Acht, wir kommen!« Ich denke, heute Nacht bin ich wirklich und wahrhaftig die einzige Seele in diesem Haus, das sonst bewohnt ist von Menschen unterschiedlichster Herkunft: Somalier, Afghanen, Araber, Iraner, Afrikaner, Serben, Inder, Lateinamerikaner und Menschen dutzender anderer Nationalitäten aus der ganzen Welt, die mir im Augenblick entfallen sind. Wir alle warten auf einen Fetzen Papier, um zu beweisen, dass auch wir das Recht auf Leben haben. Auf dem Papier steht geschrieben, warum, wie und wann wir geflüchtet sind – ein Haufen Geschichten, zusammengesetzt aus Wahrheiten und auch Lügen.

In der Stadt sind überall noch die Relikte der Feiertage. Ein grüner Baum, übriggeblieben von Weihnachten, beladen mit Lichterketten, farbigen Glaskugeln, geflügelten Engeln, einer Weihnachtsmannfigur und anderem Kitsch, taucht vor deiner Nase auf. Der sogenannte immergrüne Baum als Symbol für den Tag von Christi Geburt. Es war dies die Nacht der Aussöhnung zwischen Geliebten und auch die Nacht der Verlassenen, in deren Herzen kein Platz für Hass ist. Es war die Nacht des Austauschens von Millionen von Geschenken und auch die Nacht, in der eine Versöhnung sogar unter den dickköpfigsten Widersachern möglich ist, die Nacht der Zusammenkunft von Vätern, Müttern, Kindern und Verwandten, die über die ganze Welt verstreut sind.

Heute aber ist die Nacht des Tanzes und der Heiterkeit, wenn man ein Herz hat, die Nacht des Betrinkens und sich Vergessens, wenn man einen Kopf hat, die Nacht des Umarmens und Einanderhochhebens, wenn man Hände und Arme hat, die Nacht des Genießens der Schönheit, wenn man Augen hat, die Nacht des Küssens und Schmusens, wenn man Mund und Lippen hat, die Nacht des Singens, wenn man gute Stimmbänder hat. Es ist die Nacht, in der man das Schlafen vergisst und in der es sogar die Alten hinauszieht. Diese Stadt und hunderte andere Städte dieser Welt atmen unbekümmert wie ein riesiges Lebewesen. Ihr Atem ist so warm, dass ich seine Wärme spüren kann. Die Stadt schwitzt mitten im Winter und zeigt gemeinsam mit tausenden anderen Städten ihren unbedeckten Hals. Alle torkeln in ihrer Trunkenheit und pfeifen auf die Kälte und den eisigen Wind. Es gibt Mädchen und Frauen in leichten Kleidern, aus Stoff so dünn wie Brautschleier. Sie sind nicht wie ich. In ihren Herzen und Seelen glüht ein Ofen. Die jungen Männer ohne Mantel und Fellmütze setzen sich mit offenen Hemden dem Schneewind aus. Ständig stimmen sie ein grundloses Gelächter an, fallen sich kichernd in die Arme. Es ist, als wäre heute die letzte glückliche Nacht des Lebens. Alle wollen sie ein großes Spektakel veranstalten, um auf den Gipfel des ersehnten Glücks zu steigen. Aber ich steige ihnen nicht nach und ich beneide sie auch nicht darum. Ich werde meine alte Gewohnheit nicht ablegen, egal, ob aus Verrücktheit, Dummheit, Geisteskrankheit oder weiser Voraussicht. Denn ich bin vertraut mit dem Kummer solcher Nächte, ihrer düsteren Stimmung und meiner Einsamkeit.

* * *

Seit ich in diesem Flüchtlingsquartier untergebracht wurde, träume ich von einer ruhigen, stillen Nacht, in der ich nicht das Geschrei und Kreischen der Kinder der anderen Flüchtlinge höre. So eine Nacht wird es nicht mehr geben. Ich habe mir zwei Flaschen Wein gekauft. Zum Knabbern gibt es Apfelschnitze, Pistazien und Joghurt mit Gurken. Bedächtig trinke ich und wünsche mir, dass ich in einen betäubten, friedlichen Schwips hinübergleite, damit die Last auf meinen Schultern leichter werde. Durch das Fenster beobachte ich die vorbeifahrenden Autos und die vorüberziehenden Menschen, die unter den Schneeflocken der beleuchteten Nacht mehr einem Trugbild gleichen als der Realität. Ich bin gänzlich in meine Betrübtheit versunken. Zuweilen weht ein leiser Hauch von Fröhlichkeit durch mein Herz, aber diese stirbt sehr schnell wieder ab, ganz so, als würde ich sie mir selbst nicht gönnen. Tieftraurig betrachte ich einen einsamen Baum vor meinem Fenster, dessen Äste und Zweige ich schon über Monate hinweg anstarre. Immerzu saß ich da und beobachtete seinen Wandel mit den Jahreszeiten. Wie er sich mit Blättern und Blüten verkleidete und wie er sich später wieder entblößte. Seit neun Monaten habe ich mir vorgenommen, jemanden zu fragen, was für ein Baum das eigentlich ist.

Der Baum ist so einsam wie ich. Er aber ist im Boden fest

verankert und unerschütterlich. Es geht ihm besser als mir, da er seine Wurzeln tief in die Erde geschlagen hat, während ich nun völlig entwurzelt bin. Nein, ich hatte eigentlich niemals Wurzeln. Ich kann mich nicht erinnern, jemals Wurzeln gehabt zu haben, die in die Erde hineinreichen. Wenn ein Mensch auf Reisen ist, entsteht ein inneres Kribbeln, das ihn nicht sesshaft werden lässt – ob er nun in sein Inneres reist oder in der Welt unterwegs ist, es bleibt doch immer eine Reise. Ein Gefühl der Ohnmacht lässt ihn zwischen Himmel und Erde baumeln. Mir ging es schon immer so.

In dem Baum scheint mehr Leben zu sein als in mir. Trotzdem habe ich irgendwie Mitleid mit ihm. Ich habe das Gefühl, der Schnee auf seinen Ästen belaste seine Schultern und seinen Hals, Kälte und Frost ließen ihn erstarren und er sei nicht in der Lage, sie abzuschütteln. Mich drängt der Wunsch, auf ihn zuzugehen und ihn von Schnee und Eiszapfen zu befreien, ihn in mein Zimmer zu tragen und ihn zu bitten, mit mir ein Glas Wein zu trinken. Die anderen Bäume am Rande des Platzes stehen in Reih und Glied nebeneinander, aber dieser einsame Baum da hat sich in den letzten Winkel vor meinem Fenster zurückgezogen. Ich frage mich, ob dies das Werk der Natur oder der Menschen ist? Ständig erinnert er mich an meine Einsamkeit. Wenn der Baum einen Monat lang statt Wasser nur Rotwein tränke, würden seine Blätter dann rot glänzen? Meine Mutter goss ständig die fruchtlosen Bäume im Hof mit dem Blut der Hühner, Truthähne und Lämmer, die wir zum Opferfest geschlachtet hatten, in der Hoffnung, sie würden Früchte tragen. Aber das passierte nie.

In diesem Baum sehe ich nicht das Emporstreben und den Glanz und auch nicht jene Kraft, wie sie seine Artgenossen haben. Wenn der Schnee sein Gesicht bedeckt, fehlt ihm die Lust, sich von ihm zu befreien. Jeden Tag, zu jeder Jahreszeit sitze ich da und betrachte ihn. Ich beobachte die alten, einsamen Frauen, die schönen Mädchen und die gutgekleideten Männer mit ihren Hunden, beobachte, wie sie sie liebevoll und geduldig alles beschnuppern lassen und warten, bis sie ihr Geschäft verrichtet haben und sinnlos herumbellen. Die Hundehalter sitzen gelassen auf den Parkbänken unter dem Baum vor meinem Fenster, ohne mich, obwohl ich sie anstarre, zu beachten. Die Hunde aber erschrecken sich vor mir, wenn ich das Fenster öffne, und laufen davon. Es ist seltsam, es gibt hier niemanden, der mich auch nur eines Blickes würdigt. Keiner sieht hier den anderen an. Es ist, als wäre ich ein Schatten oder gar körperlos. Bei uns zu Hause durchpflügen wir einander mit Blicken. Beides ist eine Unart. Die meisten Köter heben ihr Bein an diesem Baum. An denselben Ort kommen manchmal junge Paare, die sich auf der Bank dort umschlungen halten. Wenn die Nacht anbricht, verschmelzen ihre Schatten zu einem und ich kann sie zum Beweis ihrer heißen Lust stöhnen und seufzen hören, was mich im übrigen, wie andere männliche Flüchtlinge auch, in den Wahnsinn treibt. Mich erinnert diese Umarmung an meine eigene Einsamkeit und an meinen Hunger nach Liebe. Ich beneide den Baum darum, dass er ungerührt bleibt. Bis zu dem Moment, in dem der junge Mann seine Gefährtin an den Baumstamm presst, sie küsst und sich an ihr reibt, bleibt mein armer, verwurzelter Freund unbeteiligt und fühlt sich nicht gestört – oder vielleicht hat er sogar Glücksgefühle durch die Berührung? Ich hingegen, wenn ich all das Stöhnen höre, sehe mich gezwungen, das Fenster zu schließen und mit glühendem Kummer wie ein verletzter

Tiger in meinem kleinen Zimmer umherzuwandern, in meine Faust zu beißen, um mein schäumendes Blut und mein rasendes Herz zu ertragen. Ich zweifle aber daran, dass die anderen Flüchtlinge, die von allen Seiten in dieses Land gestürmt sind, sich mit dem Beißen in ihre Fingerknöchel zufriedengeben. Vielleicht werden sie gehen und versuchen, die weiblichen Wesen zu beißen, die in den Augen der meisten nur leichte Mädchen sind. Die alten Märchen und Mythen, auch die Geschichte des Sündenfalls, all dies trug bei uns dazu bei, dem weiblichen Geschlecht mit Geringschätzung und Abscheu zu begegnen. Und die Männer? Ihnen wurde die Rolle des Jägers zuteil, mit der Frau als Beute, als Freiwild.

Die Teilnahmslosigkeit des Baumes bringt mich um. Ich wünschte, ich könnte, wie er, nichts davon mitbekommen, was in der Welt um mich herum geschieht. In Wahrheit schwanke ich zwischen zwei merkwürdigen Zuständen: Einerseits bin ich glücklich darüber, dass die verliebten Paare frei sind wie die Vögel auf den Bäumen und dass niemand daran denkt, sich mit vorwurfsvollem Blick nach ihnen umzuwenden. Genau darum schließe ich immer schnell das Fenster, damit nicht der Blick des Voyeurs in meinen Augen aufflackert, denn ich will mich zivilisiert verhalten. Andererseits habe ich das Gefühl, dass mir diese offen zur Schau gestellte Leidenschaft, die ich tagtäglich beobachten muss, die mir fehlende Liebe, die betrübten Tage und die Einsamkeit in meiner Jugend wie ein schwarzes Gemälde vor Augen hält. So bleibt mir nichts anderes übrig, als mich wie ein verängstigter Spion in meinem Zimmer zu verstecken.

Der Schmerz, den ich in meiner betrübten Seele empfinde, ist so tief, dass ich mich immer wieder mit diesem Baum vor meinem Fenster vergleiche: Der Unterschied zwischen mir und ihm ist, dass ich im Sommer dazu neige, mich zu entblößen und mich dem schwachen Sonnenlicht zu stellen, das in etwa die Stärke von drei brennenden Kerzen hat, er hingegen bedeckt sich mit zahlreichen Blättern. Im Winter verstecke ich mich hinter einem dicken Mantel und unter einer Fellmütze vor der Kälte, er aber steht nun ungeschützt da. Dieses Land besteht aus großen Waldflächen, für mich aber zählt nur dieser eine Baum, den ich stundenlang betrachte. Obwohl ich kein Maler bin, könnte ich ihn aus dem Gedächtnis heraus abbilden. Bis zum Erstarren, bis meine Gedanken mich auf eine lange Reise entführen, bis mir schwarz vor Augen wird und alles sich dreht in meinem Kopf, beobachte ich diesen Baum. Am Ende sehe ich nur mehr die wild vorbeischießenden Bilder aus meiner Vergangenheit. Immer kehre ich in die Zeit meiner Kindheit zurück und wenn ich dann wieder bei mir bin, habe ich das Gefühl, als wären meine Augen mit diesem Baum verwachsen. Er zeigt sich mir in immer anderen einander abwechselnden Formen.

* * *

Je weiter die Nacht fortschritt, umso stiller wurde es in und um das Flüchtlingsquartier, das etwas abgelegen von der Stadt lag. Nachts lauschte ich dieser Ruhe und verstand dadurch, dass die herrschende Stille erfüllt war von Schreien und lauten Stimmen. Hin und wieder erschreckte mich das Aufjaulen eines Hundes, das Gekicher eines Mädchens oder das Gegröle eines Betrunkenen. Beim zweiten Glas Wein, der ziemlich stark war, spürte ich, wie mein Blut sich erhitzte und schäumend bis in den letzten Winkel meines Kopfes Wellen schlug. Das Schöne an einem Rausch ist doch, dass sich die Sorgen und Wünsche in anderen Farben und Formen präsentieren. Niemals waren meine Probleme, meine Sorgen und meine geistige Verfassung vor und nach dem Trinken dieselben.

Auch die sanfte Melodie der Passionsmusik aus dem Kassettenspieler machte die Welt, in die ich versunken war, noch zauberhafter, und sie entführte mich immer weiter. Sie war für Jesus komponiert worden. Bach muss ihn wohl sehr geliebt haben. Es gibt viele für Jesus komponierte Musikstücke, aber dieses erinnerte mich ganz besonders an die Schmerzen, unter denen er am Kreuze gelitten hat. Ich hatte Angst davor, noch betrunkener zu werden und vor lauter Einsamkeit anzufangen zu weinen. Ich vermisste meine geliebte Familie und meine Freunde so sehr, dass meine Brust schmerzte, als würde ich meine Handfläche über eine Kerzenflamme halten und langsam verbrennen. Der Schmerz, den ich in der Hand empfand, setzte sich fort bis zu meinem Herzen. Ich wagte es nicht, wie in anderen vergangenen Nächten, ihre Fotos hervorzuholen. Mit jedem Schluck wallte die Sehnsucht noch weiter auf. Die sie begleitende Verzweiflung zerfraß mich allmählich.

In ihrem letzten Brief hatte meine Frau geschrieben: »Lass doch in dieser besinnlichen Zeit deinen Kopf nicht hängen. Nimm teil an der Freude der Feiertage, mein Ein und Alles.«

Die Worte »mein Ein und Alles« zerrissen jede Faser meines Herzens. Ich frage mich, warum ich dieses Gefühl in der Fremde intensiver spürte und warum ich ein solcher Hornochse gewesen war und all die Liebe und Leidenschaft nicht wahrgenommen hatte, als sie mich noch umgab. Warum sind wir von der Selbstverständlichkeit der Nähe der Menschen, die uns lieb sind, so geblendet? Warum macht sie uns zu Ignoranten?

Oh, ich konnte nicht auf meine Frau hören und an den Vergnügungen dieser Nächte teilnehmen. Sie wusste, dass ich mich an Weihnachten und zu Neujahr fürs Alleinsein entscheiden und dutzende Ausreden erfinden würde, um den Feierlichkeiten zu entgehen. In der Christnacht denke ich vielmehr jedes Jahr aufs neue an meine Vergangenheit mit all ihren Höhen und Tiefen. Ich denke an die Schmerzen von Jesus und darüber nach, warum wir überhaupt in dieser Nacht Christi Geburt feiern, statt seiner Ermordung am Kreuz zu gedenken. Diese Gedanken lassen mich dann nicht mehr los. Ich interessiere mich nicht für die Festtagsfreude der Menschen, sei sie nun ehrlich oder aufgesetzt, sondern ich stelle fest, dass Menschen Anlässe brauchen, um sich selbst und alle Probleme zu vergessen. Oder es ist genau das Gegenteil der Fall. Wie bei mir: Ich finde immer einen Anlass, um mich selbst zu bemitleiden und um nicht auch nur eine einzige Nacht in Freude und Unbeschwertheit zu verbringen.

Ich saß also seit dem Abend hier und dachte über das Blut nach, das über das Kreuz herunterrann. Über dieses arme Wesen, das schließlich am Kreuz, von Himmel und Erde verlassen, hing, bis seine Gliedmaßen ausgeblutet waren und die Liebe für die Menschheit in seinen Augen erlosch. In dieser Nacht hörte ich das Klopfen seines Herzens, wie es immer schwächer schlug, bis es schließlich verstummte. Am Anfang spürte ich in seinem Rhythmus die Lebendigkeit und die Kraft, eine Revolution auszulösen. Aber später kippte sein Kopf auf die Seite und er starb. Schade, dass niemand Prophet ist im eigenen Lande.

* * *

In meinen Gedanken werde ich mit Jesus Christus in jener Nacht geboren, in der ein Stern am Himmel für mich leuchtet. Es ist ein schüchterner, ein erschöpfter Stern, dessen Lichtstrahlen kaum auf der Erde auftreffen. Ich schlüpfe in Jesu Haut und Kleidung und verspüre sogleich das Misstrauen derjenigen, die daran zweifeln, dass ich vom reinen Atem des Himmels erschaffen worden bin. Ich höre die Verleumdungen und die Beleidigungen der Menschen um mich herum, die mein Herz noch mehr erzittern lassen. Ich wachse mit diesem Schmerz der Heimatlosigkeit auf: Schon als Neugeborenes werde ich von einem Haus zum anderen, von einem Viertel ins nächste getragen und versteckt. Als Erwachsener dann wage ich es, in meine Heimat zurückzukehren, wo Hass und Gewalt vorherrschen, wo ich aber versuche, die Botschaft der Liebe zu verkünden und gegen Unterdrückung, Unrecht und machtgierige Tyrannen zu kämpfen. Sie entgegnen mir: »Du legst damit nur deinen Kopf in die Schlinge!« Und ich antworte bestätigend: »Ich war noch nicht einmal geboren, als der König schon ein Kopfgeld auf mich ausgesetzt hatte.«

Ich setze mich für die benachteiligten Frauen ein, werde gegen die unsägliche Bestrafung von Kindern, die mit einem heißen Löffel gebrandmarkt werden, wenn sie etwas angestellt haben, aufbegehren und ich erhebe meine erstickte Stimme gegen die Ungerechtigkeit, bis sie zu den Ohren der Tyrannen vordringt. Ich begleite Jesus. Ich gehe neben ihm, Schritt für Schritt, ob zu Fuß oder auf einem Esel reitend, und ich verkünde ununterbrochen die Würde des Menschen und die

Liebe. Sie fragen: »Wie lautet deine Botschaft?« Ich sage: »Die Antwort auf diese Frage ist ganz einfach: Das Gute, das du dir wünschst, solltest du von ganzem Herzen auch deinem Nachbarn wünschen. Und du sollst deinen Nächsten so lieben wie dich selbst.«

Es ist erschütternd, kaum einer hört mir zu. Die geächteten Frauen mit ihren betrübten Seelen versammeln sich um mich und himmeln mich an. Sie sind es, die mich mit ihren gutgläubigen Herzen verstehen. Die obdachlosen, armen Menschen schütteln hoffnungslos den Kopf und folgen mir, weil sie sehen, dass ich, wie sie, schäbig gekleidet bin, auch wenn ich ihnen keine Wunder schenken kann, sondern nur die Liebe. Unterwegs sehe ich, wie Maria Magdalena wegen Ehebruchs gesteinigt wird. Ich laufe schnell auf sie zu, um sie vor den drohenden Steinen zu retten: »Um Himmels willen, hört auf! Wer von euch ohne Sünde ist, der werfe den ersten Stein!«

Ich fasse sie am Arm, helfe ihr, sich wieder aufzurichten, und wispere ihr ins Ohr: »Erhebe dich, meine Schwester, und bedenke: Es kann nicht immer ein Jesus zufällig vorbeikommen, um dich zu retten.«

Je größer meine Liebe wird, desto stärker wird der Hass der gefräßigen, kaltherzigen Männer. Ich kümmere mich weder um die Kälte noch um die Hitze. Die weiten Wege erschöpfen mich nicht und die Drohungen können mir keine Angst einflößen. Ich setze meinen Weg fort und streue die Samen der Liebe auf die harte Erde der Herzen. Hoffnungslos werde ich auch in den Seelen, die voll Zorn sind, Liebe säen.

Sie binden mir das Kreuz auf den Rücken, lassen es mich schleppen, während sie mich verhöhnen. Oh, meine blutige Reise, den Hügel hinauf bis zur Anhöhe des Berges Golgatha.

Immer wieder stürze ich und schlage mit dem Gesicht am Boden und auf Steinen auf. Hungrig, durstig, nackt.

Hin und wieder greife ich zu meinem Glas Wein, damit meine Kehle nicht wie der Oleander austrocknet. Die Melodie der Matthäuspassion aus dem Kassettenspieler trägt mich bis auf den Gipfel der Schädelstätte. Ich höre, wie sie mein Kreuz in die Erde rammen und es so tief verankern, dass kein Wind es zum Wanken bringen kann.

Dieses Mal tauschen Jesus und ich die Plätze beim Hinaufgehen. Wir schleppen uns voran und stürzen. Wir blicken zurück und sehen den langen, schmalen Pfad, der sich den Hang hinaufschlängelt. Unser beider Blut wurde auf dem Weg vergossen und er ist übersät mit Fleischfetzen, abgefallen von unseren Körpern, die zerschunden sind von den Peitschenhieben der Henker. Hunderte Geier und Krähen tummeln sich hinter uns, kämpfen gegeneinander und versuchen, sich gegenseitig die Augen auszupicken, im Gerangel um unser Fleisch und unser geronnenes Blut. Wir heben unseren Blick und sehen, dass riesige Vogelschwärme über unseren Köpfen und Kreuzen kreisen. Sie lassen sich nicht verscheuchen, fliegen einmal tiefer, dann wieder höher. Sie geben die Hoffnung nicht auf, unsere dampfenden gekreuzigten Leiber, deren blutiger Geruch sie schon jetzt rasend macht, zerfleischen zu können. Wir sehen, wie sie ihre Schnäbel in unsere Köpfe hacken werden, um an das von der Sonne gekochte Hirn zu gelangen. Sie reißen uns mit ihren gnadenlosen Krallen Haare und Kopfhaut vom Schädel. Sie beugen sich kopfüber und kämpfen um Ohren, Augäpfel, Brust, Hals, Kinn und die zerschundenen Wangen, trinken das Blut, das aus den Wunden der Handflächen rinnt. Im Sturzflug landen sie auf unseren Bäuchen und zwischen den Beinen, um herunterzureißen, was sie können. Wir sehen uns mit blutverschmierten Gesichtern an, mit großem Kummer in der Stimme spricht er zu mir:

»Mit diesem Bart ähnelst du Jesus Christus.« Ich, noch mehr in Blut getunkt und erschöpfter als er, kann nur noch mit größter Mühe Luft holen:

»Heißt das, ich bin dir ähnlich, mein Bruder Christus?«

»Wieso mir? Für wen hältst du mich denn? Waren du und ich nicht beide Wanderer, die vor den Häschern des Statthalters flohen? Zwei Wanderer, deren Wege sich an einer Gabelung kreuzten?«

Es macht mich noch trauriger und hoffnungsloser zu sehen, dass Jesus dermaßen verwirrt ist, dass er sich selbst nicht mehr erkennt. Er hat so viel Blut verloren, dass er seinen eigenen Namen vergisst. Aber er spricht so klar, dass ich an meiner Wahrnehmung zweifle.

»Es ist zu spät für die Erwartung, wir würden beide gerettet werden. Unser Ende ist bereits gekommen, mein Bruder Jesus«, flüstere ich ihm zu.

Am Fuße des Berges weinen und klagen die Frauen. Sie ähneln Krähen, deren Flügel gebrochen sind und die sich in ihrem Schmerz hin und her wiegen. Ihre Klagerufe vermischen sich mit dem Krächzen der Krähen und machen uns mehr Angst als der Tod, der uns erwartet. Die Vögel fliehen, aufgeschreckt von dem Lärm, in die Weiten des Himmels.

»Oh, du geschundener Jesus, mir kommt es so vor, als hätte ich zum hundertsten Mal, mit dem Kreuz auf der Schulter, diesen blutigen Weg eingeschlagen. Es ist nicht mein erstes Mal«, wehklage ich. Er, gebrochen und verwundet, kann mit seinen angenagelten Handflächen das Blut nicht abwischen, das langsam in seinen Augen und den Augenbrauen gerinnt. Seine Worte fallen ihm wie Nägel aus dem Mund:

»Ich bin diesen blutigen Weg schon einmal gegangen. Ob nun in der Realität oder in meinen Träumen, ich habe das bereits erlebt.«

»Ja, ich auch. Ich habe das Gefühl, dass ich in früheren Tagen, an einem anderen Ort, den gleichen Schmerz schon einmal ertragen habe müssen. Und ich werde es noch einmal erleben. Derselbe Weg, derselbe Berg, dasselbe Kreuz, dasselbe Blut, dieselben Krähen, dieselben Geier. Ich kann mich erinnern, dass ich es beim letzten Mal eiliger hatte, zu sterben. Der Tod kam aber nicht, um mich zu erlösen, denn er wäre süß gewesen und hätte mich errettet. Ich kann mich erinnern, wie uns schwindlig wurde, weil die Sonne über uns stand und das Hirn in unserem Kopf zum Schmelzen brachte. Du sagtest in deinem Leid immer und immer wieder: ›Es ist noch zu früh, um zu sterben, wir sind dazu noch zu jung.‹ Aber niemand erhörte dich, nicht einmal der Himmel.«

Wir mustern gegenseitig unsere zerschundenen Gesichter und unsere blutüberströmten Körper. Es ist, als wäre jeder der Spiegel des anderen. Ich weine um ihn und er um mich. Im dichten Nebel dieses Spiegels suche ich meinen Schatten und er den seinen.

»Wir sind Märtyrer, nicht wahr?«, flüstert Jesus.

»Mag sein, ich bin mir nicht sicher«, antworte ich.

»Nicht aufgeben, versuche diesen Schmerz zu besiegen.«

»Du siehst, meine Knie zittern, dennoch stemme ich mich dagegen, um nicht zu fallen.«

»Ich spüre meine Hände, meine Füße und meine Knie nicht mehr, aber ich schäme mich, vor den Schergen des Statthalters auf die Knie zu fallen. Es ist würdevoller, im Stehen zu sterben, so wie ein Baum.«

»Oder am Kreuz.«

»Sind wir noch unterwegs? Haben wir die Kreuze auf der Schulter, gehen wir diesen Hang hinauf, oder haben sie uns schon ans Kreuz genagelt?«

»Lass uns schweigen, denn das Sprechen raubt uns Kraft.«

»Da wir bald sterben werden, *ist* mir aber nach Sprechen.«

»Ich will nur noch sterben. Ich habe solche Schmerzen …«

»Wenn sie uns aufs Kreuz hängen, trennen sie uns voneinander, und wenn sie dann die Nägel in unsere Hände und Füße treiben, sind wir machtlos.«

»Ich habe das Gefühl, dass ich bereits am Kreuz hänge, denn der Schmerz der Nägel treibt mir die Augäpfel aus den Höhlen.«

»Mir ist kalt …«

»Ich brenne, mir ist heiß. Verflucht sei jener Schmied, der solch lange und dicke Nägel angefertigt hat!«

»Bete für ihn um Gnade, dieser alte Schmied hatte keine andere Wahl. Er war entweder hungrig, oder er handelte aus Angst … Wer sind die zwei anderen, die neben uns gekreuzigt wurden und mich und meinen Vater beschimpfen?«

»Angeblich sind sie Diebe. Sie sind böse auf dich, weil du bei Gott nicht um Gnade für uns alle bittest, um uns zu erretten.«

»Warum sollte ich das tun?«

»Weil du der Sohn Gottes bist. Du bist Jesus, der Retter.«

»Aber nein, ich bin mir ziemlich sicher, dass wir, du und ich, die Diebe sind! Jesus, das ist, wenn ich mich nicht täusche, einer von den beiden da drüben.«

»Und wer bin dann ich?«, will ich von ihm wissen.

»Du bist mein Begleiter. Was haben du und ich denn gestohlen? Aus welchem Grund wurden wir verhaftet? Und wenn wir etwas gestohlen haben, wo haben wir es dann versteckt?«

»Ich habe nichts gestohlen, nur du. Ich bin bloß dein Seelengefährte. Ob du dir dessen bewusst bist oder nicht: Du bist ein Herzensdieb, du hast die Herzen vieler Menschen gestohlen. Von jungen Frauen, Armen, Glücklosen und Gescheiterten. Du stiehlst Herzen, gnadenlos! Ah, du weißt es nicht, du weißt es nicht! Du hast das Herz meiner großen Liebe gestohlen! Deinetwegen hat sie mich für immer verlassen!«

* * *

Wir flüsterten noch miteinander, als auf einmal der Staub vom Boden aufgewirbelt wurde, dieser sich wie ein Wolkenberg über uns auftürmte und einen schweren Schatten über uns warf, der sich nur langsam auflöste. Wir konnten kaum atmen. Um uns herum waren Kreuze, die in den Himmel hinaufragten. Der Gestank der zerfetzten Leichen derjenigen, die vor ein paar Tagen gekreuzigt worden waren, ließ uns beinahe die Besinnung verlieren.

Allein die gegorene Luft, die wir einatmeten, hätte gereicht, uns zu töten. Wer vor kurzem auf diesen Anhöhen gekreuzigt oder gehängt worden war, war verschmiert von seinen Exkrementen. Die sengende Steppenluft, gemischt mit dem Geruch von geronnenem Blut, dem Gestank der Ausscheidungen und den Schweißausdünstungen der noch Lebenden, machte die Menschen schwindelig. Ich wusste, bei Anbruch des Abends würden die Wächter mit ihren Stöcken kommen, um die Knochen der anderen Gekreuzigten zu brechen. Der Gedanke daran war so bedrückend, dass Jesus und ich den eigenen Schmerz, den Kummer und die Folter vergaßen. Als sie unsere Arme brutal an das Kreuz drückten und anfingen, die Nägel zuerst in die rechte, dann in die linke Hand zu treiben, dann in beide Füße, spürten wir unsere Herzen vor Schmerz kaum noch schlagen und unsere Köpfe fielen von einer Seite zur anderen. Ich hatte das Gefühl, ein glühender Nagel, der bis zur Seele vordringt und sie brennen lässt, würde mir ins Herz gerammt. Ich konnte die Augen kaum offen halten.

* * *

Von weitem hörte ich noch Bachs schöne Passion, einmal lauter, dann wieder leiser. Sie floss wie das Blut, das an Christi Leib herunterrann, in mein Ohr. Aus meinen Füßen rann ununterbrochen Blut. Es war überall. Es klebte am Kreuz und an meinen Beinen, und das versetzte mich in Angst und Schrecken. Plötzlich, als würde ich aus einem bösen Traum erwachen, sah ich, dass der Rotwein vor mir so wie das Blut des Gekreuzigten eine Kruste gebildet hatte. Ich hob meinen Kopf und sah das Gemälde in meinem Zimmer, sah die Dornenkrone auf dem Kopf Jesu, die von seinem Blut in ein noch tieferes Rot getränkt war als das Glas Wein auf dem Tisch. Ich sah, wie Jesus seine Lippen bewegte:

»Trink, das ist mein Blut, lass es dir schmecken.« Ich sah, wie Fetzen seines Fleisches von seinem geschundenen Leib abfielen.

»Auch sie kannst du aufheben und essen. Es ist Brot für dich, iss davon. Dies tu zu meinem Gedächtnis«, sagte er.

»Lass mich dich herunternehmen. Lass uns gemeinsam spazieren gehen heute Nacht. Wie lange sollen alle wie Jesus am Kreuz hängen und all die Tyrannen frei und ungehindert die Welt durchpflügen?«, fragte ich ihn traurig.

»Sie sind niemals frei, sie sind mordlüstern. Sie folgen blind einem Zwang und lechzen nach unserem Blut, das vom Fuß des Kreuzes auf den Boden rinnt«, sprach er mit einer Stimme, die den ganzen Raum erfüllte.

»Das ist eine Täuschung – sie sind frei, sie haben eine Wahl!«, widersprach ich. »Du bist aber nicht der Einzige, der am Kreuz hängt! Niemand weiß von der blutigen Geschichte der vielen anderen Gekreuzigten. Warum steigst du nicht herunter von deinem Kreuz, damit du mit deinen eigenen Augen all ihr Blut, ihre Tränen und ihren Schweiß sehen kannst?«

Aber halt, ich überlegte dann, warum er gerade in dieser Nacht, in der sich alle betranken, vom Kreuz steigen sollte, denn niemand würde ihm zuhören. Warum sollten all die Engel mit ihm herabsteigen, wer würde ihm Aufmerksamkeit schenken? Wie sollte ich ihn vor Betrunkenen, Rassisten und anderen üblen Gestalten schützen? Wie sollte ich ihn verteidigen? Ich sah mich gezwungen, meine Stimme zu erheben: »Halt! Komm nicht herunter, bleib dort oben! Dort bist du schöner und wahrer. Ich bin selbst nur ein mittelloser Flüchtling. Wo soll ich dich beherbergen? Wie soll ich dir Brot, Wasser und Kleidung besorgen? Du mit deiner Dornenkrone und all deinen Wunden, halbnackt, mit einem Fetzen Stoff am Leib. So werden sie dich noch einmal töten, die Judasse, die Römer, die Soldaten, die verlogenen Richter, die getreuen Gefolgsleute der Machthaber, die Wächter und die Gesetzeshüter ... oder die, die immer schon alles Fremdartige gehasst haben.«

War ich betrunken oder im Halbschlaf? Ich war erschöpft und besorgt wegen der Gefahr, die diese Nacht in sich barg. Ich sah mich wieder anstelle von Jesus am Kreuz hängen und hörte die Schreie und Klagen der Frauen, die ihre Tränen vor ihren Ehemännern verbargen. Ich fragte mich, warum mein Leben lang nur Frauen um mich geweint hatten und nie ein junger Mann. Haben diese Männer überhaupt Tränendrüsen? Ich bewunderte die Frauen, die heimlich, damit ihre Männer es nicht bemerkten, mir auf dem schweren Weg eine Schale mit Wasser reichten oder ein Stück Brot zusteckten. Wenn die Wächter es mitbekamen, bedachten sie die Frauen mit Tritten, sodass sie den Hang hinunterstürzten, und Soldaten stellten sich diesen Frauen in den Weg, damit sie sich uns Sterbenden nicht nähern konnten. Während ich das Kreuz trug und mich unter seiner schweren Last Rücken, Beine und Arme im Stich ließen, schenkten mir die liebevollen Blicke der Frauen Kraft. Auch als ich dann am Kreuz hing, machten sie den Schmerz der Nägel, die durch meine Füße und Hände getrieben wurden, erträglich. Ich spürte den Rost der Nägel und wie er sich mit meinem Blut vermischte, durch die Adern meine Augen erreichte und ich nur mehr verschwommen, wie im Nebel, sehen konnte. Ich hörte das Gelächter der verlogenen Männer und der untreuen Freunde, wandte meinen Kopf nach links und erblickte Judas, wie er beschämt sein Haupt senkte. Beschämt durch den Verrat, der mich ans Kreuz gebracht hatte, wanderte sein Blick über das Blut an meinem Körper. Ich war in Sorge, dass sein giftiger Kuss an meiner Wange einen bleibenden, schwarzen Fleck hinterlassen würde. Mit meinen festgenagelten Händen gelangte ich nicht an die Stelle, wo seine Lippen meine Wange berührt hatten. Gleichzeitig empfand ich Mitleid mit meinem Mörder, der nie gewusst hatte und nie wissen würde, dass die Kraft der Vergebung stärker ist als alle Macht der Soldaten. Auch die Handlanger des Präfekten wussten es nicht, genauso wenig die Vollstrecker, die hämisch schrien: »Sei gegrüßt, du letzter König der Juden! Befreie dich doch von diesem Kreuz und steig runter, wenn du wirklich der Sohn Gottes bist! Wieso rufst du nicht deinen Vater, und bittest ihn um Hilfe? Heißt es nicht, dass der König der Schatten Gottes auf Erden sei? Bist du's denn nicht?« – »Wenn du deine Feinde liebst, dann musst du auch uns lieben! Uns, die wir dein Todesurteil vollstrecken.« – »Oh, was für ein beeindruckendes Martyrium! Die Welt wird sich immer an dich erinnern, ganz bestimmt! Bist du stolz darauf, dass sicherlich bald die ganze Welt von dir sprechen wird, während unbedeutende Lumpen wie wir kommen und gehen und niemand erfährt etwas davon?«

* * *

Wegen des Blutes, das über meine Stirn und meine Augen geronnen war, ist mein Blick getrübt und ich frage mich, wer diejenigen sind, die mich steinigen. Sind sie meine Freunde oder meine Feinde? Von allen Seiten kommend zerfetzen die auf mich einprasselnden Steine meinen Leib und mein Gesicht. Die Wucht ihrer Aufschläge erschüttert meinen Kopf, ohne dass die Dornenkrone sich lösen würde, die sie mir zum Hohn aufgesetzt haben. Ihre Dornen bohren sich immer weiter in meine Ohren und die Stirn hinein. Die Qual, die mir die

Krone bereitet, durchdringt mich tiefer als der Schmerz der durch meine Hände und Füße gerammten Nägel. Ob diese tödliche Pein wohl der Preis für das Martyrium und die Erlösung ist? Ich hebe mühsam meinen Kopf und sehe ein paar weiße Tauben, die nervös auf- und abfliegen, weil ein Falke für sie den Himmel einengt. Eine von ihnen wird ihm früher oder später zum Opfer fallen. Die Sonne scheint, als hätte sie den Himmel verlassen und in meinen Augen Feuer gefangen. Eine der höhnischen Fragen der Soldaten hallt ständig in meinem Kopf nach wie das Heulen eines Wolfsrudels: »Wie steht's um Euer Wohlbefinden, oh dornengekrönter König?«

Der Rhythmus der Melodie verändert sich und ich höre das beschämte Tuscheln meiner Freunde, die mir am Ende den Rücken zukehren und mich für eine lange Nacht allein am Kreuz zurücklassen. Es ist noch genug Licht in meinen Augen und genug goldenes Strahlen des Sonnenuntergangs übrig, um die Schatten meiner Freunde zu sehen, die allmählich in den Tälern verschwinden. Es hätte nicht so enden sollen für einen wie mich, der außer Liebe nichts anderes zu geben hatte. Es war schon immer so: Wer Liebe sät, erntet Blutvergießen, Hass und Wut. In mir nehme ich den Atem und den Geruch von Jesus wahr.

* * *

Ich hing noch immer gefangen in dem Gemälde am Kreuz in meinem Zimmer. Als ich meinen Kopf hob und meinen Blick auf den Baum vor meinem Fenster richtete, konnte ich meine Visionen nicht zuordnen: War es Trunkenheit vom Wein, ein Spiel der Fantasie oder ein Wachtraum? Ich weiß es nicht.

Vielleicht hatte ich mich auch in meiner Verzweiflung verirrt, oder war es am Ende doch ein von Jesus selbst gewirktes Wunder? Mit einem Mal verwandelte sich dieser Baum vor meinen Augen in eine Leiter. Ich sprang auf und öffnete das Fenster. Der kalte Atem des Schnees ließ mich kurz aufschrecken, aber ohne mich ganz aus meinem traumähnlichen Zustand zu reißen. Was ich sah, war tatsächlich eine Leiter, deren Holme genau an der Stelle des Baumes vor meinem Fenster endeten und in den silbernen, schneeglitzernden Himmel, bis hinein in die finstere, sternenlose Galaxie ragten. Es gab unzählig viele Sprossen, wie in einem dieser Gemälde von Salvador Dalí. Es war die Leiter, die ich in meinen Träumen wie eine Katze dutzende Male hinaufgeklettert war bis zum Mond, bis zum Firmament. Von hier aus pflückte ich die Sterne wie Beeren von der Traube. Aber jedes Mal wurde mir schwindlig. Ich rutschte aus und fiel mitsamt der Himmelsleiter in die Tiefe. Doch kurz bevor ich aufschlug, schreckte ich aus meinem Traum.

Verwirrt griff ich zu meiner Brille, in der Hoffnung, dass meine Augen klarer sehen würden und ich wieder den Baum vor meinem Fenster erkennen könnte, der sich doch in eine Leiter verwandelt hatte. Der kalte Schneewind kühlte meine betäubte Haut, auf die mein vom Wein schäumendes Blut Schweiß getrieben hatte. Es war ein vollkommener Genuss, dieses Verschmelzen von Kälte und Hitze auf meinem Rücken. Mein durch die tödliche Kälte des Windes stockender Atem kümmerte mich nicht. Ich lehnte mich noch weiter in die kalte Luft hinaus, damit der Wind alles, mein Leid, meine Heimatlosigkeit, die Trunkenheit und das erstickende Gefühl des Fremdseins, mit sich nähme.

Oft wälzte ich mich im Schnee, um ein höllisches Feuer in meinem Inneren zu löschen. In den vergangenen neun Monaten meines Lebens als Flüchtling trieb mich nachts ein Feuer in meiner Seele und in meinem Leib dazu, mich nackt mit der kalten Schneeluft zu waschen, bis ich erleichtert aufseufzte. Eines Nachts brannte ich wegen dieses unerträglichen Gefühls des Fremdseins so sehr, dass ich, nur mit einer Unterhose bekleidet, in den tiefen Schnee sprang und mich wie ein Zicklein darin wälzte. Ich füllte meine Fäuste mit Schnee und wusch damit Gesicht, Brust und Achseln.

Der Anblick der Leiter erheiterte mich plötzlich. Ich hatte den Wunsch, über die Fensterbrüstung zu klettern und über sie hinaufzusteigen, wie ich es in meinen Träumen schon oft getan hatte, und es war mir gleichgültig, ob dies nun ein Traum, die Realität oder ein Wunder war. Ich spitzte meine Ohren und hörte ein weit entferntes Geräusch, das die Stadt mir schenkte und das durchs Fenster in mein Zimmer drang. Es kam von so weit her, dass ich das Gefühl bekam, ich wäre allein am einen Ende der Welt und der feiernde Pulk am anderen. Da wandte ich meinen Kopf, blickte auf das Gemälde an der Wand, rieb meine Augen und bemerkte, dass Jesus nicht mehr am Kreuz hing! Ich ignorierte mein erstauntes Entsetzen. Mein Blick wanderte zurück zu dem Baum, der mir noch immer als Leiter erschien. Um nicht noch tiefer in meine Sorge zu versinken, wandte ich mich von dem Gemälde ab und redete mir unablässig ein, Jesus sei nicht vom Kreuz und aus dem Bild gestiegen. Für einen Augenblick schien es mir, ich wäre auf einem verlassenen Planeten in einer lichtleeren Galaxie gelandet. Angst ließ mich erstarren. Angestrengt versuchte ich, mich aus ihrem Griff zu befreien. Aber nur meine

Trunkenheit schenkte mir die Kraft, zur Sorglosigkeit zurückzukehren. Die zauberhafte Erscheinung vor meinem Fenster ließ mich alles vergessen. Mir kam der Gedanke, dass die heutige Nacht für mich vielleicht außergewöhnlicher und einmaliger werden könnte als für die anderen, die da feiern, auch wenn mir noch vor kurzem das Erscheinen dieser Leiter gehörige Angst eingejagt hatte. Ich konnte mich nur in einem Traum befinden, wie hätte sich sonst dieser Baum in eine Leiter verwandeln können? Dieser Baum, der neun Monate lang, zu jeder Tages- und Nachtzeit, meine Gedanken mit sich genommen und mir Hoffnung geschenkt hatte, und der sogar zum Symbol der Lebendigkeit und der Natur schlechthin für ein so lebloses Wesen wie mich geworden war.

Vor ein paar Stunden noch hatte ich mir Vorwürfe gemacht, nicht mit meinen Freunden in eine Bar, ein Café oder ein Tanzlokal voller süßer Mädchen, die ihre Schultern und Hälse im Rhythmus der Musik bewegen, gegangen zu sein. Aber ich wusste, dass die Paare dort mich zu sehr an meine Einsamkeit erinnern würden, und meine Bekannten würden auch nicht ohne Begleitung unterwegs sein. Meine Augen, mein Herz und meine Seele waren bei anderen Menschen in einem anderen Land. Um zu überleben, aber auch für all die Schönheit und die vielen Freuden im Leben, war ich geflohen und hierhergekommen. Ich war dem Schatten des Todes entkommen, aber nun wurde ich vom Leben selbst bedrängt. Es meldete sich wieder diese Stimme, die mir schon so oft zugewispert hatte: »Tod, hilf mir, das Leben bringt mich um!«

Ich war so erschöpft, dass ich nicht wusste, ob dieser düstere Satz meiner eigenen Seele entsprang oder einer anderen. Mein Herz war dermaßen blind geworden, dass ich meine eigenen

Gedanken nicht mehr erkannte, die ständig, wie Don Quijote in einen Kampf für das Leben und die Schönheit verwickelt waren. Aus diesen Kämpfen ging ich so oft blutig und halb stranguliert heraus, dass ich all das wieder vergaß. Es ist auch kein Wunder, dass mir der Sinn für die Farbe, den Geschmack und den Geruch der Schönheit der Schöpfung abhandengekommen war. Weh mir, weh mir! Jedes Mal, wenn ich diese schönen tanzenden Mädchen und die üppigen Frauen sah, erinnerte ich Unglücklicher mich in meiner Todessehnsucht an die schwarz gekleideten Mädchen und Frauen meines Viertels, die sich pausenlos wegen des Todes ihrer Brüder, Ehemänner oder Söhne klagend wanden, sich die Haare rauften und die Kleider vom Leib rissen. Mir war, als würden all die schönen Frauen, die hier ausgingen, ihre beiden Brüste bei einem wilden Tanz schwingen, der sie aus dem Ausschnitt hüpfen lässt. Die älteren Frauen sahen sich gezwungen, diese schnell wieder zu verdecken und an ihren angestammten Platz zu rücken. Was für ein Unterschied zwischen den Mädchen hier und den schwarz gekleideten Mädchen und Frauen in meinem Land! Wie gefährlich ist es dort für sie, die Haare zu lösen und jedes einzelne dem Wind zu übergeben, verglichen zu den immer unbedeckten Haaren, Köpfen und Zöpfen hier, welche die Luft der Freiheit atmen können!

Ich wagte es nicht, tanzen zu gehen, um mich nicht an die klagend-trauernden Frauen daheim zu erinnern, während ich mich hier in die prachtvolle Schönheit der Blondhaarigen vertiefte. An jene Frauen, die sich über die Toten beugten, während ich *Ya-Sin*-Verse aus dem Koran rezitierte, um Trost zu spenden. Weh meinen Augen, die nichts anderes als Tod und Katastrophen gesehen haben und auch weiterhin nichts anderes sehen! Weh mir, dass ich an einem Kreuz hing, das die Klagen und die Trauer aller symbolisiert, und ich bis zum letzten Tropfen ausblutete, bis die Schönheit in meinen Augen für immer erlosch.

Meine Freunde warfen mir immer vor: »Wie ist es möglich, dass all diese Schönheit deine Männlichkeit nicht bewegt und dein Blut nicht in Wallung bringt? Wie kann es sein, dass der Tanz all jener Engel, die aus Blut und Schnee geschaffen wurden, dich an die Zeit des Sterbens und der Grabstätten deiner Heimat erinnert? Was fehlt dir denn? Was ist denn mit dir los? Vor dir fliegen weiße Tauben herum, aber du siehst einen Schwarm schwarzer Krähen. Bist du krank? Statt ihr fröhliches Gurren zu hören, nimmst du nur ein trauriges Krächzen wahr!«

Schweigend senkte ich dann stets den Kopf, denn ich hatte nichts dazu zu sagen. Vielleicht war ich aber auch so von Trauer und Verlustschmerz erfüllt, dass ich zu einer Rumpelkammer des Kummers geworden war. Meine Augen und mein Mund waren verschlossen, in mir kochte und sprudelte Magma, ohne dass es die Möglichkeit hatte, auszutreten.

* * *

Ich fixierte mit meinem Blick die hinaufragende Leiter, die mit so vielen Sprossen in den Tiefen des Himmels verschwand, als wären alle Bäume dieses Landes dafür gefällt worden. In mir regte sich der Wunsch, aus dem Fenster auf die Leiter zu steigen, um mich zu vergewissern, ob es die Leiter wirklich gibt oder ob sie bloß meiner Einbildung entsprungen war. Als ich zum wiederholten Male meinen Blick nach oben richtete, sah ich eine in gleißendes Licht gehüllte Gestalt. Sie strahlte so stark, als habe sie alle Lichter des Himmels und der Erde in sich vereint. Je weiter sie herabstieg, umso greller wurde das Licht. Manchmal bewegte sie sich schnell und sicher, dann wieder langsam, als befürchtete sie, dass ihre Füße keinen Halt finden würden. Von Zeit zu Zeit hielt sie so lange inne, als wäre sie blind oder erschöpft von einer langen Reise. Je näher die Gestalt der Erde kam, umso mehr versuchte sie, das schwadenhafte Dunkel wegzudrängen, welches, von der Erde kommend, ihre strahlende Aura zu verschlucken drohte. Jene Aura, die ihr im tiefsten Himmel zum Schutz geschenkt worden war. Das Dunkel war zum Teil der schwarze Rauch, mit dem wir Menschen immerzu unseren Himmel ersticken. Ihre Aura ähnelte einer Plazenta, die ein Neugeborenes auf seinem Weg in die Welt beschützt. Sie war so stark, dass ihr pulsierendes Licht bis an die Wände meines Zimmers fiel. Ich sah, wie ihr weißes Gewand das Dunkel der Nacht erhellte und ich hatte den Eindruck, dass ihre Füße königlich schreitend eine Sprosse nach der anderen berührten. Ich fragte mich, warum sie nicht vom Himmel herabgeflogen kam, statt diese Leiter herunterzusteigen, aber solch rationale Überlegungen nach dem Erwachen aus einem Traum, der mich dermaßen entrückt hatte, waren lächerlich. Ich weiß nicht, wie lange sie brauchte, bis sie, aus den Himmeln über die Leiter kommend, den Erdboden erreichte. Beim letzten Blick hinauf sah ich die zwei Augen eines Mannes, die mich wie Sterne von oben anstrahlten. Zwei blau leuchtende Sterne. Seine Stirn war so rein und strahlend, dass ich alles draußen, auf der Straße, bei den Bäumen, klar sehen konnte. Diesen Anblick werde ich nie vergessen, er wird bis in alle Ewigkeit in meinem Herzen weilen.

Nachdem der geheimnisvolle Mann die letzten Sprossen erreicht hatte und seinen Fuß auf den schneebedeckten Boden setzte, atmete er erleichtert auf, blickte mich an und lächelte. Wie um meine Angst vor einem Fremden, der unerwartet an meine Türe klopft, zu beschwichtigen, näherte er sich vorsichtig, bis er zum Greifen nahe war. Um ihn nicht in Verlegenheit zu bringen, erwiderte ich sein Lächeln. Die unvertraute Umgebung ließ den fremden Besucher erstarren. Er blickte nach rechts und nach links und er wusste nicht recht, wohin er sich wenden sollte. Als ich seine Verwirrung bemerkte und seine Augen mich um Hilfe baten, lehnte ich mich aus dem Fenster, um ihm zu zeigen, dass mir dieses Gefühl nicht fremd war. Wie ein Held der berühmten Epen, der an einer Weggabelung steht und nicht weiß, in welche Richtung er gehen solle, sah er mich geduldig an. Es gab für ihn nur einen Weg. Er hatte keine andere Wahl, als sein Glück zu versuchen und sich an mich zu wenden. Denn alle anderen Möglichkeiten waren ungewiss und würden ihm vielleicht zum Verhängnis werden. Für einen Neuling als Gast auf Erden, der niemanden kennt, war ich der geeignete Ausgangspunkt und Beschützer. Er wartete ab, ob ich ihm wohlgesonnen sei. Er ähnelte einem Geschöpf, das gerade in einen Käfig gesperrt worden war und sich panisch umsieht. Hin und wieder beruhigte er sich, wenn ihm gewahr wurde, dass er vom Himmel gesandt worden war und dieser ihn beschützte. Er strahlte noch, als hätte er alle Sterne des Himmels um sich vereint und das Licht des Mondes, der sich hinter den Wolken versteckte, mitgebracht. Er war wie ein Fisch mit Schuppen aus Sternen. Ich war des Wartens und des Starrens müde, darum deutete ich ihm, er solle sich doch dem Fenster nähern. Wie jemand, der seit einer

Ewigkeit auf den Ruf eines Retters gewartet hatte, senkte er seinen Kopf und näherte sich mir bis auf Armeslänge. Ich sah seine zitternden Hände und seine klappernden Kiefer. Da erst bemerkte ich, dass er barfuß war. Ich konnte ihn nicht länger draußen in der Kälte warten lassen und bat ihn, schnell durch das Fenster zu klettern und sich drinnen aufzuwärmen. Er war ein anständiger Mensch, denn es war ihm offensichtlich unangenehm, über das Fensterbrett zu steigen. Mit einem freundlichen Lächeln sagte ich zu ihm:

»Wir haben keine andere Wahl. Komm herein, es ist nicht sehr hoch. Du musst mir verzeihen, in diesem Land sind Besucher in Flüchtlingsheimen nach neun Uhr abends verboten. Niemand wird dir die Türe öffnen.«

Er streckte mir seine Hand entgegen, damit ich ihm hineinhelfe. Seine Finger in meiner Handfläche fühlten sich wie Watte an. So weich, dass ich das Gefühl hatte, sie würden sich darin auflösen. Diese zarte Hand befremdete mich. Umständlich hievte er sich über die Fensterbank, landete in meinem Zimmer und erhellte es noch mehr. Sein Heiligenschein pulsierte. Ich zog einen Stuhl für ihn heran und lud ihn ein, sich zu setzen, damit er sich erholen könne. Ich setzte mich ihm gegenüber auf mein Bett. Ich konnte meinen Blick nicht von seinem schönen Gesicht abwenden. Ich schenkte ihm gleich ein Glas Wein ein, um sein Blut wieder zum Pulsieren zu bringen. Ich dachte bei mir, um meine Aufregung zu mildern: Das alles gleicht einem Traum. Es kann nur ein Wachtraum sein. Ich habe schon oft gehört, dass Geschöpfe aus dem Himmel kommen und UFOs erscheinen, aber noch nie ist jemand über eine Leiter herabgestiegen. Es muss ein Traum sein! Ich konnte nicht anders, als ihn zu fragen:

»Ich hoffe, du kommst in guter Absicht. Du ähnelst einem meiner verwirrten Träume oder einer Vision, die durch meine Erschöpfung und meine Einsamkeit zustande gekommen ist. Aber wenn das ein Traum ist, ist es dann meiner oder deiner?«

Als hätte er mich nicht gehört, gab er keine Antwort und nahm auch das Glas Wein nicht an. In diesem Augenblick wirbelten Fragen über Fragen in meinem Kopf herum. Ich wollte gerne wissen, wer er war, aber ich hielt es für angebracht, mich erst einmal zu erkundigen, ob er Hunger habe und ob ich ihm etwas zu essen bereiten solle. Er schüttelte aber nur den Kopf. Ich hielt das Weinglas immer noch zögernd in der Hand. Um es ihm noch einmal anzubieten, näherte ich mich ihm und hielt es vorsichtig und zitternd vor seine Brust. Unsicher nahm er das Glas entgegen. Dann fragte ich ihn:

»Darf ich wissen, wer du bist?« Schlicht und in einer mir verständlichen Sprache antwortete er:

»Warum nicht? Ich bin Jesus Christus.«

II

Erstaunt vernahm ich seine Antwort und hieß ihn ein weiteres Mal willkommen. Ich nutzte die Situation wie ein glücklicher Gastgeber, der sich über einen unangekündigten Besuch freut, und hob mein Glas, um mit ihm auf unsere Zusammenkunft und unser Wohl anzustoßen. Ich war verwirrt und wusste nicht, was ich tun und sagen sollte. Der Wein, von dem ich ein paar Schlucke vor seinem Erscheinen getrunken hatte, konnte mich nicht so trunken gemacht haben. Ich rieb meine Augen und dachte darüber nach, ob diese seltsamen Geschehnisse hier nicht doch nur der Wachtraum eines Betrunkenen waren. Um meine Zweifel, mein Erstaunen und meine Aufregung zu mildern, stieß ich mit ihm an und sagte:

»Zum Wohle! Auf die Nacht deiner Geburt und diese heutige Nacht deiner Wiederkunft!« Er schwieg, setzte sein Glas an und leerte es in einem Zug. Während ich meine Lippen abwischte, fragte ich ihn behutsam, da ich meinem Gast nicht auf die Füße treten wollte:

»Wie kann ich sicher sein, dass du wirklich Christus, der Gesandte, bist?« Wortlos zeigte er mir seine Hände und Füße, auf denen noch die Spuren der Nägel zu sehen waren, er zog die berühmte Dornenkrone aus einer Tasche seines Gewandes und legte sie zwischen uns auf den Tisch. Ich stand auf, stellte mein Glas ab, ging auf ihn zu und küsste seine Stirn:

»Mein Verehrter, ich bin überaus glücklich, dass ich vom Schicksal dazu auserkoren wurde, dein Gastgeber zu sein. Weiß jemand davon, dass du heute Nacht auf diesen Planeten herabgestiegen bist?«

»Nein. Du bist der Erste auf Erden, der dies erfährt. Ich

hoffe, du behältst dieses Geheimnis für dich, bis ich dir von meinem Vorhaben erzählt habe: Es geht auf die Jahrtausendwende zu. Seit fast zweitausend Jahren beobachte ich aus der Ferne meinen geliebten Planeten, den Ort meiner ersten Geburt und meines Lebens vor meiner Kreuzigung. Mich besorgte der Anblick einer Welt, die völlig in Rauch und Finsternis eingehüllt ist. Der Anblick tat mir im Herzen weh. Ich hatte vor, nachdem der erste zweitausendjährige Zyklus der Verwesung der Erde und der Heimatlosigkeit der Menschheit abgeschlossen war, wieder auf Erden herabzusteigen, wieder einmal die Welt zu durchwandern und die Liebe all denjenigen zu verkünden, für die ich mich geopfert und mein Blut vergossen hatte. Aber die wenigsten haben daraus gelernt. Zu viele haben sich bekriegt und abgeschlachtet. Ich bin betrübt darüber, zu sehen, dass Millionen für mich beten und meine Worte in sich tragen, aber sie haben nicht mit der Seele ihre wahre Bedeutung erfasst.« Wie ein Kind, das die Weisheit eines Propheten nicht versteht, fragte ich:

»Was hat dich denn dazu bewogen, schon drei Jahre früher herabzusteigen? Wir haben das Jahr 2000 doch noch nicht erreicht.«

»Mit Tränen in den Augen flehte ich Gott an. Ich konnte es nicht mehr ertragen, all das vergossene Blut, die Tränen und das Leid der Menschen anzusehen. Ich kann nicht tatenlos die Vergiftung dieses Planeten, die Flüsse aus Tränen und die Ozeane aus Blut, all die skrupellose Tyrannei, die sinnlose Vernichtung von Menschenleben hinnehmen. Der Himmel hatte Erbarmen, sodass ich schließlich die Erlaubnis bekam, vorzeitig zu erscheinen. Du sollst auch wissen, dass mir der Himmel nur diese heutige Nacht geschenkt hat. Die Nacht der Wunder, in der ich die Menschen wieder auf den Weg der Liebe bringen und sie von ihrem Unwissen erlösen darf.«

»Ich bewundere es, dass du dich damals auf so poetische und mutige Weise geopfert hast für deine Mission und für deine heilige Botschaft, um die Menschheit zu retten und sie von ihren Sünden zu befreien. Dein Tod ist mit keinem anderen Tod vergleichbar.«

»Wozu aber war er nütze? In dieser Welt hat keine einzige heilige Botschaft etwas bewirkt. Ich habe mein Blut geopfert, aber die Menschheit ist immer noch verwirrt und orientierungslos auf diesem Planeten. Weist du ihnen den Weg, bewegen sie sich nicht, bewegen sie sich doch, ziehen sie eine blutige Spur nach sich. Ich war immer unruhig. Seit vielen Jahren flehe ich meinen Vater an, mir zu erlauben, noch einmal auf die Erde zu kommen. Ich hatte es eilig …«, sagte er betrübt und hoffnungslos.

»Hast du denn etwas mitbekommen von dem Volk, dessen vier Gliedmaßen wie deine ans Kreuz genagelt wurden?« Als würde er diese Frage nicht hören wollen, fuhr er fort:

»Ich habe alles mitbekommen, jedes noch so kleine Leid. Sogar die Erschöpfung einer Ameise, die sich mit dem Tragen eines Maiskorns abmühte. Im Himmelreich fand ich keinen Seelenfrieden, ich genoss die himmlischen Früchte nicht, keinen göttlichen Trank, schlief keine Nacht durch, konnte nicht unbekümmert die Engel in die Arme schließen. Irgendwann wichen sie mir alle aus. Ich trug die Sorgen mit mir herum und war rastlos. Aus der Ferne war es mir gleichgültig, wo das Blut vergossen wurde. Blut ist Blut und hat rote Farbe. Ob es nun das Blut deines Landes ist oder eines anderen, ob es aus dir tropft oder aus mir, darin liegt kein Unterschied.«

»Du kannst sicher sein: Eine einzige Nacht der Wunder wird nicht ausreichen, nicht einmal ein Jahrhundert solcher Nächte, um die Menschheit aus dem Sumpf, in dem sie lebt, oder aus dem Ozean des Blutes, in dem sie untergeht, zu retten.«

»Die Heilige Nacht ist eine göttliche Nacht. Sie ist unendlich und so kann jede Nacht eine Nacht der Wunder sein. Entweder gelingt es mir, die Welt zu erretten, oder diese Nacht der Wunder bringt den Tag des Jüngsten Gerichts. Ich habe dem Himmel das Versprechen gegeben, dass ich in der Nacht der Wunder allen meine Botschaft überbringen würde.«

»Du hast doch dein Leben dafür gegeben und dein Blut geopfert, und dennoch haben sie deine Botschaft nicht verstanden und dich ans Kreuz genagelt! Es ist noch jeder Prophet aus seinem Land vertrieben worden. Die Leute verschließen ihre Ohren vor seinen Worten. Die meisten sind sogar bereit, denjenigen zu töten, der die Botschaft der Liebe und der Erlösung verkündet! Die Liebe ist die schwierigste Aufgabe, die einem Menschen auferlegt wird. Bedenke einmal: Heute gibt es Milliarden von Christen, die dich anbeten, das bedeutet aber nicht, dass sie jemals die Sprache der Liebe verstehen werden.«

»Du zweifelst also an deinen Mitmenschen?«, fragte mich Jesus betrübt.

»Natürlich! In dem Maß, wie die Menschheit immer mehr zum Hauptinhalt meiner Träume, meiner Gedanken und meiner Gefühle geworden ist, hege ich auch Bedenken ihr gegenüber.«

»Ich verstehe. Ich weiß, dass ein Teufel im Inneren des Menschen weilt und dass er nur selten schläft. Dieses Mal bin ich gekommen, um diesen Teufel ein für alle Mal auszutreiben.«

»Und wenn der Mensch selbst dieser Teufel ist?«

»Was jetzt zählt, ist, dass ich nicht aufgebe und die Hoffnung nicht verliere.«

»Die Hoffnung worauf?«

»Auf die Liebe. Nur die Liebe kann uns alle miteinander versöhnen. Obwohl ich weiß, dass du recht haben könntest mit deiner Vermutung, dass der Teufel nicht nur im Inneren des Menschen, sondern überall, auf der ganzen Welt sein Unwesen treibt.«

»Aber deine Liebe ist wie eine Feder gegenüber einem Gebirge aus Hass, Krieg und Wahn. Würdest du an deinem aberwitzigen Vorhaben selbst dann noch festhalten, wenn du wüsstest, dass die Felder der Streitsucht und der Niedertracht viel weiter sind als die der Liebe, die du in deinem Herzen trägst und die du auf ihnen aussäen möchtest?«

»Aus welchem Grund bist du dir sicher, dass das Böse mächtiger ist als das Gute? Dass der Hass größer ist als die Liebe?«

»Weil ich es selbst so erlebt habe. Ich habe für meine Freundlichkeit und für die Zuneigung, die ich für andere empfand, zumeist nur Abweisung und Feindseligkeit geerntet. Gewiss, mir wurde auch manchmal die Zuneigung anderer zuteil und du brauchst mich auch nicht zu bemitleiden. Mir geht es um das schier unvorstellbar große Ausmaß des Bösen, das in der Welt wie ein Feuer wütet und wie der Wind drohend pfeift. Wie eine Flut hat es uns mit sich gerissen. In diesem Krieg, für den du zurückgekehrt bist, ist dein Gegner übermächtig. Abgesehen von meinen eigenen Erfahrungen, die mich wütend machten und mich von der Welt abwenden ließen, lehrt uns die durchwegs blutige Geschichte der Menschheit, dass die

Menschen es nicht vermögen, für die schönen Dinge im Leben, ja, für die Schönheit selbst zu leben.«

»Waren sie denn alle so? Alle Menschen?«

»Bestimmt nicht. Aber die meisten Menschen sind wie Wölfe, die sich um die erlegte Beute streiten. Sag mir, warum bist du ausgerechnet in dieses Land herabgestiegen? Warum beim nördlichen Wendekreis, beinahe am Nordpol?«

»Ohne bestimmten Grund. Es hat sich so ergeben. Oder es handelt sich um einen göttlichen Plan, damit ich vom Norden der Erdkugel in den Süden wandere. Oder vielleicht ist es ein Zufall. So wie der Zufall, der mich zu dir gebracht hat. Und zum Schluss kehre ich dann in jenen Stall zurück, in dem ich geboren wurde, falls dieser Stall noch existiert. Da fällt mir meine Mutter ein, die mir erzählt hatte, dass mein Geburtsort ein Stall für Schafe und Ziegen gewesen war, aber Josef widersprach ihr und meinte, es sei ein Stall für Esel, Mulis und Pferde gewesen …«

»Ich weiß. Deine Eltern sind von Nazareth in Galiläa nach Bethlehem geflohen und fanden keine Herberge, außer in diesem Stall. Ich denke nicht, dass er dort noch steht. Aber die ganze Welt hat sich in einen riesigen Stall verwandelt. Einen Stall, in dem aber nur die Raubtiere Rechte haben. Es liegt wohl eine bedeutsame Botschaft darin, dass du in einem Stall auf die Welt gekommen bist.«

»Ich wurde in einem Stall zwischen Tieren, fernab der anderen Menschen geboren, um die Welt, die selbst zu einem riesigen, stinkenden und schmutzigen Viehstall geworden war, auszumisten, aber wie du weißt, hat mich mein Schicksal zum Kreuz geführt. Noch immer trage ich es auf meinen Schultern und habe es nicht abgelegt.«

»Auch wenn es den Menschen gelingen sollte, aus diesem Stall herauszukommen, würde nichts anderes auf sie warten als der finstere Dschungel ihrer Seele. Ich bin zwar nicht Jesus Christus, trage aber dennoch, wie du, mein Kreuz auf den Schultern. Deshalb zweifle ich daran, dass dir jemand Gehör schenken wird. Die Ohren der Menschen sind mit Blei zugepfropft. Die heutige Welt wird es nicht ertragen, wenn du dich als der Messias zu erkennen gibst. Es wäre vielleicht besser, du gäbest dich als Flüchtling zu erkennen. Im besten Fall glauben sie dann, dass du ein selbsternannter Reservechristus bist. Es ist aber gut möglich, dass sie dich in eine Anstalt für Geisteskranke stecken werden, oder sie schöpfen den Verdacht, du seiest Orientale und erfindest nur eine Geschichte, damit sie dich als geistig verwirrten Asylanten anerkennen und du schnell zu deinen Papieren kommst. Auch wenn sie dir hier nichts zuleide tun werden, kannst du sicher sein, dass sie dich in manch anderen Ländern, besonders in deinem ›Morgenland‹, ob sie dir nun Glauben schenken oder nicht, wieder kreuzigen werden. Und falls dir diesmal keine Kreuzigung beschieden sein wird, kannst du damit rechnen, dass sie dich auf den elektrischen Stuhl setzen, dich in eine Wanne gefüllt mit Säure legen oder durch den Fleischwolf drehen, deine Knochen zermahlen und die Überreste in einen Abwasserkanal schütten werden, wo du dann zusammen mit anderem Abfall ins Meer gespült wirst, wo sich die Fische über frisches Futter freuen. Oder sie lassen mit einem Schuss dein Hirn platzen oder werfen dich bei lebendigem Leibe einem Tiger im Zoo zum Fraß vor. Diese Art des Tötens, diese Mode, die dich zum Märtyrer schlechthin gemacht hat, so eine ›poetische‹ Art des Mordens gibt es heutzutage nicht mehr. Heute sind das Töten und das Sterben noch widerwärtiger geworden!«

»Mein lieber Bruder, das brauchst du mir nicht zu erzählen. Wir werden alle auf die gleiche Weise geboren, aber es gibt viele verschiedene Arten zu sterben. Ich hätte das Böse durchaus mit Krieg bekämpfen können, aber ich halte das für falsch. Es gibt andere Wege. Ich wusste immer, dass es einen Teufel außerhalb des Menschen gibt, der nie aufhören wird, seine schwarzen Pläne zu schmieden. Es gibt aber auch einen Teufel, der in der Seele und in den Herzen der Menschen lebt, und das ist noch viel schlimmer!«

»Ja, ich glaube auch fest an einen Teufel in den Seelen jener, die Tyrannen sind, gefräßig und egoistisch.«

»Ich bin zu der Erkenntnis gelangt, dass der Mensch noch streitlüsterner geworden ist als früher. Aber nicht diese Erkenntnis drängte mich zur Rückkehr. Ich hielt es nicht mehr länger aus, vom Himmel aus auf diesen Planeten herunterzublicken, wo die gesamte Menschheit und alle anderen Lebewesen allmählich in Finsternis und Rauch zu ersticken drohen. Ich liebe die Erde, diesen wunderschönen Himmelskörper, und ich will nicht zusehen, wie er verlischt. Unter Myriaden von Sternen ist die Erde meine Heimat.«

»Seit wir uns unterhalten, schwirrt mir eine Frage im Kopf herum. Glaubst du nicht, dass sich die Zeichen der Apokalypse bereits gezeigt haben?«, fragte ich.

»Seitdem ich dein Zimmer betreten habe, wiederholst du unablässig, dass jegliche Schönheit, Güte und Liebe auf der Welt beinahe verschwunden seien! So eine Behauptung allein bedeutet schon das Ende aller Dinge. Für mich aber ist es die Liebe, die diesen blauen Planeten zusammenhält, denn ohne sie versinkt er in ein Meer des Nichts. Die Menschheit ist berauscht von Kriegen und Zerstörung, vor lauter Gier und absurden weltlichen Bedürfnissen. Ihre Achtlosigkeit führt dazu, dass sie mit eigenen Händen all die Schönheiten ausrottet, bis hin zur Selbstvernichtung. Dabei sägen sie an dem Ast, auf dem sie sitzen.«

»Wie willst du uns denn vor dem Abgrund bewahren, da du doch der Erretter bist?«, unterbrach ich ihn mit der nächsten Frage.

»Ich will die Menschen aus ihren süßen, verlogenen Träumen aufwecken. Ich vollbringe aber keine Wunder mehr, so wie damals. Das einzige Wunder, das mir bleibt, ist zu verkünden, dass wir einander lieben sollen. Die Liebe ist das erste und das letzte Wunder.«

»Apropos Wunder: Hast du tatsächlich Blinde, Taube und Stumme geheilt? Und Tote auferstehen lassen?« Ich war voller Fragen.

»Das habe nicht ich allein vollbracht. Die Menschen haben an Wunder geglaubt und an meine himmlische Kraft. Das wahre Wunder war die Liebe. Und meine Liebe zu den Menschen war unendlich. Es ging nicht darum, Blinden das Augenlicht zurückzugeben, nein, die Sehenden sollten die Welt mit den Augen der Liebe neu erblicken.«

»Ich zweifle, wie immer. Die Zeiten der Wunder sind vorüber. Denn gerade dann, wenn die Menschen in Hoffnungslosigkeit versinken, stricken sie ein Wundermärchen nach dem anderen.«

»Das mag schon sein, aber vergiss nicht, dass die größten Revolutionen und Umwälzungen auf Erden stets bitterster Not und tiefster Hoffnungslosigkeit entsprungen sind. Vorausgesetzt natürlich, dieser Zustand der Verzweiflung schenkt den Menschen den Mut zu kämpfen, um überhaupt wieder neue Hoffnung schöpfen zu können.«

»Mein Freund, seit es die Menschheit gibt, zettelt sie Revolutionen an. Und sie scheitert unaufhörlich!«

»Dann sollen wir also einfach aufgeben?«

»Nein, die Würde des Menschseins liegt darin, nicht aufzugeben! Dem Sisyphos gleich, der den schweren Felsbrocken den steilen Hang hinaufwälzt, obwohl er weiß, dass der Stein wieder vom Gipfel hinunterrollen wird, aber niemals aufgibt, den Gipfel damit krönen zu wollen.«

»Siehst du, du hast noch Hoffnung!«

»Ja, die verliere ich auch nicht, weil ich nicht kapituliere. Doch ich habe keinerlei Hoffnung, dass du uns mit deiner letzten Liebesbotschaft erlösen wirst.«

»Aber ich beherrsche keine andere Sprache als die der Liebe!«, antwortete mir mein Gast.

»Ich verstehe! Aber bedenke doch, dass die meisten von uns diese Sprache nicht verstehen. Mein Bruder Jesus, der Weg, den du einschlagen möchtest, ist gefährlich! Dein Ende wird dieses Mal nicht nur eine Kreuzigung sein, sondern ein großes letztes Scheitern vor deinem Gott. Dieses Mal findet die Kreuzigung tief in deiner Seele und in deinem Herzen statt. Ich weiß um diesen Schmerz: Ich koste selbst von jenem Kreuz, das nicht nur auf meiner Schulter liegt, sondern sich wie ein Dolch durch mein Herz bohrt. So ein Kreuz ist noch viel schlimmer, denn es tötet dich nur langsam und du kannst es nicht abwerfen. Ich kann keine weiteren Schmerzen und Demütigungen mehr ertragen. Darum will ich dich nicht auf deiner Reise begleiten. Nicht, weil ich um mein Leben bangen würde. Ich bin bereits allem so überdrüssig und so betrübt, dass mir jedes Unheil willkommen wäre, in dessen Rauch ich mich auflösen kann. Ich Unglückseliger besitze einfach keine Kraft mehr, jetzt auch noch zum letzten Zeugen deines erneuten Scheiterns auf Erden und vor dem himmlischen Vater zu werden. Kannst du deine Feinde überhaupt besiegen? Was passiert, wenn sie dich ein weiteres Mal verhaften, einsperren, foltern oder sogar töten?«

»Wenn das der Wille des Himmels ist, dann gebe ich mich noch einmal hin.«

»Aber was habe ich denn damit zu tun? Welche Sünde soll ich begangen haben, dass ich neben dir verhaftet oder getötet werde? Ich bin doch nicht vom Himmel geschickt worden, so wie du. Ich führe zwar meine privaten und im Grunde bedeutungslosen Kleinkriege gegen die Gesellschaft – sie entsprechen dem, wozu ich imstande bin. Aber das, was du vorhast, ist mir eine Nummer zu groß.« Ich nahm wieder einen Schluck Wein.

»Ich zwinge dich zu nichts. Mein Entschluss ist bereits gefasst. Meine Mission ist der Kampf gegen jegliches Unrecht. Ich werde die Wahrheit, die Barmherzigkeit und die Gerechtigkeit überall auf der Welt siegen lassen.«

»Ich glaube nicht an einen Sieg, welcher Art auch immer er sein mag. Der Mensch steht unter einem krankhaften Zwang, für bloße Scheinerfolge von einem Scheitern ins nächste zu stolpern«, entgegnete ich.

»Davon kannst du dich aber wohl nicht ausnehmen. Du hast deinen Kampf offenbar auch noch nicht aufgegeben, nicht wahr?«

»Gewiss nicht, denn der Mensch kann nicht anders, als für seine Ideale und Hoffnungen zu kämpfen.«

»Eben. Und genau das Gleiche tue auch ich, nicht mehr und nicht weniger«, sagte Jesus.

»Aber du hast dabei stets ein Auge gen Himmel gerichtet. Egal, wie sehr ich mir darüber den Kopf zerbreche, komme ich zu dem Schluss, dass wir in *irdische* Schwierigkeiten und Probleme verstrickt sind und eben nicht in himmlische. Wir müssen als Menschen jetzt und hier über einen Ausweg nachdenken. Ihr habt vor zweitausend Jahren gegen die Römer aufbegehrt, damit alles besser werde, aber die Konflikte sind geblieben. Auf demselben Boden, auf dem du geboren wurdest, töteten Verwandte einander. Der Grund für die Katastrophe war, dass sie Gott wie einen Baum in hunderte verschiedene Stücke zerlegt hatten. Jeder schnitzte sich nach seiner Vorstellung und Laune einen eigenen Gott zurecht, der sich von dem seines Nächsten unterschied. Es entstanden unzählige Rinnsale aus Blut, mit rollenden Köpfen darin!«

»Weil sie sich nicht läuterten, weil sie den Traum des Himmels in sich abtöteten und sich von der Gier verführen ließen. Weil ihnen der Kompass für ein Leben in Aufrichtigkeit abhandenkam – nun sind sie orientierungslos und verloren. Das Römische Reich ist zwar untergegangen, aber meinem Volk und auch anderen Völkern ist es nicht gelungen, die Tyrannen aus ihren Seelen und Herzen zu verbannen. Sie selbst wurden zu ihren Ebenbildern! Offensichtlich können die Herrscher ohne Tyrannei nicht leben!«

»Aber welches prächtige Paradies ist denn so leicht zu erreichen und welche Tugendhaftigkeit so einfach zu erringen? Wenn man so mühelos dorthin gelangen würde, warum sind dann Millionen von Menschen seit tausenden von Jahren in einem Höllenleben gefangen? Wenn das Leben diese elende, blutige und menschenverbrennende Hölle auf Erden ist, warum sollten wir dann überhaupt um Erlösung bitten? Es gibt dort doch kein Wasser, um uns reinzuwaschen und um dieses ewige Feuer zu löschen. Ich frage dich, ob das Töten, Ausrotten, Hungerleiden und all das Unheil das Werk der Natur oder der bösartigen und gleichgültigen Menschen ist.«

»Deine Frage verlangt nach einer langen, zufriedenstellenden Antwort. Aber diese kann ich dir jetzt nicht geben, denn ich habe nicht viel Zeit. Der Zustand der Welt besorgt mich, und genau deshalb habe ich mich beeilt, so schnell wie möglich auf die Erde zurückzukehren. Ich selbst litt unter jener Hölle, in deren Flammen die Menschen sich gegenseitig stießen. Aber vergiss nicht, dass sich die Pforten des Himmelreichs nur für diejenigen öffnen, die reinen Herzens und bescheiden sind, die, die wieder werden wie die Kinder, die Trauernden und die Männer und Frauen, die verfolgt werden um der Gerechtigkeit willen.«

»Und all dieses sich Wälzen in Schmerz, Elend und Krankheiten – das unaufhörliche Morden, wohin führt das? Für wen und wozu und wie werden all die Leidenden entschädigt?«

»Ich habe schon immer gegen Tyrannei, Krieg und böse Taten gekämpft, dafür habe ich mein Blut geopfert. Was soll ich denn noch tun, als mich für meine Botschaft hinzugeben?!«

»Und jetzt?«

»Für mein Opfer erwarte ich mir keine Belohnung. Ich bin nicht gekommen, um ein Reich zu unterwerfen, meine Revolution ist nicht wie all die anderen irdischen Revolutionen. Ich kämpfe für das Jenseits, damit alle in das Königreich Gottes eingehen. Ich bin gekommen, um die Menschen zu lehren, wie sie dem Teufel in ihrer Seele beikommen können.«

»Das bedeutet, du lässt all jene nicht im Stich, die dir Vertrauen schenken? Es gibt unzählbar viele Leidende – lass sie nicht zurück!«

»Niemals! Ich versichere dir, dass die Aufrichtigen das Königreich Gottes besitzen und nicht die Gleichgültigen und Korrupten.«

»Aber hat dich das Himmelreich für deine Pein, deine Schmerzen und dein vergossenes Blut denn belohnt?«

»Dem Himmel wollte ich es nicht recht machen. Mir ging es um den Frieden auf Erden und darum, dass die Welt von Liebe durchwirkt werde.«

»Aber du wurdest doch gewürdigt. Angeblich soll dich Gott zu seiner Rechten – und nicht zu seiner Linken – über alle irdischen Könige und Machthaber gestellt haben, für immer und ewig. Nun liegen dir die großen und mächtigen Menschen zu Füßen. Gibst du dich denn damit zufrieden?«

»Meine Anwesenheit bei dir beantwortet deine Frage. Wie du siehst, konnte ich nicht anders, als, von meinen Sorgen um die Menschheit gedrängt, auf die Erde zurückzukehren. Ich war niemals auf Macht und Status aus, weder auf der Erde noch im Himmel.«

* * *

Da begann ich zu wanken, meine Kraft schwand, mein Herz flatterte und meine Knie sackten ein. Es überfiel mich ein stetig anwachsendes Schwindelgefühl, als befände ich mich in einem gigantischen Wirbelsturm. Ich bemerkte, dass offenbar nur ich mich auf so übertriebene Weise verrückt gemacht hatte. Jesus, der den Himmel im Rücken hatte, sprach viel mutiger und sorgloser. Schließlich würde ihn Gott zu sich nach Hause holen, geriete er in Schwierigkeiten. Aber wer würde sich um mich kümmern?

Vor meinem inneren Auge schleppte sich eine Karawane Menschen jeglichen Alters vorbei, mit Kreuzen auf den Schultern, die Rinnsale aus Blut, Tränen und Schweiß hinter sich ließ. Mal sah ich mich in vorderster Reihe und dann wieder in der letzten. Ich war erschöpft und verwirrt und tränkte den Trampelpfad auch mit meinem Blut, meinen Tränen und meinem Schweiß. Geier und Adler kreisten im Schwarm über unseren Köpfen. Ich war noch benommen, als mir der Duft von frischgebackenem Fladenbrot in die Nase stieg, als hätte man es gerade vom heißen Blech genommen.

»Wir haben noch gar nichts gegessen«, murmelte ich vor mich hin, nachdem mich der Duft des Fladenbrots aufgewühlt hatte. »Die Nacht ist kalt und unsere Mägen sind leer. Wir sollten etwas zu uns nehmen, bevor wir uns dem Schmerz, den dein Vorhaben mit sich bringt, stellen!«

»Das waren genau meine Worte, bevor ich gekreuzigt wurde. Anscheinend prophezeist du dieses Schicksal auch für uns beide in der heutigen Nacht.«

»Nein, dieses Mal werden wir von hunderten mit Händen geschlagen und mit Füßen getreten werden.«

»Hast du einen Laib Brot hier? Bring das Brot und lass es uns teilen, mit einem Glas Wein dazu.«

»Wiederhole jetzt nicht noch diesen Satz von einst, von dem damals noch niemand wusste, dass du mit ihm deinen Tod voraussagen würdest.«

Ich hob das Glas, gab Jesus ein Stück Brot und sagte, ihn nachahmend:

»Dies ist mein Leib, iss davon, und dies ist mein Blut, das für dich und für alle vergossen wird, trink daraus. Falls du mich heute Nacht zurücklassen und wieder in den Himmel emporsteigen solltest, stoß mit deinen Engeln auf mein vergossenes Blut an. Denk an mich als einen Schatten, den du in dieser einsamen Nacht als einen Albtraum oder einen bösen Gedanken gesehen hast, und nicht als einen Flüchtling. Erinnere dich an mich als gescheiterter, verlassener Jesus, dem es nicht einmal gelungen ist, seine Botschaft bis in die dunklen Winkel seiner eigenen erstickten Seele vordringen zu lassen.«

»Du wirst mit mir in den Himmel kommen. Ich lasse dich nicht zurück. Hier ist nicht mehr dein Platz. Wenn du ohnehin bloß noch Übel und Verderben erwartest, wozu und wie lange willst du noch auf Erden bleiben?«

»Ich weiß es nicht, aber es ist ohnehin schon zu spät. Ich werde mein Lebtag lang vom Unheil verfolgt. Es ist mir bestimmt, durch alle möglichen irdischen Feuer zu gehen als Vorbereitung auf die andere Hölle. Brennen ist Brennen, ob im Diesseits oder im Jenseits. Ich und meine Landsleute sind bereits dermaßen verbrannt, dass eine weitere Hölle es für eine Sünde hielte, uns noch mehr zu verbrennen.«

»Ich habe nicht vor, den Menschen das Glück auf Erden zu schenken, aber ich verspreche euch das Reich Gottes. Hmm … mich überkommt allmählich auch der Zweifel. Ich hatte zwar stets Bedenken, aber ich war immer bereit, mich für die Menschheit zu opfern. Du forderst Gerechtigkeit, ich bitte um Gnade. Du hast aus Hoffnungslosigkeit all die Türen zum Himmel verschlossen, ich dagegen öffnete all diese Türen. Du strebst nach dem irdischen Glück für alle, ich aber nach einer seelischen Verwandlung. Du wolltest die Feinde aus deinem Land vertreiben, ich aber die Feinde im Inneren des Menschen.«

Ich war dermaßen verzweifelt, dass ich nicht einmal für die wahren und treffenden Worte meines Gastes, der sich für den Erlöser hielt, Anerkennung fand. Als sich mein Schweigen immer weiter in die Länge zog, sah Jesus mich wortlos an. Sein Blick verriet, dass er in mir das verängstigte Kind sehen konnte, das sich vor Auseinandersetzungen scheut. Trotz der allumfassenden Ruhe, die sein zarter, feingliedriger Körper und sein Heiligenschein ausstrahlten, überfiel ihn eine Gereiztheit, die wellenartig von ihm ausging und auf mich überschlug, sodass ich verunsichert zurückweichen musste. Nach einer Weile begann er wieder zu sprechen:

»Also, ich bin doch zurückgekommen, weil ich einen klaren Entschluss gefasst hatte und mich selbst auf die Probe stellen wollte. Deshalb habe ich um eine einzige Wundernacht gebeten und nicht um tausende Nächte. Ich werde bis zum Ende dieser ungewissen Reise gehen und mein finsteres Schicksal annehmen, auch wenn ich diesen Weg allein einschlagen muss. Wie auch immer es ausgeht, es wird nicht blutiger sein als beim ersten Mal.«

»Wer weiß! Ich glaube an deine tapfere Seele und dein mutiges Herz. Aber verzeih, dass ich deine Aussage nicht für richtig halte, du seist gekommen, um dich erneut auf die Probe zu stellen! Du bist selbstverständlich frei, dies zu tun und es dir vom Himmel zu wünschen. Aber schließlich will dich der Himmel prüfen, genau wie er es bei Vater Adam mit den verbotenen Früchten des paradiesischen Baumes getan hat! Adam war hocherfreut über die Erschaffung von Mutter Eva, aber er hätte nicht erwartet, dass ihn nach seinem Ungehorsam, nachdem er von der verbotenen Frucht gekostet hatte, ein so schwarzes Schicksal erwarten würde. Wer weiß, vielleicht treibt dich dein Ungehorsam auch in ewiges Unglück!« Er lächelte mich freundlich an und erwiderte:

»Das kann man nicht miteinander vergleichen: Adams Strafe für sein Ungehorsam war, ihn aus dem Paradies zu vertreiben. Aber ich war von Anfang an auf der Erde. Und nun stehe ich vor dir, höre dir zu, ohne mich um die Zeit zu sorgen, die mir dabei davonläuft. Die Nacht ist schon fortgeschritten, und ich will mit dir jetzt, als dem ersten Menschen, dem ich begegne, sprechen, damit auch du verstehst, warum ich gekommen bin und ob mich meine reine Absicht zum Erfolg oder in den Abgrund führen wird. Ich weiß es nicht. Sollte ich scheitern, wird der große Verlust nur sein, dass mir die Türen zum Himmel verschlossen werden, und ich werde, so wie du, in dieser Welt gefangen bleiben.«

»Und dann?«

»Ich weiß es nicht. Alles, was ich weiß, ist, dass ich nicht aufgeben werde, meine Botschaft zu überbringen.«

»Und wenn sie dich töten?«

»Werde ich wieder zum Märtyrer. Auch beim letzten Mal war mir klar, dass ich mein Blut würde vergießen müssen.«

* * *

Als ich seine Worte hörte, schämte ich mich für meine Feigheit und für mein Zögern, obwohl ich mir vollkommen sicher war, dass die Sprache der Liebe weder in dieser einen Nacht noch in hundert weiteren Tagen und Nächten Gerechtigkeit bringen würde. Beharrlich versuchte ich, diesen geheimnisvollen Mann, der mit seinem Schicksal spielte, irgendwie zu überreden, sich das mit der Erlösung der Menschheit doch noch einmal gut zu überlegen. Und das, obwohl ich wusste, dass er in seinem früheren Leben mit seiner eindrucksvollen Sprache Berge versetzen konnte und auch seinen Tod ein weiteres Mal in Kauf nehmen würde. Er kümmerte sich nicht einmal darum, seine Weisheiten und Botschaften niederzuschreiben. Wären seine Jünger nicht gewesen, die es gerade noch schafften, seine Worte festzuhalten, so wären uns heute kaum Überlieferungen von der farbenfrohen Welt seiner Seele erhalten geblieben. Er, der mit bloßen Händen gegen die blutrünstigen römischen Staatsdiener kämpfte, die er um Gnade hätte bitten können, was er aber nicht tat, wandelte selbst unter den Menschen, legte seine Hand auf ihre Schultern und versicherte:

»Hab keine Angst, dir werden deine Sünden vergeben. Nicht nur wenn du sieben Sünden, sondern auch wenn du siebzig mal sieben Sünden begangen hast.«

Ich war darauf aus, ihn zu vergraulen. Er sollte meiner überdrüssig werden. Vielleicht konnte ich ihn austricksen, damit er es sich anders überlegt und mich nicht zu seinem Begleiter auf dieser seltsamen Reise macht, wobei ich nicht ahnen konnte, in welch schwarzes Schicksal diese Nacht uns vielleicht stürzen würde. Es war gut möglich, dass uns etwas Schlimmes zustoßen würde: Seit ich in dieses Land gekommen war, hatte ich bereits mehrere gewaltsame Auseinandersetzungen und diverse Boshaftigkeiten erlebt, angezettelt von irgendwelchen Rassisten gegen uns Schwarzhaarige. Es schien mir beinahe unmöglich, dass Jesus mit seinem exotischen Aussehen, seiner dunklen Haut und den schwarzen Haaren seine Botschaft in so einer kunterbunten Nacht den Menschen würde überbringen können.

»Wer weiß, ob du während deines Versuchs oder, wie beim ersten Mal, im letzten Moment nicht etwas aussprichst, aus dem Reue hervorgeht?«, fragte ich ihn vorsichtig.

»Was meinst du denn? Von welcher Reue sprichst du?«

»Als du leidend am Kreuz hingst, hast du deinen Vater angeprangert: ›Mein Gott, mein Gott, warum hast du mich verlassen?‹ Eine Frage, die in tiefstem Schmerz und in größter Einsamkeit gestellt wurde. Aber diese Aussage an sich wirft Fragen auf, denn nicht alle Anwesenden haben deine Worte vernommen. Kannst du dich selbst daran erinnern? Als al-Hallādsch, der Sufi und Dichter, mit Schwertern gefoltert wurde, sagte er: ›So viel Schönheit, Glück und Segen! Wahrlich, höchste Gnade ist es, selbst verlöschend zu entschweben.‹ Du aber sprachst: ›Warum, warum hast du mich verlassen?‹«

»Manchmal muss man eben Opfer bringen, wenn sonst niemand dazu bereit ist. Ich kann mich nur dunkel erinnern, dass ich, wie jeder andere Sterbliche auch, leiden musste, genau wie die Räuber, die neben mir gekreuzigt worden sind. Aus meinem Leib war so viel Blut geflossen, dass ich zu halluzinieren begann. Aber was meinen Tod so besonders machte und von den anderen unterschied, war ein schier unvorstellbar großer Schmerz, der sich anfühlte, als würden tausende Männer und Frauen gleichzeitig in mir gekreuzigt werden. All ihr Leiden wanderte durch meine Adern. Die angesammelte und geballte Qual in meinem Herzen ließ mich die Hölle sehen. Ich nehme an, dass ich aus diesem tödlichen Schmerz heraus die Worte sprach. Warum nicht? Möglich ist es …«

»Welches Geheimnis, welche Kraft befähigte dich dazu, all diese Schmerzen zu ertragen?«

»Es war die Tatsache, dass ich für alle anderen und anstelle aller anderen am Kreuze hing! Für mich war das Leben mit einer reinen Seele immer schon die Erlösung selbst. Und genau das hat mich von den Toten auferstehen lassen.«

»Also hast du wirklich für alle anderen Buße getan?«

»Wenn du mit ›alle anderen‹ auch meine Peiniger meinst, dann ja. Ich habe zweifellos für alle mein Blut vergossen. Ich halte es nicht für gerecht, dass wir den Sündigen gegenüber Hass empfinden, jedoch ist es unser gutes Recht, die Sünde selbst zu verurteilen.«

»Was für eine Rechtfertigung hat der Mensch denn für all seine Sünden? Also den anderen – und nicht sich selbst – gegenüber, meine ich!«

»Der Mensch ist das einzige Lebewesen, das es fertigbringt, jede einzelne seiner Sünden mit hunderten von Argumenten und Ausreden zu rechtfertigen. Aber wenn er sich seine Fehler wirklich eingesteht, dann ist das doch gut.«

»So einfach ist es auch wieder nicht. Ich nehme doch an, dass du nicht jede Sünde gleich bewertest. Manche sind schlimmer als andere. Wenn du das glauben würdest, hättest du niemals Maria Magdalena gerettet, die mit dem Ehebruch die vermeintlich größte Sünde begangen hatte. Und dennoch hast du ihr geholfen und deine berühmten Worte zu den Pharisäern und Schriftgelehrten gesprochen: ›Wer unter euch ohne Sünde ist, der werfe den ersten Stein!‹«

»Ich freue mich, dass du von Begebenheiten aus meiner Vergangenheit weißt. Ich bin stolz, sie vor der Steinigung bewahrt zu haben, auch wenn es meine Pflicht war, dies zu tun. Andere im Namen der eigenen Reinheit zu bestrafen, ist die größte Sünde. Und das, obwohl wir alle Sünder sind. Diejenigen, die am meisten gesündigt haben, schikanieren andere am heftigsten. Aber ein aufrechter Mensch mit reinem Herzen und klarem Verstand kann sich niemals Tyrannei leisten. Despotische Menschen sind ängstliche Charaktere. Ich wusste, dass Maria Magdalena deswegen gesteinigt werden sollte, weil sie die Lust der Männer erregt haben musste. Diese verklemmten Heuchler haben in Wirklichkeit nicht Maria Magdalena gesteinigt, sondern ihre eigenen verdrängten Wünsche und Sehnsüchte. Und ihre Ängste vor dem, was sie nicht kennen.«

»Ja, ich denke auch, dass Maria Magdalena ihre unbewussten Ängste aufgewühlt hat. Wahrscheinlich wollten sie sich insgeheim mit ihr vergnügen. Und es könnte sein, dass ein Teil der Frauen Maria Magdalena deshalb steinigen wollte, weil ihnen ihr freier Lebenswandel Angst machte, oder vielleicht waren sie auch eifersüchtig.«

»Für mich stellten solche Heuchler schon immer eine Gefahr dar. Um sich selbst aufzuwerten, suchen sie den Splitter im Auge der anderen. Sie veranstalten ein bösartiges Spiel, in dem sie ihre Freunde beschuldigen, um ihre vermeintliche Reinheit unter Beweis zu stellen.«

»Da hast du recht. Du hast nie etwas vorgegaukelt. Sonst hätten sie dich nicht so schnell hingerichtet. Ich will mich nicht mit dir vergleichen, aber es hat mich hierher, so hoch in den Norden verschlagen, weil ich nie wollte, dass ich wie in meinem Heimatland meinen Kleiderschrank mit Masken vollhängen muss«, sagte ich.

»Ein wahrhaftiger Mensch braucht keine Verkleidung. Nur

weil man ein königliches Gewand trägt, wird man auch nicht gleich auf den Thron eines Königreichs gesetzt.«

»An deiner Stelle hätte ich Maria Magdalena zur Gemahlin genommen, als du sie vor der Steinigung gerettet hast. Das wäre glorreich gewesen!«

»Ich hatte aber eine größere Botschaft, als nur einen einzigen Menschen in Schutz zu nehmen.«

»Ich weiß, deine Botschaft war die Liebe. Wie außerordentlich wäre es gewesen, hättest du diese Liebe mit einer Sünderin geteilt. Dann hätte deine Botschaft die Menschen erreicht. Wer weiß, vielleicht hättest du in Marias Schoß jene Heimat gefunden, die dir durch die Römer verwehrt geblieben war?«

»Vielleicht habe ich das auch, aber im Verborgenen«, antwortete er mit sanftem Lächeln.

»Aha! Ich hatte da bereits so einen Verdacht. Und da bin ich nicht der Einzige: Tausende haben das vermutet. Es ranken sich viele Geschichten um ein heimliches Verhältnis zwischen dir und ihr.«

»Weder sind alle Geschichten wahr, noch sind sie alle gelogen.«

»Aber du hast doch gerade noch gesagt, dass du auch nicht hinter einer Maske leben wolltest!« Ich musste einfach nachfragen.

»So war es auch. Aber manchmal muss man klug sein und manche Dinge für sich behalten. Es gibt niemanden, der überall und zu jeder Zeit in voller Offenheit nach seinen Prinzipien lebt, ohne das eine oder andere Spielchen zu treiben oder gewisse Dinge zu verheimlichen, an die er glaubt. Ja, natürlich sollte man nach seinem Glauben handeln, aber es ist unmöglich, dass Leute, die keinen Verstand haben, hartherzig und heuchlerisch sind, die eigene Botschaft verstehen. Wichtig ist, dass der Mensch zu sich selbst ehrlich ist und anderen kein Leid zufügt. Pedanten und Moralapostel achten nicht auf das Wesentliche. Argwöhnisch beobachten sie Ameisen, von Kamelen jedoch wenden sie den Blick ab.«

»Die Geschichte, wie du Maria Magdalena vor dem sicheren Tod gerettet hast, hat dich damals unter den Frauen beliebt gemacht. Auch heute bewundern dich viele Frauen, aber auch Männer dafür.«

»Aber nicht alle. Die meisten begriffen erst viel später, warum ich das tat. Doch wenn eine Botschaft wirklich wichtig ist, ist es egal, wann sie ankommt. Hauptsache, sie berührt irgendwann die Herzen der Menschen.«

»Ich war immer schon erschüttert von der Tatsache, dass die grauenvolle Praxis der Steinigung nach so vielen Jahrhunderten immer noch ausgeübt wird: Mädchen und Frauen werden in manchen Ländern bis zum Hals in Erde eingegraben und gesteinigt, nur weil sie sich nicht heiratswillig gezeigt haben. Oft reicht ein unbegründeter Verdacht, um Frauen als Huren zu bezichtigen und sie deshalb zu töten. Ich weiß, dass diese ›Tradition‹ von Männern hochgehalten wird, die Frauen als ihre Sklavinnen und ihren Besitz betrachten. Es wurden sogar in deinem Namen oder im Namen Gottes deine Anhänger davon überzeugt, dass Jesus der Regent über das männliche Geschlecht sei, und der Mann wiederum der Gebieter der Frau. Ich begreife das nicht! Aber all deiner Bemühungen zum Trotz ist aus dieser Verdrehung deiner Botschaft ein Gesetz geworden, das bereits viele Jahrhunderte lang gilt. Demnach halten die Männer sich für klüger, reiner, weiser und vollkommener als die Frauen. Deshalb halten sich die *Aghas,* diese alten bärtigen Greise, für die Herrscher über alle Dinge, dabei sind sie nichts als Zerstörer. Sie setzen Regeln fest, die sie als Werte ausgeben, damit niemand an ihnen rüttelt und die ewige Verknechtung der Frau durch die Männer immer weitergeführt werden kann. Sie besitzen alles, vom Feuerholz für den Herd bis hin zu den Frauen selbst. Und was ist mit der Rolle der Mutter? Warum soll eine Mutter denn bluten müssen vor lauter Kummer? So, wie du bei uns *Jesus von Maria* genannt wirst, hätte ich mir gewünscht, ebenso mit dem Namen meiner Mutter gerufen zu werden. Sie heißt nämlich zufällig auch Meryam, also Maria. Bis die Mutter ihre Kinder aufgezogen hat, muss sie größere Mühen auf sich nehmen und viel mehr Schmerzen ertragen als der Vater. Und dennoch dürfen die Kinder nicht über den Namen mit der Mutter verbunden sein? Erst wenn bei uns die Menschen gestorben sind, werden sie nach dem islamischen Totengebet bei der Beisetzung mit dem Namen ihrer Mutter genannt. Mich macht es zornig, dass ich nicht den Namen meiner Mutter tragen darf!«

»Halt, warte, ich weiß nicht, was du damit meinst, wenn du sagst, der Mann sei der Gebieter über die Frau. Und wer ist dann mein Gebieter? Oder wessen Gebieter bin ich? Vergiss nicht, dass Männer meine Worte instrumentalisierten, um durch sie einen Vorwand zu schaffen, die Frauen zu tyrannisieren. In der Geschichte hat sich gezeigt, dass die Welt voll ist mit unzähligen erlogenen Überlieferungen, die jeder – insbesondere die männliche Spezies – im eigenen Interesse missbraucht hat.«

»Seit ich denken kann, beneide ich dich darum, dass du den Namen deiner Mutter tragen kannst. Erst als Erwachsener habe ich begriffen, wie sehr meine Mutter meinetwegen leiden musste. In ihrer Selbstlosigkeit nahm sie so viel Kummer auf sich. Darum möchte ich auch ihren Namen tragen. Ach, was hätten meine Geschwister und ich nur gemacht, wäre sie nicht da gewesen und hätte sie uns nicht so fürsorglich großgezogen. Ich weiß, dass sie mich bis zu ihrem Tod lieben und vermissen wird und sich um mich Sorgen macht, obwohl ich bereits erwachsen bin und für mich selbst sorgen kann. Als ich aus meiner Heimat floh, hielt mich meine Mutter an der Tür zurück und sagte: ›Mein lieber Sohn, ich hoffe, ich werde dich wiedersehen, bevor mein Augenlicht erlischt.‹ Sie roch an mir, als würde sie an den Gärten des Paradieses riechen. Dann sagte sie mir mit flehender Stimme ins Ohr: ›Bleib nicht lange weg, ich habe Angst, dich zu verlieren und mit gebrochenem Herzen zu Grabe getragen zu werden.‹ Mein Vater dagegen rührte sich kein bisschen. Er kam nicht einmal heraus. Ich krümmte mich mitleiderregend in den wohlriechenden Armen meiner Mutter und hoffte, damit seine Aufmerksamkeit zu erregen. Schließlich wollte ich auch seinen Segen bekommen. Aber nein, den gab er mir nicht. Er saß unbekümmert im hintersten Zimmer und ich hörte, wie er meine Mutter anherrschte: ›Meryam, was soll das Schluchzen? Er zieht doch nicht in den heiligen Krieg! Lass ihn verschwinden … Zur Hölle mit so einem Streuner! So ein Teufel zieht nur Plagen und Elend auf sich.‹ Mein Bruder Jesus, weißt du, dass mein Vater mich nie geküsst hat und nie freundlich mir gegenüber war? Nach jedem Gebet verharrte meine Mutter noch etwas länger auf dem Gebetsteppich und flehte den Himmel und Gott schluchzend an, mich zu beschützen. Aber bis heute trage ich den Namen meines Vaters. Das ist doch mein größtes Vergehen! Du aber kannst dich glücklich schätzen, auch in dieser Hinsicht warst du schon damals einzigartig.«

»Ich bin aber auch zornig und traurig, dass ich keinen Vater hatte! Manche zweifelten sogar daran, dass ich ein eheliches Kind sei. Ja, meine Mutter wurde mit einer Unmenge böser Beinamen bedacht, von meiner Geburt bis hin zu meiner Kreuzigung.«

»Ich habe mich immer schon gefragt, was der Unterschied zwischen einem ehelichen Kind und einem Bastard sein soll. Kinder sind doch viel zu unschuldig, um in solche schmutzigen Spiele verdorbener Erwachsener hineingezogen zu werden. Auch durch die Adern eines unehelichen Kindes fließt rotes Blut, es hat zwei Augen, Gefühle und Verstand. Ich verstehe deinen Kummer. Dir haben sie als Neugeborenes ja auch nach dem Leben getrachtet. Ich schätze Josefs Mut sehr, weil er Maria und dem neugeborenen Kind durch die Flucht vor Herodes das Leben gerettet hat.«

»Ich habe noch bitterere Geschichten in Erinnerung, aber unsere Flucht nach Ägypten führte dazu, dass ich versuchte herauszufinden, aus welchem Grund ich versteckt werden musste. Es hat sich später herausgestellt, dass es eine Prophezeiung gab, die besagte, ein Junge würde geboren, um den König zu beseitigen und seinen Platz einzunehmen. Ich habe mit meiner Betroffenheit über solches Gerede nie meine Mutter belastet. Aber es schmerzte mich, dass sie schon in jungen Jahren aufgrund meiner Geburt solchen Ängsten ausgesetzt war. Das war immer meine Hauptsorge. Bis zu dem Moment, in dem die Seele meinen Leib am Kreuz verließ.«

»Ich weiß, wovon du sprichst, Jesus, mein Bruder. Allein diese Geschichte wurde in zahlreichen Versionen festgehalten: Es sollen der Heilige Geist und eine Engelsgestalt beteiligt gewesen sein. Auch du bist zur Inspiration von hunderten bizarren, schlechten, aber auch guten Büchern geworden. Nach fast zweitausend Jahren sind die vielen Erzählungen über die Geschehnisse nicht einmal mehr für Bauern und Rinderhirten glaubwürdig. Der Mensch ist das einzige Geschöpf, das es fertigbringt, bei jedem Ereignis und jedem Thema die Fantasie mit sich durchgehen zu lassen und immer sein eigenes Gemisch aus Wahrheit und Lüge hinzuzudichten. In diesem Flüchtlingslager, zum Beispiel, gab es vor kurzem eine Prügelei zwischen jungen Kurden und Türken, bei der ich mir als Streitschlichter eine Verletzung am Kopf zugezogen habe. Die Nähte sind immer noch zu sehen. Als später die Polizei den Grund für die Streitigkeit protokollieren wollte, gab es unzählige verschiedene Versionen dessen, was passiert war, was dazu führte, dass aus dem Polizeibericht ein kompliziertes Spinnennetz aus verworrenen Geschichten wurde.«

»Was war denn der Grund für die Streiterei? Ich möchte es von dir erfahren!«

»Die Wurzeln des Rassismus und der Herrschsucht über andere Völker reichen tief. Die Haltung, andere als minderwertig anzusehen, ist auch in unserer modernen Welt weit verbreitet. Sie führt dazu, dass zwei Nationen, Religionen oder Kulturen einander mit einer unverrückbaren Überzeugung anfeinden, die bloß als Vorwand dient, das schmutzige Spiel autoritärer Machthaber zu rechtfertigen. Die Türken halten sich für die legitimen Herrscher über das ganze Territorium, und im Gegensatz dazu halten sich die Kurden für ein unterdrücktes Volk und für Knechte auf dem eigenen Boden. Es ist eine bis heute andauernde Krankheit, andere Völker abwertend zu betrachten. Sie ist in der Seele der Diktatoren, aber auch in Familien, in Schulen, in Moscheen, in Kirchen, in politischen Parteien und anderen Institutionen tief verankert. Es gibt immer noch so viele, die sich für größer, reiner, schöner und klüger als andere halten. Die Gewaltgeschichte der Menschheit entspringt dieser Art zu denken.«

»Seltsam! Ich kann mich noch erinnern, dass damals, als ich jung war, viel vom Groll, dem Hass und der Feindseligkeit zwischen den Völkern im Morgenland, aber auch im Abendland zu spüren war. Aber dass es heute noch zwei Nationen gibt, die nicht auf demselben Boden zusammenleben können, ist absurd und beschämend! Nun möchte ich von dir erfahren, was über mich niedergeschrieben und erzählt wurde. Welche Geschichten stecken in deiner Satteltasche? Was hat dich neugierig gemacht, mich kennenzulernen? Wann war das und wie alt warst du da?«

»Die Antwort auf diese Frage reißt meine alten Wunden auf. Die Geschichte darüber, wie ich dich für mich entdeckte, brachte mich dazu, einen ganzen Berg seltsamer Bücher über dich, es waren hunderte, zu lesen. Einige von ihnen überhäufen dich mit Lob, andere greifen dich an, lästern und kritisieren dich scharf oder stellen sogar deine Existenz in Frage. Zahlreiche Geheimnisse über dein Leben, die schönen Seiten, aber auch absurde Interpretationen deiner Worte wurden veröffentlicht. Auch deine Wundertaten wurden beleuchtet, hinterfragt und wissenschaftlich widerlegt. Eine nicht mehr überschaubare Menge an Kinofilmen, von denen du wohl nicht weißt, was das ist, wurden über die verschiedenen Episoden deines Lebens gedreht. Es gibt unzählige Gemälde, Statuen, Legenden, Romane und musikalische Werke über dich. Aus dir ist nach deiner Kreuzigung ein Mythos geworden!«

»Bedeutet das, ich wäre nicht zu einem Mythos geworden, hätte man mich nicht gekreuzigt?«

»Das kann ich nicht sagen. Aber dein blutiger Opfertod hat eine Art magischen Eindruck hinterlassen. Seit zweitausend Jahren hat diese Magie nicht an Anziehungskraft eingebüßt. Was mich aber dazu bewegte, dich kennenlernen zu wollen, war nicht nur der Wunsch, mehr über deine Botschaft und von deinem Martyrium zu erfahren, sondern es war ein christliches Mädchen. Das heißt, eine deiner frommen Anbeterinnen brachte mich dazu. Damals war ich nur ein unreifer Knabe. Wir waren zwei Kinder aus demselben Viertel. Sie hieß Meryam, wie meine Mutter. Ich war völlig vernarrt in sie, aber sie war in dich verliebt!«

»Moment einmal, ich kann dir nicht folgen!«

»Es ist eine lange Geschichte. Hättest du nicht vor, heute Nacht die Menschen und den unglückseligen Planeten, den sie selbst zugrunde gerichtet haben, erneut zu retten, würde ich dir von meiner unerfüllten Liebe erzählen, durch die du zu meinem Gegner und Widersacher geworden bist.«

»Das hätte ich nicht erwartet. Wer war dieses Mädchen? Sie war verrückt nach mir, und du nach ihr? Bitte erklär mir das!«

»Ja, sie war verliebt in dich. Deinetwegen hat sie mir das Herz gebrochen. Voller Sehnsucht zündete sie in der Kirche so viele Kerzen der Liebe für dich an, wie ihr Leben Tage zählte. Jedes Mal, wenn diese Kerzen brannten, brannte mein Herz mit. Oft blies ich heimlich die Kerzen aus, wenn sie die Kirche wieder verlassen hatte.«

»Welche Macht des Schicksals hat mich hierhergeführt, dass ich gleich beim ersten Menschen, den ich treffe, von Schuldzuweisungen geradezu überschwemmt werde?«

»Einerseits wundert es mich, andererseits aber auch wieder nicht. Es gab hunderte Nächte, in denen du, genau wie jetzt, mein Gast warst und ich mit dir Gespräche führte. Ich stelle mir unser Treffen so vor, als wäre es einer meiner vielen Träume, der aber nicht der letzte sein wird. Vielleicht haben dich meine Träume und Wünsche dazu gedrängt, heute Nacht ausgerechnet bei mir auf die Erde zu kommen!«

»Auch ich befand mich in einem endlosen Traum, sowohl hier auf Erden als auch im Himmel.«

»Und wer von uns beiden kann sich sicher sein, dass das, was wir hier und jetzt erleben, nicht auch nur einer dieser Träume ist?«

»Niemand. Allmählich beginne ich auch, an mir und an meiner Wiederkunft zu zweifeln! Passiert das alles denn wirklich?«

»Und das Seltsamste daran ist das Gefühl, meine Gedanken hätten Flügel. Vielleicht befinden wir uns aber auch in Meryams Traum. Meine geliebte Meryam! Die sich für dich opferte und mich dafür in den Abgrund stieß. So wie die vielen tausend anderen Mädchen, die nur für dich und keinen anderen Mann Augen hatten.«

»Was meinst du mit ›viele tausend andere Mädchen‹?«

»Nicht nur Mädchen, auch unzählige verheiratete Frauen waren und sind in dich verliebt!«

»Wozu? Warum? Bitte verzeih, wenn ich das sage, aber du bist ein schlechter Gastgeber! Du versuchst, mich mit deinen Worten an dein Zimmer zu fesseln. Warum sollen denn unzählige Frauen in mich verliebt sein? Das beängstigt mich. All diese Liebe beunruhigt mich! Wenn das wirklich stimmt, müsste ich zuerst bei mir selbst anfangen, meine eigene Seele retten, und nicht die der anderen Menschen. Diese Schuldgefühle zerfressen mich und zerreißen mein Herz. Ich muss mich erst davon befreien, bevor ich hinaus zu den Menschen gehe!«

»Das wundert mich jetzt aber! Ich dachte, du wüsstest da oben über all die Frauen mit gebrochenem Herzen Bescheid. Und ich ging davon aus, dass deine verstorbenen Bewunderinnen bereits deine Gäste im Himmel geworden sind!«

»Wo, bei mir?«

»Im Himmel!«

»Im Himmel sorgte ich mich nur um die Erde und um die Menschen, und darum, wie sie sich vor meinen Augen selbst zerstören. Sogar die Wolken waren mit dem Blut der Menschen durchtränkt. Ich war so voller Sorgen, dass ich, sobald ich aufgefahren war, kein Auge mehr zu tat und nur so rasch wie möglich auf die Erde zurückkehren wollte. Mein Leben im Himmel war ein ewiges, ruheloses Wachen, sodass ich ununterbrochen das Gefühl hatte, ich hinge noch am Kreuz!«

Vorsichtig öffnete Jesus seine Hände und zeigte mir zuerst die rechte Handfläche, dann die linke. Es quälte mich zu sehen, wie aus seinen Handflächen Blut austrat, als wären die Nägel gerade erst herausgezogen worden. Dann schloss er seine Hände wieder, als wolle er die Blutung stoppen. Ich trat vor Schreck einen Schritt zurück und merkte, wie es mir die Sprache verschlug. Ich wollte meine Furcht vor ihm verbergen und sog mühevoll ein wenig Luft ein, um wieder zur Besinnung zu kommen. Ich überlegte, wie ich seiner leiderfüllten Totengeschichte endlich würde entkommen können. Ich sammelte mich wieder und sann nach Worten, um die Richtung des Gespräches zu ändern.

»Die Art, wie jemand gestorben ist, gibt uns häufig Aufschluss darüber, wie er gelebt hat. Du bist die einzige Seele, die auf eine so merkwürdige Weise, poetisch und grausam zugleich, gestorben ist. Ob du es bewusst getan hast oder nicht, ist für mich belanglos. Aber die Art, wie du starbst, hat bei den Menschen einen solch profunden, geradezu magischen Eindruck hinterlassen, dass die Geschichte deines Sterbens um die ganze Welt gesponnen ist. Die Darstellung deines Todes in Gemälden überwältigt unser aller Seelen!«

»Abgesehen von meinem angeblich so poetischen Tod: Was hat denn alle dazu getrieben, so viel über mich zu erzählen oder zu schreiben?«

»Viele haben das närrische Bedürfnis, in der Biographie anderer, insbesondere berühmter Persönlichkeiten, herumzugraben und diese pedantisch auf wahre Begebenheiten oder erfundene Geschichten hin zu zerpflücken. Es gibt Menschen, die ihr ganzes Leben diesem Spiel widmen. Denn der menschliche Zweifel ist unersättlich und er verstärkt den Drang, die Geheimnisse anderer Menschen lüften zu wollen. Und es ist genau derselbe Trieb, der uns dazu bewegt, Romane, Erzählungen und Epen durchzuwälzen. Ich denke, dass der Mensch dadurch sein eigenes Leben verbittert.«

»Welchen Drang die Menschen auch immer hegen, es ist ihr gutes Recht. Ich ersann mir keinen ›poetischen‹ Tod. Niemand sehnt sich nach solch unerträglichen Schmerzen. Ich wusste aber, dass es noch schlimmer gewesen wäre, hätte ich mich den Wächtern und Soldaten widersetzt. Bereits in jungen Jahren widersagte ich allen Versuchungen, der Macht und dem Reichtum und folgte der Botschaft der Liebe. Als bescheidener Mensch verlor ich alles, aber dafür gewann ich meine Seele. Sie dachten, ich würde, König David gleich, nach Thron und Herrschaft streben. Darum schmückten sie mein Haupt mit einer Dornenkrone, statt mit einer goldenen. Aber ich habe nichts davon bereut! Weißt du warum?« Wie ein getreuer, kluger Junge, der sich die Worte seines Lehrers eingeprägt hatte, antwortete ich enthusiastisch:

»Selbstverständlich weiß ich es! Du sollst ja selbst einmal gesagt haben: ›Was nützt es einem Menschen, wenn er die ganze Welt gewinnt, aber seine Seele einbüßt?‹«

»So ist es, gelobt sei deine Zunge! Es freut mich, dass du meine Worte kennst, genau so, wie ich sie gesprochen habe.«

»Aber dieselbe Botschaft ist in unterschiedlichen Versionen niedergeschrieben worden. Für mich ist sie die höchste aller Weisheiten, und sie war es auch, die mich hierherbrachte und sogar noch heimatloser als früher werden ließ, denn sie ist die Essenz der Revolution des Herzens.«

»Wir haben ja vorher schon darüber gesprochen, dass wir alle auf dieselbe Art und Weise auf die Welt kommen: Schreiend werden wir vom Leib unserer Mütter getrennt, aber wir sterben alle unterschiedlich. Hast du dir je Gedanken darüber gemacht, wie dein Ende sein soll?«

Als er mir diese Frage stellte, merkte ich auf einmal, wie sehr mich dieses Gespräch, das in dieser Nacht anscheinend kein Ende mehr nehmen würde, erschöpfte. Ich konnte mir nur schwer erklären, warum ich mich in einer so großen Stadt mit Jesus Christus in einem heruntergekommenen Zimmer in einem der vielen Flüchtlingslager, die in diesem Jahrhundert überall auf der Welt errichtet werden mussten, verkroch. Alle Flüchtlingsquartiere dieser Welt, selbst die besten und schönsten, bleiben immer nur ein sauberes Gefängnis für die fremden, einsamen und vernachlässigten Seelen, die es bewohnen. Diese öden Orte haben nichts mit der Welt da draußen gemein. Sie sind eine Hölle auf Erden, von Menschenhand geschaffen. Die Zimmer gleichen Glutstätten der Hölle, nur dass in ihnen keine Feuer lodern. Die Wände und Decken sind nicht dazu gebaut, um Geflohene vor Kälte, Schnee, Regen, Hitze und vor bösen Menschen zu schützen, sondern um uns von der ganzen Welt auszugrenzen und wegzusperren. Und wenn du die üblichen sinnlosen Fragen an die Betreuer, an die zuständigen Beamten oder an die Quartiergeber richtest – warum du hier bist, wie lange du hier bleiben musst, wie lange das Verfahren dauern würde, wann du deine Familie wiedersehen darfst, wann du ein richtiges Zuhause bekommst, wann du deine Kinder in die Arme schließen wirst, um zu wissen, wie groß sie geworden sind, wann du dir die von deiner Gattin gekochten Speisen wieder auf der Zunge zergehen lassen kannst, wann du wieder einen schönen Traum haben würdest, wann du dich in den Schoß deiner Mutter werfen kannst oder wann du dieses ach so saubere Gefängnis verlassen darfst –, bekommst du meistens von ihnen, ganz gleich, ob sie mitfühlend sind oder hartherzig, die gleiche kühle Gegenfrage zur Antwort: »Sind Sie nun mit Ihren Fragen fertig, mein Herr?« Niemand hat die Kraft, diese Frage zu beantworten und zu sagen: »Ja, ich bin fertig!« Wie soll ich denn fertig sein? In meiner Seele und in meinem Herzen toben die Gedanken an dutzende blutige Ereignisse! Ich ersticke in diesem Kerker! Wie lange soll ich noch wie ein wilder Vogel in diesem Käfig ausharren, an dessen Gitterstäbe ich andauernd stoße, sodass ich schon fast alle meine Federn verloren habe? Die Betreuer kommen zu dir und erinnern dich äußerst liebevoll und einfühlsam daran, dass es sich nicht lohnt, sich selbst in die Verzweiflung zu treiben. Sie geben dir Beruhigungsmittel, von denen manche Asylsuchende bereits abhängig sind, damit du sediert in einen tiefen Schlaf fällst. Und bevor dir die Augen zufallen, flüstern dir die Betreuerinnen mit liebevoller, warmer Stimme einer Mutter ins Ohr: »Bitte vergiss nicht, dass du vor dem Tod geflohen bist. Bedenke, dass wir dir bei uns Zuflucht gewähren, damit dein Leben vor der Gewalt schwarzer Hände bewahrt bleibt. Bitte schätze das, was wir dir bieten.« Einem bettlägerigen Menschen gleich, der seit vielen Jahren an einer unbekannten Krankheit leidet, bringen sie dich sanft und behutsam immer wieder ins Bett, schenken dir ein aufgesetztes Lächeln, schließen die Tür hinter sich, und es ist, als würden sie dein Grab mit einer ehernen Platte verschließen.

* * *

Die Antwort auf Jesus' Frage, ob ich je darüber nachgedacht habe, welche Art zu sterben ich mir eigentlich wünschen würde, war sehr schwierig zu beantworten. Eine einzige Nacht hätte dafür nicht ausgereicht. Seine Frage bereitete mir einen so tiefen Kummer, dass ich an unzählige weitere widersprüchliche Dinge denken musste. Um auszuweichen, drehte ich den Spieß um:

»Und du? Wie willst du denn sterben?«

Betrunken und verloren beobachtete ich durch das Fenster die Schneeflocken, die, ohne sich Gedanken um mich und meinen Gast zu machen, vom Himmel fielen. Sie schwebten so unbekümmert und gemächlich herunter, dass sie mein Herz fast stillstehen ließen. Nichts auf der Welt lässt mich so sehr innehalten wie der viele Schnee in diesem Land. Die Ruhe der weiß verschneiten Böden und der Anblick der sanft darauf landenden Flocken machten mir bewusst, was für ein gereizter, aufgewühlter und ungeduldiger Zeitgenosse ich doch war. Ich war fahrig und immer darauf aus, noch schneller zu essen, noch schneller das Geschirr abzuwaschen, fieberhaft Briefe zu schreiben, gehetzt zur Post zu laufen und gleich wieder in mein Zimmer zurückzukehren. Dort angekommen, erinnerte ich mich, wie viele Dinge ich vergessen hatte zu erledigen. In gewissem Sinne schlief ich sogar schneller. Gleich, ob ich süße oder böse Träume hatte, stand ich immer abrupt auf. Ich raste in die Stadt, kaufte geschwind ein, galoppierte zum nächsten Park oder Kaffeehaus, kippte eine Tasse Kaffee oder ein Glas Wein in mich hinein, als wäre ich am Verdursten, dann lief ich zu meinem Zimmer zurück, als hätte ich Angst, jemand könnte es mir streitig machen. Und wenn ich auf die Toilette ging, sprang ich auf, noch bevor ich fertig war, als stünde eine lange Schlange vor der Tür. Aber draußen, vor meinem Zimmerfenster, hörte ich den am Boden ruhenden Schnee mir zuraunen: »Halte ein! Warum all diese Hast? Schließlich kommt irgendwann der Tag, an dem auch du wie ich dahinschmelzen wirst, so, als wärst du nie auf dieser Erde gewesen.« Ah, manchmal wurde mir von dem langsam fallenden Schnee derart schlecht, dass ich mich übergeben musste! Ein Zustand, der die Ärzte erstaunte. Sie konnten den absonderlichen Zusammenhang zwischen dem Schnee und meiner Übelkeit nicht begreifen.

Das gleißende Weiß des Schnees verhüllte alles wie ein Schleier. Es überstrahlte dominant alle anderen Farben der Umgebung. Diese unschuldige Farbe bedeutete für mich nicht nur Reinheit, sondern sie war auch ein Symbol des Sterbens, der Kälte, der Einsamkeit und der Auslöschung der Welt. Das Weißwerden des Lebens ist die Flucht und die Kapitulation aller anderen Farben vor einer einzigen. Warum überhaupt kleiden sich die Menschen, die mit Tod und Krankheit zu tun haben, in Weiß?! Auch das Leichentuch ist weiß.

Ich, als der einzige junge Rezitator der *Ya-Sin*-Sure in unserem Viertel, konnte mich, wenn Menschen im Sterben lagen oder bereits tot in ein weißes Tuch gewickelt waren, mit diesem Schneeweiß nie anfreunden, da es mich unentwegt an den Tod und das Stillstehen der Zeit erinnerte. Die Frauen unterbrachen während des Rezitierens auch immer nur mich, nahmen mir den Koran aus der Hand und befahlen, zum Bazar zu eilen, um weißen Stoff für den Leichnam zu kaufen. Deshalb bereitete mir Jesus' Rückkehr von den Toten in einer so kalten, weißen Nacht einen heftigen Kummer und erinnerte mich an den bitteren Geschmack meiner Vergangenheit.

Angst stieg in mir auf und ich spürte, wie meine Knie allmählich nachgaben. Ich war froh über mein warmes Zimmer, denn so verwandelte die Kälte in meinem Inneren mich nicht in eine Statue aus Eis. Weh mir, wie sehr hatte ich mir seit langem gewünscht, die Strahlen einer gnädigen Sonne würden an diesem Nordpol meine eisige Hülle auftauen lassen, damit ich mich wie ein Mensch und nicht wie ein Schneemann fühlen würde.

Ich hielt kurz inne und dachte wieder an Jesus' vorzeitige Rückkehr, drei Jahre vor Beendigung des zweiten Jahrtausends. Das beunruhigte mich zutiefst und machte mir Angst, so wie das Pfeifen eines plötzlichen Windes, der einen großen Sturm ankündigt. Ich richtete meinen Blick auf die Bäume draußen und sah, wie der Wind ihre ermüdeten Äste vom schweren Schnee befreite. Ich wünschte, jemand würde an die Tür klopfen und mich aus diesem betrübten Zustand holen. Alle waren berauscht und wollten aus dieser Nacht die Nacht des Vergessens machen. Nur ich, ich allein, war der einzige Zeuge des Kommens des Jüngsten Gerichts. Ich fragte mich, warum ich die Einladung meiner Freunde abgelehnt hatte und mich weigerte, mit ihnen auszugehen. Ich hatte mich in diesem Flüchtlingsquartier verbarrikadiert, als würde ich mich auf das Ende der Welt vorbereiten. Seit dem frühen Abend brannte die Sehnsucht nach meiner Frau und meinen Kindern in meiner Brust. Der Gedanke an die Entfernung zwischen mir und ihnen entkräftete mich vollends. Ah, wie pechschwarz und böse war dieses Jahr gewesen und auch die Jahre davor! Das Nachdenken über Wirbelstürme, Vernichtung und blutige Gefechte überall auf der Welt oder die Jahre der Dürre und die schwarze Pest, die immer wieder über mein Land kamen, waren meine Neujahrsfeiern gewesen. Ja, immer wenn die anderen einen Anlass hatten, zu feiern, dachte ich an die ewigen Kriege der blutrünstigen Clans meiner Heimat, als wäre ich selbst der Verursacher all dieser Verwüstung gewesen.

In dieser Nacht hatte ich den Eindruck, man hätte mich, genau wie Jesus, mit rostigen Nägeln ans Kreuz geschlagen, und ich spürte, wie das warme Blut meinen Leib hinunterrann. Ich wußte nicht warum. Wo habe ich gesündigt, fragte ich mich. Oder nein, vielleicht habe ich so sehr gesündigt, dass ich alle Städte und Länder der Welt durchpflügen muss, damit mir vergeben wird. Aber was habe ich denn verbrochen? Ich weiß es nicht! Vielleicht habe ich es verdient, gekreuzigt zu werden, weil mir meine Sünden nicht bewusst sind! Denn hätte ich nichts Falsches getan, wäre ich ja wohl auch nicht hier in diesem schrecklichen Gefängnis fernab meiner Heimat gelandet. Ich denke, dass ich mich nicht schuldig fühle, beweist, dass ich schuldig bin! Vielleicht ist es ja meine größte Sünde, dass ich so schwach und hilflos bin, dass ich mich in dieser Welt, die bis oben hin voll ist mit Sünden, nicht getraut habe, selbst auch nur die kleinste Sünde zu begehen. Und darum bleibe ich nicht verschont und habe einen qualvollen Tod verdient.

* * *

Bis heute sucht mich immer wieder derselbe Traum heim: Ich sehe mich schreiend und weinend mit einer Art Weissagung alle aufwecken, sogar Säuglinge in der Wiege schrecken durch mein Klagen auf. Ich stehe jedes Mal auf einem Gipfel, auf einem Minarett, auf der Spitze eines Turmes oder bin manchmal sogar hängend am Kreuz, wo sich Menschen um mich drängelnd versammeln, um sich ungeduldig meine Botschaft anzuhören. Im Traum erscheine ich bisweilen als kleines Kind, das gerade erst sprechen gelernt hat, oder als alter Mann mit zahnlosem Mund. Die Leute in der erwartungsvollen Menschenmenge, die sich um mich herum versammelt hat, drängen und stolpern übereinander, um mich aus der Nähe sehen und hören zu können. Fragende Stimmen, warum ich sie denn überhaupt herbeigerufen habe, erheben sich aus der Menge. Ich fange an, flehend und wimmernd all die Sünden aufzuzählen, die ich ihnen angetan habe, und die Menschen, die um mich stehen, um Verzeihung zu bitten. Während ich in Gestalt des jungen Kindes schluchzend meine bösen Taten beichte, werde ich mit jedem Atemzug um Jahre älter. Schließlich bin ich so alt, dass meine Beine mich nicht mehr tragen können und ich wie ein Toter in die offenen Arme der Menge falle, die mich dann durch die Gassen der Stadt trägt. Während sie mich auf erhobenen Händen herumführen, höre ich das unaufhörliche Klagen der Mädchen und Frauen, die mich vom ersten Wort an bis zu jenem Augenblick, in dem ich altersschwach kein Wort mehr herausbrachte, begleitet haben. Während ich noch immer flehend um Verzeihung bitte, wickeln sie mich in ein weißes Leichentuch, um mich in einen Sarg zu stecken. Nicht einmal da ist irgendjemand von ihnen bereit, mir zu verzeihen. Ein weiteres Mal bitte ich die Menschen um Vergebung, da werde ich auf einmal immer jünger. Ich werde wieder zu jenem Kind, das gerade sprechen und gehen lernt. Mit jedem Atemzug werden meine Knochen weicher, bis ich schließlich nicht mehr stehen kann. Die Leute sind einerseits erstaunt von dem wundersamen Wechsel vom Sarg zur Wiege und andererseits wütend und aufgebracht, dass zuerst ein stammelndes Kind und dann ein alter, zahnloser Mann, der seine Zunge nicht hüten kann, all die aufgezählten Sünden auf sich nimmt. Sie haben Angst, dass ich sie bloßstellen könnte, indem ich womöglich noch ihre heimlichen Vergehen ausplaudere und dadurch ihren Ruf in der ganzen Stadt schädigte. Denn so würde keiner von ihnen mehr mit erhobenem Haupt durchs Leben gehen können. Alle müssten sich schämen. Getrieben von einer inbrünstigen Wut, die wie ein zorniger Sturm losbricht, zerren sie mich in die Höhe und werfen mich gegen Wände, Felsen und Baumstämme, bis ich sterbe. Vom Schmerz dieser Brutalität überwältigt erwache ich aus meinem Traum und finde mich wieder auf einem Bett in einem menschenleeren Krankenhaus, durch dessen Fenster ich den alles bedeckenden Schnee sehe. Niemand ist da, den ich fragen könnte, warum ich hier bin und was mir denn fehlt. Ich habe das Gefühl, eine Krankheit habe von mir Besitz ergriffen, die kein Arzt dieser Welt heilen kann. Eine Krankheit, die meinen Leib Zelle um Zelle verwesen lässt. Und mit dem Verfall jeder Zelle werde ich die Hölle am eigenen Leib erleben. Wie Hiob werde ich fürchterlichstem Leid ausgesetzt und muss mitansehen, wie mir Würmer und Maden einzeln, nach und nach aus dem Fleisch fallen. Mich betrübt das heruntergefallene Gewürm, das ich auflese, um es zurück auf meinen Leib zu legen, damit es sich weiter an meinem Fleisch laben kann, ebenso wie die Würmer, die in der Erde ersticken. Jeder Gläubige sollte Hiobs Geduld aufbringen, die Leiden, die einem auferlegt werden, zu ertragen und darauf zu vertrauen, entweder von einem noch größeren Unheil dahingerafft oder von Gott im Leben errettet zu werden. Das ist die größte und huldvollste Prüfung auf Erden und im Himmel.

* * *

In einem finsteren Teil meiner Seele hege ich den Wunsch, meiner unerfüllten Liebe wegen sterbend im Bett zu liegen. Die Schreie meines gebrochenen Herzens sollen meine geliebte Meryam kurz vor meinem Tod erreichen. Sie soll erfahren, dass kein Arzneimittel der Welt meine Wunden heilen kann, nur ihr Anblick oder ein sanfter Kuss. Aber meine hartherzige Geliebte ist ja nun berauscht von ihrer neuen Liebe zu diesem Jesus und sie kommt nicht zu mir geeilt. Stück für Stück löse ich mich in Luft auf. Ich halluziniere und kann nicht einordnen, was für eine Angst und was für ein Kummer mich mit sich reißen. Ich spüre großes Unheil auf mich zukommen, das genauso viele Tentakel hat, wie es böse Menschen gibt, die die anderen mit ihren feurigen Augen beobachten und verbrennen. Es ist ein Unheil, das schwarzen Wolken voller giftiger Tropfen gleicht. Sie drohen, sich zu entladen und der Erde eine vernichtende Flut zu schicken, die gigantischer ist als die Sintflut zu Noahs Zeiten. Die Fluten überspülen Städte und die Herzen der Menschen, sie schlucken kleine wie große Geschöpfe. Die Wasser heben auch die größten und imposantesten Schlösser wie Streichholzschachteln hoch, sie verschlingen Dörfer, Äcker und Vieh, Bienen und Kinder. Und als der Flut gewahr wird, dass sie mit ihrem Wasser die Herzen und die Seelen der Menschheit nicht reinigen kann, lässt sie alles untergehen. Ich sehe, wie tausende Wiegen im Wasser schwimmen, wie das Licht des Mondes und der Sterne von der Finsternis verschluckt wird, wie Erdbeben aus der Tiefe heraufgrollen und riesige Gebirge zum Einsturz bringen, die sich damit in ungeheure Steinlawinen verwandeln, wie die Hitze an anderen Teilen der Erde alles zum Schmelzen bringt, wie die Meere beginnen zuzufrieren und wie schließlich eine dicke Schneedecke die Welt unter sich begräbt. Die Sonne erlischt, die Zeit bleibt stehen und alles Leben mündet in ein Nichts. Doch nach Jahrtausenden entsteht eine neue Sonne und das Leben auf unserem Planeten blüht wieder auf, aber ich bin der

Einzige, der diesen Albtraum immer wieder aufs Neue durchleben muss, hilflos, ohne etwas dagegen tun zu können. Gott, wozu all diese Katastrophen?

* * *

Plötzlich ließen mich Jesus' Rufe hochschrecken:

»He, in was für Gedanken hast du dich denn verirrt? Du bist ja völlig abwesend. Komm zurück!«

Ich schwebte noch in der Welt meiner finsteren Imaginationen, als ich seine Stimme wahrnahm. Dann sagte ich:

»Ich wurde mit dir gekreuzigt und sah eine Szene vom Tag des Jüngsten Gerichts. Gleich, ob ich wache oder in Schlaf versunken bin, ich sehe die schwärzesten Albträume, und sie schmerzen mich. Sag du mir, wie das Ende der Welt aussehen wird. Werden wir im Wasser ertrinken oder von einem gnadenlosen Feuer gefressen werden?«

»Mein betrübter Freund, ich habe dich vorhin gefragt, wie du dir dein Ende vorstellst, aber du bist der Frage ausgewichen«, gab mir Jesus vorwurfsvoll zurück.

»Lass es mich einmal so erklären: In Anbetracht all der Gewaltsucht und der Mordlust, die die Menschen aufeinander losgehen lässt, gehe ich davon aus, dass ein Höllenfeuer diese Dämonen in unserer Seele verbrennen wird. Und wenn ich an die Herzenskälte und die Empathielosigkeit der Menschen denke, die das Unrecht und die Gewalt allerorts dulden, so müsste ein Teil von uns im ewigen Eis erfrieren. Ich glaube, dass die Aussagen der Wissenschaftler und der Hellseher nicht ganz unwahr sind, wenn sie behaupten, dass unsere Sonne wie eine Kerze allmählich zu verlöschen droht.«

»Solange auch nur ein Hauch von Liebe in unseren Herzen übrigbleibt, wird das Licht der Welt strahlen, wie die Kerze hier vor uns auf dem Tisch, deren Flamme gerade ums Überleben kämpft. Aber meine Frage, wie du dir dein Ende vorstellst, ist noch immer nicht beantwortet. Es kann doch nicht sein, dass du dir ein Ende wie meines am Kreuz wünschst – auch wenn du meinen Tod als süß und poetisch bezeichnet hast.«

»Jeder lebt sein eigenes Leben und stirbt seinen eigenen Tod. Ich möchte nicht über mein Ende sprechen. Ich denke, solange ich lebe, sollte ich nicht über den Tod sprechen, denn ich weiß, dass wenn ich tot bin, ich auch keine Gelegenheit dazu haben werde, über das Leben zu sprechen.«

»Und was ist mit dem Ende dieser Welt?«

»Das ist meine größte Sorge. Es wundert mich offen gestanden nicht, dass die Religionen und ihre Propheten, aber auch die Wissenschaftler, die Astrologen und die Umweltschützer unaufhörlich vom Ende der Welt sprechen. Denn die Lebensweise der Menschen auf diesem Planeten deutet auf Selbstvernichtung hin, und das ist ein Beweis dafür, wie egoistisch wir sind. Ich frage mich, ob in diesem unendlichen Universum die anderen Milliarden Planeten und Sterne in der gleichen Geschwindigkeit erlöschen wie unsere unglückselige Mutter Erde, zu deren Zerstörung wir, ob wir es wollen oder nicht, immerfort beitragen.«

»Was hat dich dazu gebracht, nicht an deine Mitmenschen zu glauben und dermaßen pessimistisch zu sein?«

»Was ich denke, muss überhaupt nicht stimmen. Meine Schwarzseherei hat mit absoluter Gewissheit nichts zu tun. Ich habe keine Beweise für meine düsteren Voraussagungen, und wir beide wissen doch ganz genau, dass dieser Planet wohl doch nicht ganz unbewohnt ist von guten und aufrichtigen Menschen. Mag sein, dass das Potenzial für den Menschen, diese Welt zu gefährden, von den Würmern bis hin zu den Walen, begrenzt ist. Die Menschen selbst legen jeweils für sich auch ab und zu eine Vernichtungspause ein, aber wenn sie aufwachen, zerstören und verdrecken sie wieder alles um sich herum. Was aber dennoch, trotz der Pausen, niemals ein Ende findet, sind das Blutvergießen, das Töten, die Kriege und die Tränen, welche die Menschen unaufhörlich wegen der Verbrechen anderer weinen müssen. Wie sollte ich nicht pessimistisch sein, wenn tausende Kinder auf verschiedenen Teilen dieser Erde aufgrund von Armut und Mangelernährung behindert oder mit Krankheiten geboren werden, und die Welt sieht tatenlos zu! In vielen Städten leben Menschen ohne Dach über dem Kopf, Millionen sterben, weil sie verhungern, vor Kälte erfrieren oder der Hitze der Wüste erliegen, während andere ihre Essmatten mit fettem Fleisch belegen. Abertausende Bücher erzählen von den Verbrechen der Menschen an ihrer Mitwelt. Tausende Hektar Wald sind verschwunden, grüne Flächen werden in Wüsten verwandelt, alle Schätze haben wir aus dem Bauch von Mutter Erde herausbefördert, und auch die Lebewesen im Meer haben wir nicht verschont. Und du fragst mich, was mich dazu bewegt, so schwarzzusehen? Ich zweifle zwar daran, dass jemand deine Rückkehr feiern wird, aber es gibt Unzählige, die deine Wiederkunft als Erlöser prophezeien. Sie halten die Erdbeben, die Fluten, tödliche Krankheiten und Pandemien für Vorboten des Jüngsten Gerichts. Auch die Moslems glauben an das Erscheinen eines Erlösers namens Muhammad Al-Mahdi. Und die Christen glauben, dass du bei deiner Kreuzigung mit deinem Blut die

Gläubigen von ihren Sünden befreit hast und du dieses Heilsgeschehen mit deiner Wiederkunft wiederholen willst.« Er sah mich fragend an und unterbrach mich:

»Sag mir einmal ganz geradeheraus, warum du dich eigentlich so von deinen Mitmenschen distanzierst und immer meinst: ›Sie glauben dies, sie tun jenes …‹ Glaubst du denn nicht an einen Erlöser?«

»Gewiss gehöre ich auch der Spezies Mensch an, aber die Zeiten, in denen jemand kommen wird, der uns alle erlöst und rettet, die sind vorbei! Wir sind unaufhörlich den bedrohlichen Voraussagen der Experten und Wissenschaftler ausgesetzt, unser Ende oder der Untergang unseres Planeten würde nahen. Wenn die Menschen weiter so sorglos und grausam vorgehen, werden sie ihren Lebensraum zerstören, aber dennoch halten sie hartnäckig an ihrem Kurs fest! Es mag sein, dass diese Welt für Schildkröten, für Affen, Spinnen und viele andere Tierarten uralt ist, aber für die Spezies Mensch, die zerstörerischste unter ihnen, ist es eine neue Welt!«

»Wenn du glaubst, dass die Welt erst vor kurzem entstanden ist, warum überfällt dich dann die Angst, sie könne bald untergehen?«

»Weil die Menschen es geschafft haben, in den letzten hundert Jahren der Erde mehr Schaden zuzufügen, als diese sich selbst seit ihrer Entstehung antun konnte. Nun sind wir im zwanzigsten Jahrhundert angelangt, das die Menschen stolz als das Jahrhundert des Fortschritts bezeichnen. Meine Wahrheit aber ist: Die Erde ist beinahe gänzlich vergiftet und ich kann verstehen, dass die Hoffnungslosigkeit die Menschen dazu getrieben hat, im Laufe ihrer gesamten Geschichte auf einen Erlöser zu warten. Gleich, ob dieser vom Himmel kommt oder von der Erde …«

»Und was glaubst du wer ich bin, wenn kein Retter, der nun mit dir spricht und sich um die Menschen und diese Erde sorgt?«

»Du könntest das Produkt meiner Fantasie sein oder ein Traum, den ich immer um die Weihnachtszeit habe. Denn dann bin ich stets von deiner Welt, deinen Sprüchen und deinem frühen Tod erfüllt. Nachts träume ich ohnehin von schlimmen, aber auch von guten Dingen: von allen Propheten, von bekannten Persönlichkeiten, aber auch von großen Verbrechern. Deshalb bin ich mir nicht sicher, ob das, was jetzt geschieht, Wirklichkeit oder Fantasie ist. Diese Träume leben schon so lange in mir, dass ich Realität und Einbildung nicht mehr auseinanderhalten kann. Ich sag's dir ganz offen: Ich warte, wie Millionen andere auch, auf einen Erlöser, denn ich bin vor lauter Verzweiflung völlig ausgelaugt. Wie ich bereits sagte: Ich bin hier ein Flüchtling und warte darauf, ein Stück Papier zu bekommen, mit dem ich frei die Grenzen überwinden und reisen darf, um meine geliebten Menschen wiedersehen zu können. Für mich ist dieses Papier die Erlösung. In meiner Situation ist es tödlich, nicht an eine Erlösung oder an ein Wunder zu glauben, ich zweifle aber an einem Erlöser in menschlicher Gestalt. Stell dir einmal vor, es gibt sogar Leute, und gar nicht einmal wenige, die prophezeien, dass womöglich anstelle des erwarteten Erlösers fremdartige Wesen irgendwoher aus der Galaxie herunterkommen, die viel intelligenter und fähiger wären als wir, um uns die Ressourcen zu rauben oder uns zu töten. Du musst mir verzeihen, dass ich die Existenz eines menschlichen Erlösers in Frage stelle. Ich habe nicht die Absicht, dir gegenüber als unhöflicher Gastgeber aufzutreten. Im Gegenteil: Dein Erscheinen, gleich ob es Realität ist oder Fantasie, macht mich glücklich, denn du hast mir den Abend versüßt. Viele erwarten auch, dass mit deiner Wiederkunft ein großer Krieg zwischen dir und dem Teufel und denen, in denen er wohnt, ausbricht. Wie das aussehen soll, weiß ich nicht. Denn ich habe in vielen Büchern, die über deine Rückkehr geschrieben wurden, gelesen, dass du zu Beginn all die Anbeter des Teufels besiegen wirst. Aber, mein Verehrter, eine so blutige Schlacht, die die letzte auf Erden sein soll, wird nicht so einfach zu schlagen sein: Die gesamte Menschheit will angeblich an diesem brutalen, entscheidenden Krieg teilnehmen, bei dem in jeder Ecke, in jedem Detail der Teufel steckt, und worauf dann aber eine neue Welt entsteht, die durch deine, des Erlösers Hand erschaffen wird und in der die Liebe den Hass verdrängt.« Er sah mich mit dem Selbstverständnis eines Erlösers an, der weiß, dass Millionen Menschen auf ihn warten, kam auf mich zu und fragte:

»Ist das jetzt wieder eine deiner wirren Wahnvorstellungen oder meinst du, es wird tatsächlich so ein Krieg ausbrechen?«

»Nein, es ist weder eine Wahnvorstellung, noch wird so ein Krieg ausbrechen. Allein, dass du so eine Frage stellst, bekräftigt meine Bedenken, dass du wirklich Jesus Christus bist. Wie kann es sein, dass du von solchen Prophezeiungen und den Erwartungen der Gläubigen nichts weißt? Oder bist du vielleicht auch einer dieser verwirrten Männer der letzten tausendneunhundertsiebenundneunzig Jahre, die sich als Jesus ausgegeben und als Retter der Menschheit präsentiert haben? Das, was ich zu sagen versuche, wurde in unzähligen unterschiedlichen Versionen niedergeschrieben und besagt, dass es nach deinem siegreichen Krieg gegen den Teufel außer dem Paradies keinen anderen Ort mehr geben wird. Denn das Paradies soll jener Ort sein, der keine Teufel aufnimmt. Ein Ort, wo die Menschen frei sind und sorglos, ohne Katastrophen, Krankheiten und Elend, ewig leben können. Auch die Toten, ob sie gesündigt haben oder nicht, warten darauf, dass du sie, wie früher, zum Leben erweckst und ihnen dein Fleisch und dein Blut hingibst.«

»Aber ich bin es: Jesus, der Erlöser, steht vor dir. In deiner Flasche Wein sind nur noch zwei Schluck übrig. Du bist doch betrunken und nicht mehr bei Sinnen. Ich frage mich, wohin dich deine Fantasie noch treiben wird, wenn du eine zweite Flasche öffnest.«

»Ich möchte, dass du auch ein Glas trinkst. Das geht doch nicht, dass ich betrunken bin und du bei klarem Verstand! Zu Weihnachten trinkt die halbe Welt zu deinem Gedenken Wein, Ouzo, Bier, Wodka, Cognac, Champagner, Gin und dergleichen, heute Nacht zu ihrem Vergnügen. Ich bin kein echter Trinker, ich gönn' mir nur zu besonderen Anlässen solch himmlische Getränke.«

»Mehr als diese zwei Schluck möchte ich aber nicht nehmen. Denn du weißt ja, was ich heute noch vorhabe. Aber sag mir, wozu trinken die Menschen all die eigentümlichen Getränke, die du nanntest?«

»Wie ich bereits sagte: Alle wollen an den Feiertagen einen angenehmen Schwips haben. Manche trinken so viel, dass sie sich übergeben oder sogar in die Hose machen. In der Silvesternacht fallen tausende Betrunkene einander in die Arme, ohne sich zu kennen. Heute Nacht werden die Gelüste gen Himmel steigen und die Welt so füllen, dass die Berge beben.

Bis zum Morgengrauen wird getanzt, Menschen prügeln sich, Blut wird vergossen, manche nehmen sich sogar das Leben; für das alles nehmen sie dich zum Vorwand. Nicht zu vergessen, dass sich die meisten von ihnen hinter der Maske der Glückseligkeit verstecken.« Erstaunt sah er mich an:

»Warum verhalten sich denn alle so seltsam in der Zeit um meine Geburt?«

»Das passiert immer, jedes Jahr, in der Zeit zwischen Weihnachten und Neujahr. Alle haben das dringende Bedürfnis, Kerzen anzuzünden, Weihnachtsbäume zu fällen und zu schmücken, Geschenke, Küsse und Umarmungen zu tauschen, sich sinnlos zu betrinken und sich tanzend bis ins Morgengrauen aneinander zu reiben. In der letzten Nacht dieser Zeit bist du für sie eine Art Dionysos, der Gott des Weines, der Ekstase und der Trunkenheit. Sie befreien sich dann von verlogenen Sitten, Moral und den alltäglichen Floskeln, indem sie ihre Gelüste hemmungslos ausleben.«

Meine Worte schienen ihn zu betrüben und ihm auch Angst zu machen. Ich hatte das Gefühl, als würde die Enttäuschung in seinem Herzen unter dem weißen Gewand die ganze Brust zum Leuchten bringen.

»Ich befürchte, dass meine Sendung mit dem ganzen Tumult und diesen Festlichkeiten nicht in Einklang steht.«

Als ob ich Jesus' Gedanken lesen könnte, wurde mir klar, er war in der Erwartung herabgestiegen, dass die gesamte Menschheit seine Rückkehr heute Nacht begrüßen würde. Er hatte doch nicht den Himmel angefleht, um mit einer feierwütigen Meute ins neue Jahr zu rutschen.

»Es wird sehr schwierig«, merkte ich unvermittelt mit erhobener Stimme an.

Wie ein Tier, das vom Schuss aus dem Gewehr eines Jägers erschrickt, drehte er sich zu mir und fragte:

»Was wird sehr schwierig?«

»Dass du mit deiner Mission erfolgreich bist! Denn die Leute sind jetzt schon alle völlig besoffen! Mein verehrter Erlöser, du würdest bereits jetzt auf lauter komische, abgefüllte Gestalten stoßen, die sich vor deinen Füßen übergeben. Und nicht einmal die, die fest an dich glauben, werden Verständnis dafür haben, dass du ihnen ausgerechnet in der schönsten Zeit des Jahres Geschichten über das Ende der Welt und den Tag des Jüngsten Gerichts erzählen musst. Und bestimmt haben die meisten die Prophezeiungen über deine Rückkehr längst vergessen. Selbst wenn sie sich daran erinnern sollten, würden sie sich fragen, warum du drei Jahre zu früh, noch vor dem Ende des zweiten Jahrtausends erscheinst. Die vielen verschiedenen Übersetzungen der Bibel beinhalten unterschiedliche Versionen deiner Geschichte. Es ist undenkbar, dass verschiedene Personen dieselbe Weisheit oder dieselben Ereignisse auf ein und dieselbe Weise nacherzählen. Jesus, mein Bruder, nicht nur du, sondern alle Propheten und Heiligen wurden auf unterschiedlichste Weise instrumentalisiert. Vergiss nicht: Die Chronisten, die alles über euch festgehalten und niedergeschrieben haben, waren auch Menschen wie ich. Ich zweifle stark daran, dass ihr Erinnerungsvermögen so gut oder ihr Verstand so scharf gewesen war, dass sie nichts ausgelassen oder verdreht haben. Ich bezweifle, dass sie die Dinge genauso festhielten, wie sie sich zugetragen haben. Die Tatsachen wurden in den Niederschriften so entstellt, dass ihr, die Propheten, einem fremd und unnahbar vorkommt, was dazu führt, dass man sich euch nicht nähern und euch besser kennenlernen kann. Jeder Erzähler, der genügend Macht und Einfluss besaß, konnte für sich das Recht herausschlagen, euch wie Statuen nach seiner Wunschvorstellung zu schnitzen. Hinter jedem Vorgehen gab es selbstverständlich gute, aber auch schlechte Absichten. Ihr werdet auf jeden Fall so umgestaltet oder auseinandergenommen, dass es uns kaum gelingt, die einzelnen Teile wieder zusammenzufügen, auch wenn wir sie alle wieder finden sollten. Ach, die großen Figuren aus der Vergangenheit können einem eigentlich nur leid tun, wenn man bedenkt, dass man sich ihrer heute auf jede nur erdenkliche Weise bedient. Man zimmert sich ein Bild von ihnen zurecht, das von Leuten, die Einfluss gewinnen wollen, genutzt wird, um die Bedürfnisse der Massen zu befriedigen. Weißt du, dass bis heute darüber diskutiert wird, ob du der Sohn Gottes bist oder nicht?«

»Ich bin glücklich darüber, Gast bei jemandem zu sein, der einiges über mich in Erfahrung gebracht hat. Sogar dein Zweifel bereitet mir Freude! Zumindest sehnst du dich danach, jene Seite von mir zu entdecken, die verloren gegangen oder verborgen geblieben sein könnte. Aber auch ich war ein Mensch, der eine Botschaft und einen Traum hatte. Ich wünsche mir, dass du mich begleitest und wir es gemeinsam herausfinden! Entweder werde ich, wie damals auch schon, durch die Welt ziehen und kann mir den Staub all dieser alten, erfundenen Geschichten abklopfen …«

»… oder man schlägt dich noch einmal ans Holz, oder du steigst wieder hinauf in den Himmel, oder, oder, oder …«

»Es gibt so viele Prophezeiungen. Alles ist möglich und ich rechne mit dem Schlimmsten. Aber es bereitet mir keine Furcht. Ich nehme es dir nicht übel, dass du an mir zweifelst.

Ich frage mich auch, ob es nicht leichtsinnig ist, zu meinen, dass ich Menschen aus einer anderen Epoche, an einem Ort, den ich willkürlich ausgewählt habe, von meiner Botschaft überzeugen könnte. Aber eigentlich wurde mir damals in Galiläa schon gesagt, dass ich nichts bewirken könne.«

»Apropos Prophezeiungen: Das Ende der Welt wurde nicht nur im Alten Testament erwähnt, sondern auch in der Thora. Und dann gab es noch andere Verkünder des Untergangs, aber auch Religionen, die das Ende vorhersagten, dazu Nostradamus oder die Zarathustra-Anhänger. Auch die Buddhisten erwarten einen Erlöser namens *Maitreya* und die Hindus das *Pralaya.*«

»Das alles ist mir neu! Aber es wundert mich nicht, denn man muss schließlich kein Wahrsager sein, um sich sowas auszudenken. Diese Prophezeiungen sind die Früchte eines Geistes mit starkem Vorstellungsvermögen.«

»Du musst wissen, dass die Völker unterschiedliche Vorstellungen von Erlösern haben. Es gibt viele Religionen und Konfessionen, nicht nur das Christentum. Wenn du wirklich vorhaben solltest, alles und jeden zu erlösen, wäre es wahrscheinlich besser, du würdest dich sofort wieder in den Himmel zurückziehen. Aber so viel kann dir doch davon gar nicht neu sein, denn du hast ja vorher selbst gesagt, dass du alles gesehen hast, was hier unten bei uns passiert.«

»Ja eben, genau aus diesem Grund bin ich ja zurückgeeilt! Ich hatte meine Augen immer auf die Erde gerichtet, aber es war unmöglich, alles zu sehen, denn sogar der Allmächtige benötigt Heerscharen von Engeln, die für ihn diese Aufgaben erledigen.«

»Weißt du, dass deine getreuen Anhänger deine Wiederkunft erst im Jahr 2000 erwarten und nicht schon jetzt? Alle zählen sie die Zeichen und Beweise, die auf das näher rückende Ende hindeuten. Es hat immer wieder Zeiten gegeben, in denen man glaubte, das Ende sei nah und die Erlöser würden jetzt kommen. Je größer das Ausmaß der Katastrophen, der Verbrechen, der Kriege und der Gewalt, umso größer auch der Erlöserglaube. Es gibt doch kein einziges Land, das nicht schon gegen seinen Nachbarn Krieg geführt hätte! Man erzählt sich aber nicht nur, dass die Rettung kommen werde, sondern auch von ungeheuren, noch nie dagewesenen Ereignissen. Es soll die Glut der Hölle auf uns herabregnen, Blut aus den Quellen sprudeln, es heißt sogar, dass ganze Meere blutige Wellen schlagen werden, Kinder nicht mehr aufhören werden, zu schreien und dass Frauen seltsame Kreaturen gebären werden. Seit die Menschheit existiert, führt sie immerfort Kriege und hat bis jetzt, auch nach all den Verwüstungen, ihre Lektion nicht gelernt. Welche Seele kann so viel Krieg ertragen? Die Schlachtfelder sind belebter als jeder Park, jede Oase, jeder Garten! Würde all das vergossene Blut der Menschheit auf Erden gesammelt, es würden daraus breite Ströme und gewaltige Ozeane entstehen, auf deren Oberflächen die Köpfe der abgeschlachteten Menschen wie Wasservögel schwimmen. Wenn doch am Ende alle als Verlierer dastehen, frage ich mich, warum so viele Menschen getötet werden müssen, nur weil eine Gruppe die andere des Unrechts bezichtigt, sie für falsch und gefährlich erklärt? Der einzige entscheidende Krieg, der alle anderen Kriege verhindern könnte, wäre der, den der Mensch in seinem Inneren gegen den Egoismus führt. Die Welt ist derart im Argen, dass man sich von ihr kein Heil mehr erwarten kann. Sie sagen, dass bis zum Jahr 2000 hundert Millionen Menschen von jener tödlichen Seuche befallen sein werden, deren Ursprung angeblich krankhafte und böse Gelüste seien. Die Menschen glauben fester an ein kommendes Wunder und sehnen sich stärker nach dem Ende als nach allem anderen. Sie trösten sich damit, dass es nicht mehr lange dauern wird, bis diese schlechte Welt wie ein böser Traum endet. Die Hoffnung auf einen Erlöser wie dich lässt das Leid für Millionen von Menschen erträglicher werden. Sie träumen davon, im Jenseits entschädigt zu werden und dann endlich ein Leben ohne Sorgen, ohne Ängste und ohne kranken Geist führen zu können.«

»Prophezeite denn niemand meine vorzeitige Rückkehr?«

»Nein, nicht dass ich wüsste. Ich kann auch nicht sagen, ob ich mich glücklich schätzen darf, dass ich der Erste bin, der dich getroffen hat, oder ob es mir zum Verhängnis wird.«

»Ich konnte ja nicht ahnen, dass so viele Menschen sehnsüchtig auf meine Rückkehr warten. Seltsam!«

»Ja, schon. Aber vergiss nicht, dass nicht *alle* auf dich warten, sondern nur die, die fest an dich glauben.«

»Und was ist eigentlich mit dir? Hast du denn daran geglaubt, dass ich zurückkommen werde?«

»Das habe ich dir ja schon gesagt: Nein, ich glaubte nicht daran. Aber ich kann verstehen, dass unzählige Menschen das tun. Nur habe ich viel darüber nachgedacht, warum die Menschen anscheinend nicht leben können, ohne auf irgendetwas zu warten. Ist es wirklich der Sinn unseres Daseins, darauf zu warten, dass du zurückkommst? Ob dem nun so ist oder nicht, die Menschen warten mit Herz und Seele auf dich, sie zählen die Tage und suchen nach Zeichen.«

»Das ist wahr!«, pflichtete Jesus mir mit einem sanftem Lächeln bei.

»Es ist doch merkwürdig: Die Apokalyptiker und die Wissenschaft sind sich in gewisser Weise einig, dass unsere Welt irgendwann einmal untergehen wird – und die Gefahr sei groß! Das verbreitete Treiben unehelichen Beischlafs, das in unseren oder manchen Kulturen als Unzucht abgestempelt wird, kann nicht das einzige Zeichen dafür sein, wie manche Gelehrte bei uns behaupten, dass das Gleichgewicht des Lebens ins Wanken gekommen sei. Dass die Erde auseinanderbricht, hat nichts damit zu tun, dass wir gegen die Regeln der heiligen Bücher verstoßen. Die Gefahr der Auslöschung des Lebens besteht, egal, ob sie uns nun irdische oder himmlische Propheten voraussagen. Es gibt auch keinen göttlichen Zorn, der uns für unsere Sünden mit Krankheiten, Stürmen und Vulkanausbrüchen bestraft, nein, die eigentliche Gefahr liegt darin, dass wir gegen die Regeln der Natur und des Ökosystems dieses Planeten verstoßen, indem wir seine Bodenschätze plündern, seine Luft verseuchen, sein Wasser verschmutzen, seine Wälder dem Erdboden gleichmachen und seine Ressourcen verschwenden. Unsere Hände sind verantwortlich für das Verderben von Mutter Erde. Es ist vorbei, mein Bruder Jesus. Der Pfeil hat den Bogen bereits verlassen. Wir haben unser Ende schon besiegelt. Vielleicht schaffen wir es noch, den Selbstzerstörungsprozess zu verlangsamen, aber mehr ist nicht zu erwarten.«

* * *

Hatte Jesus erst noch zustimmend genickt, so war er nun rot angelaufen. Wortlos wischte er sich den Schweiß von der Stirn. Um ihn abzulenken, bot ich ihm noch einmal ein Glas Wein an. Ich stand auf, holte ein Kristallglas, schenkte mit einer eleganten Bewegung ein und hielt es ihm vorsichtig hin. Er wirkte abwesend. Anscheinend versuchte er, ein unwohles Gefühl – war es Beklommenheit? Verzweiflung? – zu vertreiben, indem er mein Zimmer rundum musterte. Aber als er es dann gesehen hatte, riss er mir das Glas aus meiner zitternden, ausgestreckten Hand, als ob er verhindern wollte, dass es hinunterfalle. Er setzte es an seine Lippen, und es sah so aus, als wolle er von einem besonderen Wein einer längst vergangenen Zeit kosten, in der Hoffnung, damit hinunterzuspülen, was ihn bedrückte. Da fuhr ich ihm dazwischen und wies ihn darauf hin, dass es angebracht wäre, vorher noch auf die Freundschaft anzustoßen. Er lächelte sanft, führte sein Glas auf meines zu und entlockte ihnen einen bezaubernden Klang. Mit geschlossenen Augen stürzte er den Wein hinunter. Seine Lippen wurden noch röter. Zum ersten Mal an diesem merkwürdigen Abend sah er mich berauscht und freundlich an, als wäre ich für ihn ein offenes Buch, dessen Zeilen er, eine nach der anderen, verinnerlichen wollte. Als er seine Augen weiter durch das Zimmer wandern ließ, blieb sein Blick an dem Gemälde an der Wand haften, das ihn selbst blutüberströmt am Kreuz darstellte. Es war seltsam, mit seinen schwarzen Haaren und dem schwachen Bart sah er genauso aus wie auf dem Bild an meiner Wand. Nach einer längeren Stille, die sich im Raum zwischen uns ausbreitete, begann er wieder zu sprechen:

»Mir scheint, als hätte ich meine Kreuzigung gar nicht leibhaftig durchlitten, sondern nur in einem beängstigenden Traum. Wenn ich dieses Bild ansehe, schmerzen meine Hände so sehr, als würden sie in diesem Augenblick von Nägeln durchbohrt werden. Wer ist der Gekreuzigte?«

»Nun zweifle ich aber wirklich, ob du es bist oder nur eine Halluzination meines verwirrten Kopfes! Weißt du das denn nicht? Das bist du! Du! Und niemand sonst! Es gibt Millionen solcher Gemälde, die die Geschichte deiner Kreuzigung auf unterschiedliche Weise darstellen. Auch die Kirchen und Museen sind übervoll von Kunstwerken, die von deiner Geburt im Stall erzählen.« Er senkte den Kopf, fasste sich an die Stirn, wurde nachdenklich und sagte:

»Vielleicht wollte ich mich so nicht sehen und es verdrängen.«

»Das war doch der Augenblick, als du schriest: ›Mein Gott, mein Gott, warum hast du mich verlassen?‹«

»Das hast du mir schon einige Male gesagt. Steckt eine Absicht dahinter, dass du es wiederholst? Wer hat mich das rufen hören?«

»Die Wachen, aber auch die Frauen und Männer, die dich unterm Kreuz beweinten. Du sollst danach vor lauter Schmerzen vor dich hin gemurmelt haben.«

»Lass mich nachdenken! Ich kann mich nicht erinnern. Es ist mir sicher nicht leichtgefallen, solche Klagen an den Allmächtigen zu richten. Ich kann mir beim besten Willen nicht vorstellen, dass ich so etwas zu meinem Vater gesagt haben soll.«

»Doch, der tödliche Schmerz muss dich dazu gebracht haben, Ihn auf diese Weise anzuklagen! Wie ich schon gesagt habe, die Geschichte von deiner Kreuzigung und deiner Auferstehung bis hin zu dem wundersamen Verschwinden deines Leichnams wurde von hunderten Mündern weitergetragen und verzerrt, und bis heute ist sie verschwommen.«

»Aber diese Frage ist nicht bloß eine Anklage, sie grenzt geradezu an Blasphemie! Das hätte bedeutet, dass ich an Gottes Willen gezweifelt habe. Ich hätte das nicht sagen dürfen. Denn als ich dem Statthalter und den Autoritäten in meinem Land ausgeliefert wurde, wusste ich, dass die Konsequenz dafür der Tod sein würde.«

»Aber auch als Prophet warst du wie alle anderen ein Mensch aus Fleisch und Blut. An dir ist das Blut wie an den Schächern, die neben dir am Kreuze hingen, hinuntergeronnen.«

Er nickte zustimmend, wandte sich wieder dem Gemälde zu und starrte es betrübt, ohne auch nur einmal zu blinzeln, an. Er war dermaßen in den Anblick des Gekreuzigten versunken, als wolle er den Schmerz erneut durchleiden. Ein bitterer Ausdruck lag wie ein Schatten auf seinem Gesicht, das vom Widerschein des Schnees durch das Fenster beleuchtet war. Ich ließ ihn sich in seinen Gedanken vom Gemälde entführen. Ich war mir nicht sicher, aber eine innere Stimme sagte mir, dass das im Bild Dargestellte auch in der heutigen Nacht sein Schicksal werden könnte.

Er wandte sich mir wieder zu, sah mich eine Weile betrübt an und sagte:

»Es war ungerecht, dass ich so früh sterben musste. Ich trug in mir einen großen Traum, und es gab noch so viel mehr, was ich den Menschen verkünden wollte. Ich habe diesen Tod nicht verdient.«

»Das magst du vielleicht so sehen …«

»Und wie siehst *du* es?«, fragte er mit einer Bitterkeit in der Stimme, die seinem sonst so sanften, starken und Hoffnung schenkenden Wesen nicht entsprach. Selbstsicher und dennoch mit der meinem Gegenüber gebührenden Demut antwortete ich:

»Allein das Bild deiner Hinrichtung, die in ihrer Brutalität und Grausamkeit so ergreifend und erschütternd ist, vermochte es, Millionen von Menschen um dich weinen zu lassen und dich zu ihrem König zu machen. Gerade dein Opfertod als noch so junger und schöner Mann ließ dich so mystisch, pietätvoll und, ja, unsterblich werden.«

»Wie? Ich verstehe nicht, wie du das meinst.«

Als wäre ich klüger als er und als könnte ich mit meinem überlegenen Wissen von einer höheren Warte aus seinen Tod beschönigen, versuchte ich noch einmal, ihm zu erläutern, wie er gerade aufgrund seiner Kreuzigung zu der mystischen Erlöserfigur schlechthin geworden war:

»Wärest du normal gealtert und dann eines natürlichen Todes oder durch eine Krankheit gestorben, hättest du wahrscheinlich niemals die Massen so bezaubern können, weder damals noch heute.«

»Willst du mir damit sagen, hätte ich nicht diese Schmerzen ertragen und wäre ich nicht auf so abscheuliche Weise hingerichtet worden, hätten mich die Menschen nie als die Menschwerdung Gottes anerkannt?«

»Bestimmt nicht. Denn der religiöse Eifer und die feurige Begeisterung der Wundergläubigen ist kaum noch zu bändigen, wenn man ihnen erzählt, dass ein junger, gutaussehender Mann zu Unrecht am Kreuz hingeschlachtet wird. Du weißt doch auch, dass die Gefühle gläubiger Menschen romantischer Natur sind und sie sich nur zu gerne einlullen lassen. Das Seltsame ist, dass wir Kurden schon hunderte Jahre lang gekreuzigt werden. Unsere Geschichte wird mit unserem eigenen Blut für die Ewigkeit geschrieben, aber wir sind nicht wie du zu einem Mythos geworden. Nein, die Menschheit stellt sich taub für unsere Schreie und Klagen. Tausende Male schon drangen das Wehklagen und die Schmerzensschreie unseres Volkes an den Fuß des himmlischen Throns: ›Himmelreich, Allmächtiger, steh uns bei, verlass uns nicht!‹ Aber Gottes Ohr ist für uns taub, und das der Menschheit ist es auch. Nicht ein einziges Mal in der Geschichte war es anders.«

»Du meinst, dass mich viele für heilig halten, habe ich der Kreuzigung zu verdanken?!«

»Natürlich. Auch in Liebesgeschichten und Legenden hinterlassen immer nur jene Helden einen Eindruck, deren Liebe unerfüllt bleibt oder die auf irgendeine tragische Weise ums Leben kommen. Wir Menschen sind anscheinend magisch angezogen von Trennung, Verlust und Tod. Und es verleiht Verliebten einen besonderen Glanz, wenn sie als Opfer dargestellt werden. Es gibt bis heute Unzählige, die besessen davon sind, für die Liebe zu sterben.«

»Mir war klar, dass ich mich opfern und mit meinem Blut die Menschen von ihren Sünden reinwaschen müsste, aber ich hätte nicht geahnt, dass ich zu einer Kultfigur werden würde!«

»Dein tragischer Tod war Material für eine Unzahl von Dramen, Filmen, Erzählungen und Legenden. Ich glaube du bist der Einzige, der so viele verschiedene Interpretationen provoziert hat – ob werktreu oder nicht – und dermaßen viele Menschen zum Nachdenken gebracht hat.«

»Deine Worte, auch wenn ich sie nicht alle nachvollziehen kann, bringen wiederum mich zum Nachdenken. Aber mit dem, was du mir da erzählst, lässt du mich beinahe vergessen, warum ich hier bin und warum ich früher als gedacht herabgestiegen bin. Erst haben wir von den Vorzeichen des Jüngsten Gerichts gesprochen, dann kamen wir auf jene zu sprechen, die mich zum Erlöser der Menschheit erklärt hatten. Ich habe vergessen, wo wir stehengeblieben waren. Offenbar liege ich dir sehr am Herzen, und es ist, als hättest du dir gewünscht, mein erster Gastgeber zu sein.«

»Ja, so ist es. Dein Besuch kommt mir vor wie ein Traum. Aber vielleicht bin ich auch einfach nur so betrunken, dass ich mir dich bloß einbilde. Die einzige Gewissheit ist die Angst, aufzuwachen und festzustellen, dass das alles nur eine Illusion gewesen war.«

»Wer weiß, möglicherweise ist es genau umgekehrt, und du bist bloß meine Einbildung, meine Wunschgestalt, die durch mein Leid und meine Sorge um die Menschheit entstanden ist.«

»Ob es nun deine oder meine Einbildung ist, oder ob es sich um eine wahre Begegnung handelt, oder um einen Traum von ich weiß nicht wem, es muss einen schicksalhaften Grund für unser Zusammentreffen geben. Wir haben ja schon darüber gesprochen, dass die meisten Menschen nicht ohne Endzeit-Szenario auskommen können. Die Sehnsucht nach einem kollektiven Tod, das Zählen der Tage bis zum *Harmageddon* oder das Festlegen des Termins deiner Rückkehr auf das Jahr 2000 sind für mich eine Art Zeichen, ein Indiz, dass man überall auf der Welt diesen Wunsch aus tiefster Hoffnungslosigkeit heraus hegt. Es zeigt, dass die Menschheit zu scheitern droht und es ihr nicht gelingt, eine schönere und bessere Welt zu erschaffen als das Jammertal, in dem wir uns befinden. Es ist doch der Beweis dafür, dass das Böse über das Gute obsiegt. Damit werden die Menschen, die religiös oder spirituell veranlagt sind, aber nicht fertig. Dieser Verzweiflung entspringen die Hoffnungen auf einen Erlöser oder auf den Weltuntergang.«

»Ob sich die Menschen vielleicht einfach nur davor fürchten, alleine zu sterben? Kann es sein, dass diese Angst den Wunsch nach einem kollektiven Massensterben erblühen lässt?«

»Mag sein. Vielleicht treibt einen aber auch die Selbstverliebtheit dazu, sich zu wünschen, dass nach dem eigenen Tod auch alles andere verschwinde. Wenn dem nicht so ist, warum wird in der Torah oder in den Evangelien ein Erlöser, aber auch von den Muslimen der Retter Muhammad Al-Mahdi prophezeit? Ganz abgesehen von diesem bunten Erlöser-Potpourri, frage ich mich, ob nach dem Jüngsten Gericht überhaupt irgendwer übrigbleiben wird, der als Zeuge und Chronist dieser Endzeit die Geschichte überliefert? Wer sollte denn dann von all dem berichten?«

»Ich frage mich vielmehr, warum du immer so pessimistisch bist. Was hat es denn für einen Sinn, über eine Endzeit zu berichten, wenn kein Mensch mehr da ist?«

»Für meinen Pessimismus und meine Niedergeschlagenheit kann ich nichts! Ich erachte den Tod als elendig und erbärmlich. Ich spreche vom sinnlosen Tod, nicht von einem mystifizierten wie deinem, der dich allem Anschein nach unsterblich gemacht hat. Deswegen, weil das Ende so fatal ist, beeilen die Menschen sich so, ihre Toten unter die Erde zu bringen, sie zu verbrennen, zu verstecken oder was auch immer. Es ist ein großes Rätsel, warum die Leute den Tod tabuisieren. Sosehr der Tod uns auseinanderreißt, genauso sehr sind wir auch darum bemüht, ihn von uns fernzuhalten und zu verdrängen. Wir vermeiden es sogar, das Wort ›Tod‹ voreinander auszusprechen. Ich bin von manchen Völkern fasziniert, die bei der Beisetzung ihrer Toten, statt zu klagen und zu trauern, ein fröhliches Fest voller Gesang feiern.«

Jesus schüttelte vor lauter Fassungslosigkeit langsam den Kopf, sah mich betrübt an, als wäre es nun an der Zeit, von meinem umständlichen Gefasel beunruhigt zu sein. Er befürchtete anscheinend, dass ich mit meiner vom Rausch gelösten Zunge noch weitere unangenehme Wahrheiten und ihn irritierende Gedanken aussprechen könnte, die er nur ungern zu hören schien. In seinen Augen sah ich aber die Gewissheit darüber aufblitzen, dass ich unbekümmert immer so weitersprechen würde. Darum stellte er so geschickt eine Frage, dass ich den Faden verlor:

»Wenn die Menschen ohnehin das nahende Jüngste Gericht erwarten, warum hören sie dann auf keinem Fleck dieser Erde damit auf, sich immerfort abzusichern? Warum lassen sie ihrer Gier und ihrem Beutetrieb freien Lauf und überhaupt, warum machen sie sich andauernd wegen materieller Besitztümer verrückt, wenn sie doch ihre Seele retten sollten?« Ich dachte einen Augenblick nach. Dann entgegnete ich:

»Ich denke, die meisten Menschen sind von Natur aus gefräßig und nichts kann sie zufriedenstellen. Aber die Angst vor dem Jüngsten Gericht hat in unterschiedlichen Zeiten und bei Menschen aus verschiedenen Ländern dazu geführt, ihr Hab und Gut aufzugeben. Manche hat die Erwartung des Jüngsten Tags dazu gebracht, ihr Vermögen für wohltätige Zwecke zu verschenken, und andere waren so von Bitterkeit und Weltschmerz erfüllt, dass sie ihren ganzen Besitz einfach zum Fenster hinauswarfen.«

»Ja, das ist mir bekannt. Ich weiß von Leuten, die all ihre Habseligkeiten im Meer versenkt haben, und dann gab es wieder welche, die im Meer ertranken beim Versuch, diese Schätze zu bergen. Wieder andere haben ihren gesamten Besitz dem Feuer zum Fraß vorgeworfen, ihr Vieh den Wölfen und ihre fruchtbaren Äcker der Dürre überlassen«, sagte Jesus.

»Der Glaube an ein Weltgericht wird oft belächelt. Es werden viele Witze darüber erzählt. In den muslimischen Ländern erzählen wir uns gerne die humorvollen Geschichten des Mullah Nasreddin, dessen Anhänger wir *Fiqhs* nennen. Diese Fiqhs sollen eines Tages zum habgierigen Mullah gesagt haben, dass am darauffolgenden Tag das Jüngste Gericht bevorstünde. Er solle seinen gemästeten Schafbock, den er eigentlich fürs Opferfest bereithielt und der kein einziges Gramm Fleisch mehr zulegen könne, doch schlachten und mit ihnen gemeinsam verspeisen. Der Mullah zeigte sich einverstanden und sie gingen zu einer schön gelegenen Feuerstelle, wo sich die jungen Fiqhs bis auf die Unterhose auszogen, sich balgten, spielten und schwammen, während das Bockfleisch in einem riesigen Topf schmorte. Nachdem die Jungen das Herumtoben leid waren und hungrig zurückkehrten, setzten sie sich, immer noch in ihrer Unterwäsche, zu der vom Mullah reichlich mit Fleisch gedeckten Essmatte. Nachdem sie sich die Bäuche vollgeschlagen hatten, beschlossen sie, an dem lauen Frühlingstag langsam den Rückweg nach Hause anzutreten. Sie bemerkten aber, dass all ihre Kleider, samt Armbanduhren und Schuhen, verschwunden waren. Es stellte sich heraus, dass der Mullah alles für das Kochfeuer verwendet hatte. Als sie ihn nach dem Grund fragten, antwortete er höhnisch: ›Ihr Idioten! Wenn doch morgen die Welt endet, wozu braucht ihr dann noch eure Kleidung?‹«

* * *

Ich habe einmal gehört, Jesus soll Humor gehabt und manchmal sogar laut vor sich hingesungen haben – das wird zumindest von manchen erzählt. Ein Hauch von einem Lächeln legte sich auf sein Gesicht. Ich hatte aber den Eindruck, dass er nur die Hälfte meines Witzes verstanden hatte. Das Lächeln schenkte er mir, glaube ich, nur deshalb, damit ich nicht in Verlegenheit geraten würde. Aber, das muss ich schon sagen, es war immerhin das erste Mal gewesen, dass ich ihn an diesem Abend zum Schmunzeln gebracht hatte. Da fragte ich mich, ob Jesus nach all dem Schmerz, den er am Kreuz über sich ergehen lassen musste, das Lachen verlernt hatte. Er legte seine Hand auf meine Schulter, und ich spürte all seinen aufgestauten und bleischweren Schmerz auf mir lasten. Wir sahen uns an und ich merkte ganz genau, dass er meine Anteilnahme und mein Mitgefühl spürte.

Das verschmitzte Lächeln lag noch auf seinen Lippen, als er wieder zu sprechen begann:

»Es ist ja durchaus erstaunlich, wie viel du über Gottes Gericht und über mich als den Messias weißt. Dennoch stehst du all dem, worüber du doch anscheinend so gut Bescheid weißt, sehr skeptisch gegenüber.«

»Ja, aber nichts macht einen so lebendig und innerlich frei, wie das wache und gesunde Infragestellen der Dinge! Sogar

Abraham, der erkannt haben soll, dass es nur einen Gott gibt, hat ganz offen seine Zweifel ihm gegenüber bekundet. Du bist ja selbst ein Zweifler! Hättest du Gott andernfalls gefragt, warum er dich alleine ließ? Ein Mensch, der aus tiefster Seele gläubig ist, klammert sich nicht an Dogmen, sondern er ist skeptisch und kritisch. All die Meditationsübungen der Sufis und Asketen sind ein einziger angestrengter Versuch, den Zweifel in ihrem Herzen abzutöten. Die Ekstasen, die Eremitage, der Verzicht auf alles Weltliche: All die Riten und Praktiken entspringen der zweifelnden Natur des Menschen. Die Skepsis ist wie eine Gerte, die das Pferd unseres Verstandes antreibt.« Ängstlich und zugleich betrübt sah er mich an und fragte:

»Wann und wo keimte denn der Zweifel in Abrahams Herzen auf?«

»Das war, als er Gott bat: ›Mein Herr, zeige mir, wie du die Toten lebendig machst!‹ Er sprach: ›Hast du denn nicht geglaubt?‹ Da antwortete jener: ›Gewiss, aber bloß, um mein Herz zu beruhigen.‹ Der Herr forderte ihn auf: ›So nimm vier Vögel und mache sie dir anhänglich, zerlege sie und vermische die Teile. Setze dann je einen Teil auf vier Berggipfel und rufe die Vögel wieder zu dir, damit du mit eigenen Augen siehst, wie die Knochen, das Fleisch und die Federn sich wieder in die lebendigen Vögel zurückverwandeln und eilends zu dir fliegen.‹«

»Hmmm!«

»Vergiss nicht, dass nach deinem Tod Millionen Bücher, die von dir handeln, die Welt überschwemmt haben, in denen Lüge und Wahrheit, Fiktion und Realität, historische Nacherzählung und Ependichtung sich die Hand reichen. Das stürzt die Menschen in Irrtum und Verlorenheit. Auch von dieser Geschichte über Abrahams Misstrauen gibt es zahlreiche Versionen und unterschiedlichste Interpretationen. Unzählige Wissenschaftler, Forscher und Religionsgelehrte erklären den ganzen Zirkus rund um die Endzeit und um deine Rückkehr – sie nennen es *Parusie* – als den Versuch, ein langweiliges, totes Leben und den grauen Alltag in eine einzige berauschende, verzückte und manchmal sogar hysterische Erwartung zu verwandeln. In der Liebe ist es ja auch nicht anders: ihr Zauber liegt nicht darin, dass zwei Menschen zueinander finden, nein, oft bedeutet eine erfüllte Liebe den Tod. Die Liebe ist ja gerade deshalb so schön, weil die Sonne der Erwartung und der Vorfreude auf sie strahlt. Der Versuch, diese Leere zu überbrücken, ist aber fruchtlos. Man kann der ständigen Angst vor Krankheit, dem Älterwerden und vor der Armut nicht entgehen. Darum sind wir gezwungen, vom Kommen einer Endzeit zu träumen. Das erzeugt eine gewisse Stimmung, an der wir uns berauschen können, bis hin zur Euphorie. Der Mensch kann ohne diese religiöse Untergangssehnsucht anscheinend nicht leben. Milliarden Menschen empfinden im Innern eine Leere, sehen sich als ein entfremdetes Geschöpf und können ihr Dasein ohne den elektrisierenden Schauer der religiösen Erwartung nicht ertragen. Buddha, der circa vierhundert Jahre vor dir gelebt hat, behauptete nicht, Gottes Gesandter zu sein. Aber ihm laufen sie in genauso Scharen nach. Auch mich beeindrucken manche seiner Weisheiten!«

»Von welchen Weisheiten dieses irdischen Propheten bist du beeindruckt?«

»Davon, dass alle Lebewesen, vom Wurm bis zum Elefanten, das gleiche Recht auf Leben haben.«

»Wie wahr! Du hast die Neugier in mir erweckt, ihn kennenzulernen.«

»Ich begreife noch immer nicht, was du im Himmel gemacht hast. Ich kann mir nicht vorstellen, dass du die ganze Zeit lang einfach nur tatenlos dasaßt und darauf wartetest, auf die Erde zurückzukehren.«

»Dein Misstrauen wühlt dich schon wieder auf. Ich weiß es nicht mehr genau. Die mühsame, lange Reise und meine Sorge um die Menschen haben wohl vieles aus meiner Erinnerung vertrieben.«

»Das wäre auch verständlich.«

Er blickte für eine Weile ins Leere und eine dunkle Wolke der Scham legte sich über sein Gesicht. Er bat mich schüchtern um einen kalten Schluck Wasser, als wollte er seine erhitzte Seele damit abkühlen. Oder als wollte er kurz innehalten, um zu überlegen, wie er einem Normalsterblichen wie mir, der keine Heiligkeit besaß, aber immerfort den Sinn seiner Wiederkunft in Frage stellte, begegnen solle. Ich unterbrach die Stille:

»Das, was du heute von mir hörst, ist aber nur ein kleiner Teil von deiner einsamen Rückkehr. Die Geschichten über das Jüngste Gericht und deine Wiederkunft werden bestimmt viele Debatten auslösen, obgleich es viele Menschen gibt, die sich gar nicht um den Rummel über dein Herabsteigen kümmern oder erst gar nichts davon erfahren werden. Denn die meisten leben ja unbekümmert vor sich hin oder sie sind sogar besessen von einem durch und durch oberflächlichen Dasein – oder aber sie müssen ums Überleben kämpfen.«

»Und seit wann denkst du über den Wirrwarr rund um meine Rückkehr nach?«, erkundigte sich Jesus.

»Seit geraumer Zeit! Ich hatte schon immer den Wunsch, über deine Wiederkunft eine Geschichte zu schreiben. Ich kann mir nicht erklären, warum, aber besonders zur Weihnachtszeit und um den Jahreswechsel denke ich sehr intensiv darüber nach, so wie heute Nacht.«

»Es ist schon allerhand, dass meine Rückkehr – oder: meine ausgebliebene Rückkehr – so viele Diskussionen auf der Erde ausgelöst hat und jemanden dazu bringt, eine Geschichte darüber erzählen zu wollen.«

»Möglicherweise beten jetzt gerade manche Menschen ein letztes Mal zu Gott, weil sie meinen, die Welt würde in Kürze untergehen.« Wieder einmal trat ein betrübter Blick auf sein Gesicht. Ich nehme an, er hatte nicht erwartet, dass die Erde zu einem Ort der Hoffnungslosigkeit geworden war. Unversehens fragte er dann:

»Was hat dich hierhergebracht? Was ist das hier für ein Ort? Wer bist du?« Ich überlegte, wie ich es ihm am besten erklären sollte, und versuchte es folgendermaßen:

»Das ist ein großes Lager, wie du siehst. Es nennt sich Flüchtlingsquartier. Hier leben hunderte von Menschen. Männer, Frauen, Jugendliche, Alte und Kinder, die aus unterschiedlichen Ländern hierhergekommen sind. Besser gesagt: hierher geflohen sind. Aus Angst vor Verfolgung, Tod, Krieg, Hunger und vielen anderen Greueln, die Menschen einander antun können. Ich bin ein Flüchtling, wie jeder hier. Ich bin ein Kurde. Möglicherweise weißt du nichts über die Kurden und du hast, wie alle anderen auch, nichts von ihnen gehört. Aber wichtig ist zu wissen, dass jeder von uns zwei Augen, zwei Ohren, zwei Hände hat und, na ja, kurz gesagt: Wir ähneln den Menschen. Das nehme ich zumindest an.«

»Woher kommen die meisten Menschen hier?«

»Die meisten kommen aus dem Mittleren Osten. Genau aus jener Gegend, in der du gelebt hast und gekreuzigt wurdest.«

»Und warum kommen so viele aus dem Mittleren Osten?«

»Bestimmt, weil die Region zum Herd von Tyrannei, Ungerechtigkeit, Blutvergießen und ein Quell der Tränen geworden ist. Also der Mittelpunkt für alle möglichen Schandtaten und Verbrechen.«

»Seltsam«, murmelte Jesus bedrückt.

»Das ist kein bisschen seltsam. Du kannst dich wahrscheinlich einfach nicht daran erinnern, dass du, auf den König Herodes es abgesehen hatte, der erste Flüchtling in der Geschichte der Menschheit warst.«

»Und wieso bist du hier allein? Offenbar haben alle anderen für die Feierlichkeiten das Haus verlassen.«

»Ich war viel zu traurig. Mir war nicht nach feiern. Denn ich dachte über all die Dinge nach, die ich dir erzählt habe.«

»Und was hat dich dazu gebracht, hierher zu fliehen?«

»Angst.«

»Angst wovor?«

»Vor dem Tod, vor dem Morden, wegen unzähliger Auseinandersetzungen, vor dem Fremdsein in der eigenen Heimat, vor der Gewalt, vor dem Verwesen des Lebens, das hunderte, zu denen auch ich gehöre, gezwungen hat, ihre Stimmen zu erheben. Weil ich es satthatte.«

»War es dir denn nicht möglich, dich zurückzuhalten? Deiner Familie und deinen Kindern zuliebe? Wenn du sie so sehr vermisst, was hat es dann für einen Nutzen, das Fremdsein in der eigenen Heimat gegen das Fremdsein hier einzutauschen?«

»Nein, es ging nicht … Und warum konntest *du* nicht schweigen? Warum hast du gekämpft und deine Stimme erhoben, bis du schließlich gekreuzigt wurdest?«

»Als Prophet hatte ich eine Botschaft zu verkünden. Außerdem hatte ich weder eine Ehefrau noch Kinder noch ein Zuhause. Du aber bist kein Prophet, und ich sehe dich leiden. Du bist weder in deiner Heimat verwurzelt noch hat deine Seele hier Frieden gefunden.«

»Es müssen aber doch nicht ausschließlich Propheten eine Botschaft verkünden! Jeder Sterbliche trägt eine Botschaft in sich, wenn auch nur eine bescheidene. Selbst dann, wenn er, so wie ich, nicht in der Lage ist, das eigene Viertel vor menschengemachten Katastrophen zu bewahren. Niemand zieht mit Gewissheit auf Erfolg in die Schlacht für die Liebe!«

»Weise Worte! Sind deine Augen immer so feucht, oder stauen sich in ihnen die Tränen? Schäme dich nicht zu weinen, denn es wäscht den Rost von deinem Herzen und spült den Staub von deiner Seele.« Ohne mich dessen zu schämen, schluchzte ich wie ein Kind mit gebrochenem Herzen, während ich den Alkohol in mich hineingoss. Meine Tränen vermischten sich mit dem trockenen Wein, den ich gerne länger als ein paar Sekunden in meinem Mund behalten wollte. Aber ich schluckte ihn hastig hinunter und setzte traurig fort:

»Ich weiß nicht, ob du es warst oder ein anderer Weiser, der gesagt hat: ›Jeder, der gegen ein Unrecht schweigt, ist ein tauber Teufel.‹«

»Dem ist auch so. Aber sag mir, was dich am wütendsten gemacht hat, sodass du dich fürs Exil entschieden hast? Und das in deinem Alter. Denn du bist nicht mehr jung. Wie alt bist du?«

»Sechsundvierzig. Das heißt, zehn Jahre älter als du es bei deiner Kreuzigung warst. Was mich in einen beinahe schon hysterischen Wahnsinn trieb, war die Sorge um die Frauen in meiner Heimat.«

»Warum die Frauen?«

»Sie werden immer noch, wie zu deiner Zeit, getötet und versklavt. Sie müssen all die Sorgen und Tyranneien der Welt über sich ergehen lassen. Wie in den Zeiten der Pharaonen und des frühen Judentums werden sie in meiner Heimat beschnitten. Sie werden gebrochen und geknechtet.«

»Ich verstehe. Mir war auch bewusst und ich litt darunter, wie sehr die Frauen tyrannisiert wurden. Genau deshalb verhinderte ich, wie du weißt, dass Maria Magdalena wegen Ehebruchs gesteinigt wird.«

»Ich möchte, dass du weißt, dass bis heute die Frauen ausgepeitscht werden, man sie zu Boden schmeißt und auf ihnen herumtrampelt. Zweitausend Jahre nach deiner Kreuzigung lodert für die Frauen in unseren Ländern noch immer das Höllenfeuer.«

»Es wundert mich, dass es um die Frauen immer noch so schlecht bestellt ist. Ich habe zu meiner Zeit viel für sie gekämpft. Es bereitete mir große Sorge, dass es Moses' Nachfahren gestattet war, sich von den Ehefrauen allein schon wegen einer versalzenen Mahlzeit scheiden zu lassen! Das weibliche Geschlecht hatte nie ein leichtes Auskommen mit den Männern. Ich sah mich gezwungen, die Scheidung in Gottes Hände zu legen, damit die Ehemänner ihre Frauen nicht so leicht verstoßen konnten.«

»Aber das hat den Frauen auch nicht mehr Gerechtigkeit widerfahren lassen … Es stimmt, dass die Scheidung dem

Himmel anvertraut wurde, aber damit war die Tyrannei der Ehemänner nicht beendet! Viele ziehen diese alte Form der Scheidung, das Verstoßenwerden, dem lebendigen Schmoren in der Hölle des Ehelebens sogar vor! Anfänglich haben dich die Frauen dafür geliebt, aber es hat hunderte Jahre des Kampfes gebraucht, bis sie ihre Freiheit durch Einflussnahme auf die Gesetzgebung in die Hand nehmen konnten.«

»Ah, damit hast du mich an das einzige Ereignis erinnert, das mir den Tod am Kreuz erleichterte – es waren die Tränen der Frauen, die von Herzen kamen. Auch als ich bereits tot war, haben sie mich nicht verlassen. Das Kreuz noch auf der Schulter tragend, reichten die Frauen mir Wasser. Ich kann mich heute noch an ihre süßen, reinen Gesichter erinnern und habe das Gefühl, dass sie nicht wollten, dass ich sterbe.«

»Mein Bruder Jesus, die meisten Geschichten erzählen davon, dass Frauen und Mädchen dich geliebt haben. Was für mich aber an Schönheit alle anderen deiner Taten übertraf, habe ich dir ja schon verraten, nämlich, dass du Maria Magdalena vor einem grausamen Tod gerettet hast. In meinem Land bringen Männer ihre Mütter, Schwestern, Ehefrauen oder Töchter schon aufgrund des leisesten Verdachts auf eine vermeintliche Ehrverletzung um! Auch in diesem Land hier, wo uns der Zufall zusammengebracht hat, werden starrköpfige Männer aus dem Mittleren Osten im Namen der Ehre ihre Töchter und Frauen töten. Weißt du, diese Männer kommen aus der Gegend, wo du und ich geboren wurden. Wenn du nun versuchen würdest, ihnen beizubringen, dass es unrecht ist, ihre Frauen und Töchter zu töten, dann sei dir versichert, dass du an deren Stelle umgebracht wirst.« Jesus wirkte verärgert, als er das hörte.

»Das ist ja fürchterlich! Da steigt mir der Geschmack von Gift und Galle in die Kehle. Allein schon der Gedanke daran lässt in mir die Tränen hochkochen. Mein Körper und meine Seele erzittern dabei, auch wenn ich an meine arme Mutter denke und welch bösartigen Unterstellungen sie ausgesetzt gewesen war. Eine unschuldige Frau mit ihrem machtlosen Verlobten, der sie nicht verteidigen konnte, weil ihm der Beweis fehlte, dass ich Gottes Sohn und kein Bastard bin.«

* * *

Nun konnte auch er sich nicht mehr zurückhalten und brach schluchzend in Tränen aus. Wie jemand, auf dem alle Sorgen dieser Welt lasteten und der unter einer schweren Wunde litt, schleppte er sich im Kreis durchs Zimmer, näherte sich der Wand und drückte verzweifelt seinen Kopf dagegen. Das Strahlen der brennenden Kerzen in meinem Zimmer sowie das Leuchten des Schnees und der Laternen vor meinem Fenster ließen die Tränen auf seinen Wangen glänzen wie kleine Sterne. Ihn umgab tatsächlich ein Schein, wie in den Darstellungen der Heiligen. Es freute mich und ich genoss es sehr, dass er genauso ratlos, betrübt und gebrochen war wie ich. Wie er da so vor mir stand und nicht einmal meinen Namen kannte, in diesem Zimmer, in dem sich nur die Habseligkeiten eines Streuners befanden, in einem Flüchtlingsquartier im hohen Norden, und sich nur durch bitteres Weinen zu helfen wusste. Mir, einem geteerten und gefederten Flüchtling, war es gelungen, ihn in der ersten Stunde seiner Wiederkunft nicht nur zum Lachen zu bringen, sondern auch dazu, um seine Mutter zu weinen. Mir steckte vor lauter Kummer nun auch ein Kloß im Hals. Ich musste an meine Mutter denken. Sie war schwerkrank, und ich wusste, dass ich es nicht mehr schaffen würde, sie vor ihrem Tod noch einmal wiederzusehen. Wir weinten und klagten wie zwei Sänger im Duett: »Weh meiner Mutter! Weh meiner geliebten Mutter!« In einem anderen Teil unserer Seele weinten wir aber auch um all die anderen Frauen, die ein schweres Schicksal zu erleiden hatten. Obwohl wir aus unterschiedlichen Zeiten stammten, die zweitausend harte Jahre auseinanderlagen, war es so, als gehörten wir derselben Generation an. Wir teilten denselben Kummer, dasselbe Schicksal. Jesus schien sich für seinen plötzlichen Tränenausbruch zu schämen, als wolle er die Last auf meinen Schultern nicht noch vergrößern. Er schluckte seinen Kummer hinunter, stellte sich ans Fenster und schaute mit verklärtem Blick in die unter der weißen Schneedecke erstickte Nacht hinaus. So wie die Nacht schien auch er zu ersticken, als befände er sich in einem Zimmer voller Rauch. Das Pfeifen seiner Lungen drang bis zu meinen Ohren, sodass auch mir das Atmen schwerfiel. Er versank tiefer und tiefer in seinen Gedanken. Mehrmals hob er den Blick und betrachtete wieder sein Abbild auf dem Gemälde an der Wand. Wie er da am Kreuz hing zwischen den beiden angeblichen Räubern, die sie am selben Tag ans Kreuz genagelt hatten. Der Maler hatte den gekreuzigten Jesus überdimensional groß dargestellt, sodass er bis in den Himmel ragte. Es wirkte, als sollte Jesus den gesamten Raum von der Erde bis hin zum Thron Gottes mit seiner reinen Seele erfüllen. Die beiden gekreuzigten Räuber dagegen waren so klein und bedeutungslos dargestellt, dass sie Schatten glichen und nicht zwei gequälten Männern. Die weit ausgebreiteten Arme Jesu erinnerten an die Flügel eines gigantischen Adlers,

Ost und West unter sich umspannend, während die Männer darunter aussahen wie zwei durchnässte Spatzen. Am liebsten hätte ich Jesus auf das Bild angesprochen und weiter gestichelt, um seine Stimmung noch weiter zu trüben. Aber die liebevolle Geste, mit der er sich für die Rettung Maria Magdalenas eingesetzt hatte, und auch die Zuneigung zu seiner Mutter hielten mich davon ab. Darüber hinaus dachte ich mir, es wäre ungebührlich, mich ihm gegenüber so unangemessen zu verhalten, da er doch eben erst vom Himmel herabgestiegen war, noch umhüllt vom Duft der paradiesischen Blumen, dem Licht des Mondes und dem Glanz ferner Sterne. Dass er dort am Fenster stand, schien mir, einem geknickten, betrunkenen Mann, wie ein Traum. Diese ganze außergewöhnliche Szene hätte genauso gut der Ausschnitt eines Gemäldes von einem der heruntergekommenen Straßenmaler um die Ecke sein können. Es war schwierig, ihn aus seiner geistigen Versunkenheit herauszureißen. In dem weißen Gewand, das ihn umhüllte, schien er wie eine dünne, zittrige, schwerelose Gestalt. Ihr Strahlen war so intensiv und stark, dass ich den Eindruck hatte, in meinem Zimmer weile nur die Seele Jesu, nur er als Seele, eine reine Seele und nichts sonst.

Eine ganze Weile ging das so. Wir waren noch betrübter als zuvor. Tränen standen uns in den Augen, doch liefen sie nicht unsere Wangen hinunter, sondern in unser Inneres. Sie wurden zu Rinnsalen aus seelenzersetzender Säure. Mein Herz wurde schwächer, ich schwitzte am ganzen Körper und meine Stirn glühte, als er sich plötzlich zu mir wandte und mit belegter Stimme, als stecke irgendetwas in seiner Kehle, sagte:

»Niemand ist so schön, so heilig und so großartig wie eine Mutter.«

Er sprach diesen Satz auf eine Weise, als würden die Worte wie glühende Kohlen aus seinem Mund fallen. Sie waren so warm und voller Liebe, dass jeder einzelne Buchstabe auf seinen Lippen zerfiel. Sie flogen mir zu, unausweichlich wieder eine Einheit bildend. Sie glichen schwarzem Wasser aus Kummer, das sich zu Duft, Farbe und Stimme einer leiderfüllten Mutter verdichtete, bevor es wie ein grüner Nebel aufstieg und meinen Kopf durchwanderte. Geläutert vermischte es sich mit meinem kochenden Blut. Ich brachte nur hervor:

»Oh, die Seele der Mutter … Die einzig wahre Liebe ist die Mutterliebe. Dass einer Frau die Möglichkeit geschenkt wurde, Mutter zu werden, reicht aus, um für immer schön und heilig zu sein. Wie sehr der Mann es auch versucht, sich Respekt und Ansehen zu verschaffen, es wird ihm nicht gelingen, Schönheit, Ansehen und Würde der Mutterschaft zu erreichen. Ein Vater knüpft viele Bedingungen an die Liebe zu seinen Kindern, eine Mutter aber niemals. Ihre Liebe ist bedingungslos.«

»Du scheinst deine Mutter sehr zu vermissen aus dieser großen Entfernung.«

»Sehr! So sehr sogar, dass meine Brust vor Schmerz zu verbrennen scheint. Es ist eine andere Art von Liebe als jene, die ich für meine Frau und für meine Kinder empfinde. Diese Liebe hat eine andere Farbe. Wenn ich ihren Namen ausspreche, sehne ich mich nach ihrem reinen, himmlischen Gesicht, nach dem liebevollen Ausdruck in ihren Augen, wenn sie mich ansah, nach dem Duft, den sie verströmte, wenn sie mich umarmte, nach ihren sanften Händen, ihrem reinen

Atem. Und dann erst ihre Stimme, die ich unter Millionen Stimmen sofort erkennen würde! Ihre Liebe lässt mich erglühen. Wenn's nach mir ginge, würde ich mich am liebsten sofort nackt im Schnee wälzen, eine Hand voll davon in den Mund stopfen oder mich mit ihm wie mit einem Stück Seife am ganzen Leib einreiben, um dieses Feuer in meinem Inneren wenigstens ein bisschen zu besänftigen. Ja, wenn's nach mir ginge, würde ich sofort in meine Heimat zurückkehren. Das habe ich ja auch schon zweimal versucht. Falls du noch Wunder wirken kannst, so bitte ich dich inständig: Schenk mir zwei Flügel, und lass mich in die Arme meiner Mutter zurückfliegen. Nichts ist so schön wie ihre liebevolle Umarmung. Sie ist zwar noch nicht sehr alt, aber sie ist krank. Krank meinetwegen und wegen meiner vielen Geschwister, krank durch die Hand meines Vaters, der unser Heim in eine flammende Höllenkammer verwandelt hat. Die Mütter haben schon immer und sie werden auch für immer unter der flachen Hand ihrer Ehemänner, ihrer Brüder und ihrer Söhne leiden. Auch deine Mutter! Was hat sie nicht alles ertragen müssen von dem Augenblick an, da du ihren Körper verlassen hast bis hin zu deinem Tod am Kreuz, den sie mitansehen musste! Frauen sind immer vom Glück verlassen, sie tragen ein schwarzes Schicksal und sie sind Insassinnen im Gefängnis gieriger Männerhände. Es sind Männer, die das Feuer der Kriege schüren, und die Frauen verbrennen dann in diesem Feuer.«

»Aber, mein Guter, wenn deine Sehnsucht so unerträglich groß ist, warum bist du dann hier geblieben?«

»Ich wollte ja weg, aber die Polizei hat es mir nicht erlaubt. Die Gründe für meine Flucht sind kompliziert und die Behörden befürchten, dass mir etwas zustößt. Außerdem halten sie meinen Wunsch heimzukehren für eine vorübergehende emotionale Schieflage, eine bloße Sentimentalität.«

»Wie kommt es überhaupt, dass du Feinde hast? Und wer sind diese Feinde? Was arbeitest du denn? Ich kann das nicht nachvollziehen, du scheinst ja keiner Fliege etwas zuleide zu tun«, sagte Jesus.

»Du weißt es ja selbst: Es gibt einen ehrenhaften und vielmehr noch wahrhaftigen Kampf, den man führen muss – es geht nicht anders. In meinem Land wird man absolut geschnitten, wenn man etwas ändern will und all die Niedertracht in der Gesellschaft nicht stillschweigend akzeptiert. Das war zu deiner Zeit ja nicht anders. So, wie du keinen Platz in der Welt von heute hast, so passe ich auch nirgends hinein. Ein Despot erträgt es nicht, wenn jemand zu weiß *weiß* sagt und zu schwarz *schwarz*. Er schaut genau darauf, dass man keine Freude daran hat, am Leben zu sein.«

»Es fällt mir schwer, das zu verstehen. Ist denn die Welt um keinen Deut besser geworden?«

»Die Welt ist sogar noch hässlicher geworden, als du es dir überhaupt nur vorstellen kannst! Seit es Macht und Herrschaft gibt, ist das schon so. Wir finden keine Phase in der Menschheitsgeschichte, in der man wirklich glücklich leben konnte. Lass es, ich verstehe es auch nicht. Das ist eine lange Geschichte. Es geht zum Beispiel schon damit los, dass du bereits als Ungeborener Feinde hattest, die dir nach dem Leben trachteten. Als du noch in deiner Mutter Leib warst, mussten deine Eltern dich schon verstecken.«

»Schon in jungen Jahren trieb mich die Sorge um, der Sohn einer leidtragenden Frau zu sein. Sie und ich wurden bereits der Blasphemie verdächtigt, als ich noch nicht mehr als ein kleines Würmchen in ihrem Bauch war.«

»Das denken die Leute auch heute noch! Manche halten dich zwar für göttlich, ja, für den reinen himmlischen Atem, und sie bezeichnen dich als Wunder, aber genauso habe ich viele merkwürdige Geschichten gelesen, die dich in Frage stellen. Sogar noch nach zweitausend Jahren.«

»Was sagen sie denn? Ich will es wissen.«

»Dass du angeblich nie existiert hast. Sie sagen, du seiest ein reines Fantasieprodukt, eine Lügengeschichte, erfunden von eifrigen Schreiberlingen, die Macht und Einfluss gewinnen wollten, indem sie mehr aus dir gemacht haben, als überhaupt in der Bibel steht.«

»Aber nun bin ich doch da. Wofür ich gekommen bin, brauche ich dir ja wohl nicht mehr zu erklären.«

»Das nicht, aber ich brauche dir wohl auch nicht mehr zu erklären, dass man dir ein weiteres Mal keinen Glauben schenken wird. Versteh das doch, die Zeiten der Wunder sind vorbei! Millionen beten dich an, ob nun als den vom Himmel gesandten Erlöser oder als Idealbild eines wahrhaftigen Menschen, voller Kraft und Charisma. Was du vorhast, ist dir damals nicht gelungen und heute wird es das erst recht nicht!«

»Und was ist mit dir? Glaubst du an mich?«

»Du kannst sicher sein, dass ich dich liebe, und die Liebe ist schöner als der Glaube. Ich gebe zu: Ich bin mir weiterhin nicht sicher, dass du wirklich der bist, der du vorgibst zu sein. Vielleicht bist du nur meiner Einbildung oder einem Traum entsprungen. In meiner Fantasie bin ich schon so vielen verschiedenen Persönlichkeiten begegnet. Jedes Mal war es anders. Ich bewundere ja deine Entschlossenheit und deine

Ziele, aber mein Problem, wenn du so willst, ist, dass ich an keinen Erlöser glaube. Nach meinem Dafürhalten ist die Vorstellung von einem Messias nichts anderes als ein Trostpflaster. Ein wunderbarer Trost für gebrochene, kranke und erschöpfte Gläubige. Ich bin davon überzeugt, dass die Spezies Mensch sich ihr eigenes Grab schaufelt auf diesem Planeten. Sie lebt anscheinend nur nach einem Todestrieb. Und überhaupt, hast du eigentlich gewusst, dass alle paar Jahre Leute auftauchen, die behaupten, sie seien Jesus Christus, oder Muhammad Al-Mahdi oder irgendein anderer auserwählter Prophet, der nun endgültig die Apokalypse ausruft? Ob ich nun an dich glaube oder nicht, ist unerheblich. Es ändert nichts an der Tatsache, dass deine Geburt, deine Kreuzigung, deine Auferstehung und deine Wiederkunft unaufhörlich in Frage gestellt werden.«

»Wer stellt sie denn in Frage?«

»Wie gesagt, durch die nicht zu bewältigende Flut von Jesusbüchern, aber auch durch die Evangelien selbst, haben wir kein verlässliches Bild von dir! Du würdest dich sicher auch wie in einem Labyrinth verirren, würdest du dich mit all diesen Schriften über dich auseinandersetzen. Ganz abgesehen davon, dass es dir nicht gelingen würde, die ganze Literatur über dich zu lesen, selbst wenn du dir das Zehnfache deiner Lebenszeit vom Himmel borgen würdest. Sei mir bitte nicht böse, wenn ich dir sage, dass du ein Geschöpf aus Buchseiten bist, eine Figur aus Papier. Warum gibst du den Gedanken nicht einfach auf, der Erlöser zu sein oder alle auf den rechten Weg bringen zu müssen?«

»Ich bin dir nicht böse. Ob ich nun eine Figur aus Stein bin oder aus Papier, ich kann's nicht ändern. Die Person in deinem Gemälde ähnelt mir aber genauso wenig. Auch sie ist ein Fantasieprodukt, dem Kopf eines Malers entsprungen. Du sagst also, ich soll einfach alles bleiben lassen – was sollte ich dann aber deiner Meinung nach tun?«

»Lehne dich einfach zurück und lies wie ich Tag und Nacht Bücher über die Figur und die Person Jesu Christi. Möglicherweise wirst du dann anders über dich denken, dich verändern und dich fragen: ›Wer bin ich eigentlich?‹ Du weißt doch, woraus die heiligen Bücher bestehen. Aus Worten! Das bedeutet, du bestehst auch aus Worten. Entkleidete man dich der Worte, würde aus dir ein Niemand werden, so wie ich einer bin.«

»Ich soll mich einfach zurücklehnen? Muss ich dich noch einmal daran erinnern, dass mir nur diese eine Wundernacht gewährt wurde, in der ich mich beeilen muss, um entweder meine Mission zu erfüllen oder andernfalls den Untergang der Welt anzukündigen?«

»Weißt du, ich bin zwar nur ein einfacher, sterblicher Mensch, aber auch ich habe eine bescheidene Botschaft, für die ich in meine Heimat zurückkehren und kämpfen möchte.«

»Und warum sitzt du dann noch hier vor ein paar müde flackernden Kerzen, betrinkst dich und weinst? Du bist doch nicht geflohen, um in so einem stickigen Zimmer zu hocken, wo du über dein Schicksal klagst und dich nach deiner Mutter und deinen Kindern sehnst?«

»Ach, Jesus, der Erlöser, was soll ich denn machen? Ich habe doch nichts! Keine Mittel, keine Waffe … Na ja, nur eine, sie ähnelt den Schreibgeräten, wie sie zu deiner Zeit verwendet wurden. Und ich habe längst aufgegeben, die Menschen aufzurütteln und am Kragen zu packen. Für mich ist aber der schwierigste Kampf ohnehin der, den man gegen sich selbst austrägt. Ich kann zurzeit an nichts anderes denken als an die Rückkehr zu meiner Mutter und zu meiner kleinen Familie. Was mir dann aber noch den Todesstoß versetzt, ist die fehlende Sonne. Seit Monaten hocke ich hier herum, und ich habe nicht einmal genug Sonne abbekommen. Ich würde mich am liebsten ausziehen und nackt in die Sonne legen, so lange, bis sie mich ordentlich durchgegrillt hat. Ich glaube ja, dass meine frühen Vorfahren Sonnenanbeter waren. Ja, meine Mutter und meine Familie fehlen mir sehr, aber das fehlende Sonnenlicht macht alles noch schlimmer. Einmal weinte ich mich sogar in den Schlaf, vor lauter Sehnsucht nach der lieben Sonne.«

»Dass jemand um die Sonne weint, das höre ich zum ersten Mal.«

»Tja, ich kann es mir nicht anders erklären, aber meine Urahnen müssen die Sonne vergöttert haben. Doch was mich wirklich zu Tode quält, ist die Sorge um meine Mutter. Sie ist so krank und mein Bauchgefühl sagt mir, dass ich es nicht rechtzeitig schaffen werde zurückzukehren, bevor sie stirbt.«

»Ich verstehe wie du dich fühlst, das tut mir leid.«

»Mich schmerzt es immer noch, als meine Mutter zum Abschied ihren letzten Wunsch mit einem Stocken in der Kehle aussprach: ›Mein lieber Sohn, bevor ich zur Gänze erblinde, wünsche ich, dich ein letztes Mal zu sehen. Ich hätte gerne genug Licht in meinen Augen, sodass ich den Schatten deiner Brüder nicht mit dem deinigen verwechsle. Ich wünsche mir, dass du ganz vorne an meiner rechten Seite meinen Sarg auf deinen Schultern trägst und du mich mit eigenen Händen beisetzt.‹ Ich weiß noch, wie sie mich zurückhielt und sehnsüchtig an mir roch. Als sie mich umarmte, drückte sie mich so fest, als wolle sie mich wieder in ihre Gebärmutter zurückholen, um mich vor den Gefahren der Welt und vor bösen Blicken zu bewahren.«

Als ich diese Worte aussprach, stockte mir der Atem. Ich fiel auf die Knie, mein Herzschlag geriet aus dem Rhythmus und mich überwältigte ein heftiger Schwindelanfall. Ich sah verschwommen, wie auch Jesus auf die Knie ging. Er legte die Hand auf meine Schulter und sagte besorgt:

»Bitte, Bruder, quäle dich doch nicht so. Es bricht mir das Herz, dich so zu sehen! Meine Knie werden weich vor Sorge. Es ist besser, wenn du zurückkehrst in deine Heimat. So viel Kummer bringt dich um. Sag mir, was ich für dich tun kann. Auch wenn ich ein Wunder geschehen lassen müsste, werde ich nicht zögern!«

Ich hob den Kopf und sah ein Leuchten in seinen Augen, das das Zimmer mehr erhellte als die Kerzen. Nun sah ich ihn wirklich, jenen Glorienschein, wie man ihn sonst nur von Jesus-Darstellungen kennt. Er glich dem Lichtkranz um den Mond. Freundlich legte er seine weiche Hand auf meine rechte, die auf meinem Knie lag. Mit der anderen Hand wischte er mir die Tränen ab.

»So viel Kummer habe ich schon lange nicht mehr in einem Menschen gespürt«, murmelte Jesus vor sich hin.

Das Durcheinander meiner Gefühle und dass ich meine Mutter so sehr vermisste, schien auch in ihm etwas in Bewegung gesetzt zu haben. Er wurde still und nachdenklich und er wirkte auf mich, als habe sein Herz den Schmerz jeder Sekunde, jeder Stunde, jedes Tages und jedes Monats der letzten zweitausend Jahre in sich gesammelt. Es sah nicht so aus, als wäre er im Himmel irgendjemandem begegnet, dem er sein Herz hätte ausschütten können. Weder den Engeln noch den 44000 Propheten, von denen mir meine Mutter so oft erzählt hatte, noch dem Erzengel Gabriel, noch Israfil noch Azrael. Sie müssen im Himmel wohl alle Hände voll zu tun gehabt haben, wenn sie keine Zeit fanden, sich seiner anzunehmen. Endlich durchbrach er die nachdenkliche Stille:

»Du bist ein seltsamer Mann! Ich habe die Sonne auch geliebt, aber ich betrachtete sie vielmehr als ein Wunder und kann mich nicht erinnern, mich nach ihr verzehrt zu haben, so wie du. Auch der Mond und die Sterne waren für mich ein erstaunlicher Beweis für die Größe der Schöpfung. Ich betrachtete sie lange, aber ich hatte keine Gelegenheit, mich ihrem Licht und ihrer Strahlen auszusetzen, um mich dadurch zu beglücken oder wie du den Wunsch zu äußern, von der Sonne gegrillt zu werden. Im gleichen Maße war die Schönheit der Frauen für mich ein Zauber, mit dem der Herr mich prüfen wollte, inwieweit ich den Versuchungen der Welt entsagen könnte! Manchmal machte mir das sogar Angst. Ich habe sie ja alle geliebt, aber nur bis zu dem Punkt, an dem sie meinen Glauben nicht gefährden würden. Du bist ein ungewöhnlicher Mann. Ich muss gestehen, es macht mich nervös, ausgerechnet *dein* Gast geworden zu sein. Zugleich bin ich aber auch erfreut, nach zweitausend Jahren auf jemanden zu treffen, der seine Gedanken auf eine Weise ausdrückt, die mich ins Wanken bringt. Du pflanzt ein gewisses Misstrauen und eine unbeschreibliche Furcht in mir. Du bist bereit, ein Wiedersehen mit deiner Mutter der Verkündigung vorzuziehen. Bei mir war das ganz anders: Meine Aufgabe war mir viel wichtiger als meine Mutter. Ich verdrängte all ihren Schmerz, ihre Einsamkeit. Allein schon als ich unter ihrem Herzen wie ein Pudding entstand, musste sie die schlimmsten Demütigungen über sich ergehen lassen, und als ich ihren Leib verließ, war sie wiederum den übelsten Vorwürfen und Beleidigungen fremder Menschen, aber auch von ihren Gefährten ausgesetzt. Ich gab meinem Kampf gegen die Tyrannen, die Herrscher und ihrem barbarischem Gefolge Priorität, und vergaß, welche Hölle ich dadurch meiner Mutter bereitete. Mir, einem himmlischen Friedensbringer, kam nicht in den Sinn, die eigene Mutter vor unsäglichem Leid zu bewahren! Mir wird erst jetzt wirklich bewusst, wie sehr sie leiden musste. Während ich das Feuer des Glaubens in den Menschen entfachte und sie darauf vorbereitete, dem Jüngsten Gericht entgegenzutreten, ist mir entgangen, dass ich eine gebrochene Mutter hatte, die, wie viele andere Mütter, selbstlos, Tag und Nacht vor der Haustür auf die Rückkehr ihrer Kinder wartete. Nun weiß ich, wie sehr sie leiden musste, als ich ein Säugling war. Angefangen bei der Geburt im Stall über die Flucht mit Josef, dem Zimmermann, um meine Seele zu retten bis hin zu meiner Kreuzigung. Sie kostete alle Bitternis der Welt. Und auch im Himmel bin ich nicht dazu gekommen, mich ihr zuzuwenden, damit sie glückselig sei. Ich wünschte, sie wäre jetzt hier. Ich will sie ehren, ich will mich vor ihr verneigen.« Obwohl ich mir seine Selbstgeißelung und seine Vorwürfe gerne noch länger angehört hätte, unterbrach ich ihn:

»Sie verurteilt dich ganz bestimmt nicht, auch wenn du es warst, der die Jünger dazu ermutigte, die eigenen Mütter und Ehefrauen für den Herrgott aufzugeben, nicht wahr?«

»Das ist wahr. Ich habe alles andere meiner Botschaft untergeordnet, sogar mich selbst. Und wenn ich es nicht gewesen wäre, die Leute hätten trotzdem auf einen Erlöser gehofft, und wenn sie sich einen erfunden hätten. Das ist das Dilemma.«

»Das war auch noch nie anders. Noch nie hat es eine Zeit gegeben, in der man nicht vergeblich vor verschlossenen Türen auf einen Erlöser gewartet hätte. Es ist auch egal, wann der Retter erscheinen wird, denn vielleicht würde er kommen und nichts vollbringen – du merkst, worauf ich hinauswill? Aber wie ich schon gesagt habe: Das Warten auf den Messias, die Hoffnung auf Erlösung ist schon gewissermaßen die Erlösung selbst. Und wenn keiner kommt, dann wird einer zwanghaft erfunden. Die Frage ist: Was tun wir, wenn wir das nicht machen würden? Auch du und ich, während wir uns hier austauschen, sind zum Warten verurteilt. Du bist viel weitsichtiger als ich: Sag mir, was haben wir denn, außer einem Versprechen, einer Prophezeiung und ein paar alten Schriften? Was für ein Wunder soll denn geschehen, damit wir aus dem Erdensumpf, diesem finsteren Dschungel herausgezogen werden? Damals wurde die frohe Botschaft prophezeit, dass jemand im Volk Judäas geboren werden würde, der die Menschen erretten wird. Ich frage mich, ob es ein Zufall war oder doch ein Wunder, dass du unter den tausenden männlichen Neugeborenen als Einziger vor König Herodes heil davonkamst? Und am Ende wurdest du dann doch gekreuzigt!«

»Was für ein zynisches Ende! Ob mein Vater schon von Anfang an das alles genau so geplant hatte? Ich weiß es einfach nicht!«

»Es war ja nicht das Ende. Dein Tod hat den Glauben an einen Messias nur noch verstärkt. Dein Opfer, durch das du zum Märtyrer wurdest, war doch die Auferstehung. Wer weiß, was aus dir geworden wäre, wenn du an Herodes' Stelle selbst den Thron bestiegen hättest?«

»Mir war immer klar, dass Könige eigentlich nicht auf einem Thron sitzen, sondern auch nur auf ihrem Allerwertesten. Auf einen Thron wollte ich mich nie setzen.«

»Viele haben aber genau das behauptet!«

»Ja, aber jetzt stehe ich vor dir und sage, dass mein Blut nur für das Himmelreich geflossen ist.«

»Niemand weiß, ob das, was die Zunge sagt, auch das ist, was jemand im Grunde seines Herzens wünscht. Was ist denn überhaupt so toll an einem göttlichen Königreich? Außer, dass es gewaltiger, leuchtender und unvorstellbar viel prächtiger ist als alle irdischen Throne, die aus Eichenholz geschnitzt sind?«

»Mach einmal langsam! Deine Worte empören mich allmählich.«

»Das ist dein gutes Recht. Der Zorn ist etwas Menschliches. Ich habe deine Seelenruhe satt! Deine Reaktion erachte ich als einen guten Anfang, denn auf dieser Welt ist in Wahrheit nichts so geboten wie die zornige Erregung. Lass mich dich noch wütender machen: Es wird erzählt, dass du erst sehr wohlhabend warst, aber angeblich hast du dann dein ganzes Vermögen, sei es für göttliche oder irdische Macht, verschenkt.«

»Auch wenn es so gewesen wäre, es war ein Opfer für den Sieg der Wahrhaftigkeit! Du müsstest wissen, dass ich nie einen Geldbeutel besaß.«

»Das weiß ich. Die Kasse soll bei Judas Ischariot gewesen sein und eine seiner Aufgaben war, die Geldmittel für dich und deine Jünger zu verwalten.«

»Warum sollte mich Judas für dreißig Silberlinge an die

jüdische Tempelwache verkauft haben, wenn er ohnehin die Kasse bei sich hatte?«

* * *

Er schritt langsam und missmutig im Kreis herum. Schweißtropfen glänzten wie Morgentau auf seiner Stirn und er vermied es, mir in die Augen zu sehen. Ich hingegen suchte verstohlen seinen Blick, denn ich empfand eine gewisse Genugtuung dabei, ihn mit quälenden Fragen zu löchern. Noch dazu konnte ich dabei meine grundsätzlichen metaphysischen Zweifel ihm gegenüber artikulieren. Mein ganzes Leben lang hatte ich davon geträumt! Es war immer schon mein Wunschtraum gewesen, dass eine der Figuren der Heiligen Schrift, oder der Mythen und Epen, wiederauferstehen und zu mir kommen würde, damit ich sie, solange es mein Herz begehrt, ausfragen kann … oder dass ich ihr in einem Traum begegnen würde. Ich habe eine blühende Fantasie und habe mir schon vieles ausgemalt: Begegnungen mit den Hauptfiguren aus Romanen und Klassikern der Weltliteratur, mit Liebenden aus berühmten Dramen und Legenden, mit den griechischen Göttern, berüchtigten Dieben und Ganoven der Weltgeschichte, auch mit berühmten Königen und Herrschern von üblem Ruf, und nicht zuletzt auch mit namhaften und weniger erfolgreichen Magiern. Es war für mich nichts Außergewöhnliches, mir solche fiktiven Begegnungen auszudenken, ein Problem hatte ich aber doch: Es gelang mir nie, meine irrwitzigen Traumgespräche zu Ende zu führen. Immer, wenn ich das Gespräch auf eine essenzielle Frage, die mein Hirn auffraß, lenkte, nahm die Seele, mit der ich mich unterhielt, Reißaus, was mich aufschrecken ließ. Oder auch, wenn ich begann, kritische Fragen zu stellen und mein Gegenüber, also die Seele meines Gegenübers, zu verurteilen, bemerkte ich eine Spaltung in mir. Die Person, die mir gegenüberstand, war dann aber weder Ödipus noch Zeus noch Raskolnikoff noch Hamlet noch Robin Hood noch Farhad noch Romeo noch Moses noch Abraham oder ein anderer Prophet, sondern ich sah mich selbst, als stünde ich vor einem Spiegel, vor dem ich mich verurteilte. Diese Spiegelszene spielte sich an den verschiedensten Orten ab: Ich befand mich zum Beispiel in einer endlosen Wüste, auf einem verlassenen Friedhof oder aber in einem prächtigen Schloss, an dessen Wänden wertvolle Kunstgemälde und unzählige Käfige hingen, in denen wütende Nachtigallen und Kanarienvögel eingesperrt waren, deren Gezwitscher mir den Kopf verdrehte, während gleichzeitig viele stumme und gehörlose, aber wunderschöne Diener und Sklavinnen umhergeisterten, ohne dass sie auf meine Fragen reagieren würden. Und wenn ich versuchte, sie zu berühren, hoben sie ihren Blick und verwandelten sich plötzlich wie Statuen aus Puder in feines, weißes Mehl oder in einen hauchdünnen Nebel, der bis zur Decke des Schlosses aufstieg. Einmal schwamm ich in einem grenzenlosen Meer, und plötzlich verschlang mich ein gigantischer Walfisch. Während ich in seinem finsteren, mit Wasser gefüllten Maul um mein Leben bangte, wurde es hell und ich sah den Propheten Jona. Das beängstigende Innere des Wales verwandelte sich in ein beschützendes, angenehm warmes Zuhause, das in eine herzbeglückende Farbe getaucht war. Die Angst vor dem Ertrinken beherrschte nicht mehr meine Gedanken. Ich überfiel Jona, dessen süßduftende Grabstätte ich als Kind mit meiner Mutter einige Male besucht hatte, mit meinen vielen bohrenden Fragen. Er sprach betrübt: »Ich bin ohnehin schon untröstlich ob meiner Gefangenschaft im Maul dieses riesigen Fisches. Aber mit deinen Fragen machst du alles nur noch schlimmer.« Doch ich ließ nicht locker und bedrängte ihn mit einer Frage, die die letzte dieser Begegnung sein würde: »Hör mir zu Jona: Gott hat dir den Auftrag erteilt, in die Stadt Ninive zu gehen, und die Bevölkerung aufgrund ihrer Sünden vor dem Untergang zu warnen. Doch aus purer Eitelkeit hast du Gottes Befehl missachtet. Du dachtest, die Menschen hätten Gottes Strafe verdient. Du kehrtest ihnen den Rücken zu, schlugst die entgegengesetzte Richtung über das Meer ein. Und jetzt sitzt du im Bauch von diesem Fisch …«

Jesus riss mich abrupt aus meinem inneren Monolog und fragte:

»Geht es dir gut? Du scheinst tief in neblige Gedanken versunken zu sein. Was beschäftigt dich?« Er wischte sich die Schweißtropfen von der Stirn und ging auf das drei Meter breite Bücherregal zu. Dieses Regal war bereits voll mit Büchern in unterschiedlichsten Sprachen, noch bevor man mir das Zimmer zugeteilt hatte. Angefangen beim Koran und der Bibel bis hin zu moderner Literatur, einer schönen Ausgabe von *Tausendundeiner Nacht* in englischer Sprache, Dostojewski auf Russisch, Dickens auf Englisch, *Die Sieben Brüder* von Kivi auf Finnisch und vielen anderen Werken, die ich da und dort ausgeliehen hatte. Als er bemerkte, dass ich schwieg und auch beharrlich weiterschweigen würde, machte er einen Bogen um mich und sah mich an, als spiele er mit mir Verstecken. Dieses Mal mied ich seinen Blick. Ich hatte das

Gefühl, dass er mit seinen leuchtenden Augen, deren Strahlkraft sogar die Mauern durchdrang, bis in die dunkelsten Ecken meiner Seele blicken konnte. Er zog ein Buch aus dem Regal, das ich aus der Ferne als ›Das Evangelium nach Lukas‹ in hebräischer Sprache zu erkennen vermochte. Er blätterte darin und blieb zuweilen bei der einen oder anderen Seite hängen, als wolle er einen tieferen oder verborgenen Sinn aus den Sätzen herauslesen. Immer mehr sank sein Kopf über das Buch, und er schien mich zu vergessen. Jetzt riss ich ihn aus seinem Grübeln und seinen Gedanken heraus:

»Die unterschiedlichen Evangelien erzählen vieles über dich. Ich habe dir schon gesagt, dass manche Berichte übereinstimmen, und andere sich widersprechen. Viele, die die Bibel lesen, stürzt das in große Zweifel.«

»Widersprüchlichkeit ist etwas Menschliches, denn das Erinnerungsvermögen lässt einen leicht im Stich. Was aber zählt, ist, ob den Überlieferungen eine gute Absicht zugrunde liegt.«

»Das war kein Vorwurf! Das Leben ist eben voller Widersprüche. Dagegen habe ich nichts. Im Gegenteil, ich finde sogar Gefallen an ihnen.« Ohne sich zu mir zu drehen, blätterte er weiter in dem Buch und meinte:

»Mir ist schon aufgefallen, dass du es durchaus genießt, unangenehme Fragen aufzuwerfen.«

»Die Schönheit oder, wenn du so willst, der Genuss, Fragen zu stellen, Zweifel zu haben, die Dinge zu hinterfragen, liegt nicht darin, Antworten zu erhalten oder Wahrheiten zu finden, sondern darin, dass sich an jede Frage hunderte weitere anknüpfen. Jeder Zweifel ist der Stamm von hundert mit ihm zusammenhängenden Zweifeln, die sich von ihm wie Äste abzweigen.«

Während ich sprach, stellte er seine Lektüre an ihren Platz zurück. Dann blies und pustete er auf seine Hand, als hätte sie von dem Buch Feuer gefangen und er müsse den Brand löschen. Er drehte sich um, und als er sich vor mich stellte, sah er aus wie eine unerschütterliche Statue, der kein Unwetter würde etwas anhaben können. Er blickte mir durchdringend in die Augen und ich erkannte, dass uns viele unsichtbare Fäden miteinander verbanden. Ein Gewirr aus diesen hauchzarten Fäden des Zweifels, die ihm nun nicht so schnell erlauben würden, in den Himmel zurückzukehren. Während er mich ansah, sah ich einen Funken Angst in seinen Augen aufblitzen. Es war ein Bangen, ob es ihm gelingen würde, in einer einzigen Wundernacht die ganze Welt zu erlösen, aber auch die Sorge darüber, was ihm wohl in so einer wundersamen Nacht bevorstünde. Ich bemerkte, dass er sich im Stillen fragte: ›Wo soll ich denn bloß anfangen?‹ Er befand sich in einer Zwickmühle: Sollte er so schnell wie möglich alleine mein kleines, stickiges Zimmer verlassen, oder doch besser in meiner Begleitung losziehen, um die Endzeit zu verkünden? Ich musste plötzlich darüber nachdenken, warum ich ihn wie einen Illegalen oder einen Dieb durch das Fenster hereingebeten hatte. Er war ständig auf einem Esel oder zu Fuß umhergezogen, um seine Botschaft der Gerechtigkeit und der Liebe zu verkünden, und ihm waren alle Türen der Armen und der einfachen Menschen offen gestanden. Ich musste lächeln bei dem Gedanken an jenen Anblick, wie Jesus durch mein Fenster hereingeschlüpft war. Denn so machen es doch sonst immer nur die heimlichen Geliebten, die an die Fensterscheibe klopfen und sich dann mit feurigen Gelüsten hineinschleichen, um schnell und mit pochendem Herzen ein paar Liebkosungen und Küsse auszutauschen. Für mich war Jesus in jener Nacht ein irdischer und ein himmlischer Verehrer zugleich. Er lenkte seinen Blick zum Tisch in der Mitte des Zimmers. Darauf lag ein aufgeschlagenes Buch, zwischen den Seiten ein Stift als Lesezeichen.

»Du scheinst ein Buchliebhaber zu sein. Auf deinem Bett, unter deinem Bett, auf den Tischen, auf deinem Kissen, auf dem Fensterbrett – überall Bücher!«

»Das nennt man Bücherwurm. Aus Einsamkeit habe ich die Bücher mit offenen Armen empfangen. Oder besser gesagt: Die Bücher haben mich mit offenen Armen empfangen. Sie waren mein Trost und meine Gefährten in harten Zeiten, wie meine Träume lassen sie mich im Geiste reisen, sie stillen meine unerfüllten Wünsche. Die Worte auf ihren Seiten bescherten mir Lachen und Freude, aber auch Tränen. Der schönste Geruch, den ich je wahrnahm, war derjenige der vergilbten Seiten, die mich immer wieder an die saftiggrünen, aber auch an die verwelkten Blätter von unzugänglichen Wäldern erinnerten. Die aus schwarzer Tinte geformten Symbole, die auf dem Papier haftet, sind für mich wie die unsterbliche Seele der Rosen und allgemein der Blumen. Die Bücher sind für mich immer ein offenes Haus voller Wärme, Geborgenheit und Liebe gewesen, in dem meine Leere und meine Einsamkeit aufgehoben sind. Sie haben mir zwei Flügel geschenkt, mit ihnen kann ich die ganze Welt überfliegen, jegliche Grenze der Vorstellungskraft überwinden und manch ein Geheimnis lüften.«

»Das ist aber bemerkenswert! Zum ersten Mal kommt mir so viel Lob und Zuneigung für Bücher zu Ohren.«

»Mein Bruder Jesus, vor nahezu zweitausend Jahren wurdest du gekreuzigt. Wenn Bücher nicht wären, wer hätte dich gekannt? Deine Botschaften stehen in der Bibel und den Evangelien, die in meinem Regal stehen. Wie würdest du dann wieder lebendig werden, wenn ich diese Bücher nicht läse?«

»Aber auch ohne Bücher wären meine Worte überliefert worden, und zwar mündlich.«

»Ja, doch du und die gesamte Überlieferung, ihr stammt aus Büchern! Diese Überlieferungen wurden dann mündlich an jene weitergegeben, die weder lesen noch schreiben konnten. Du lebst aber durch die ungeheure und faszinierende Macht der Worte und der Niederschriften weiter.«

»Was gibt dir die Gewissheit, mich zu einem Fantasiegebilde degradieren zu können, und mich nicht als den anzuerkennen, der ich bin?«

»Was du für mich bist, spielt keine Rolle. Du solltest aber wissen, dass ich dich liebe, in welcher Form auch immer du existieren magst. Dass ich ganze Bibliotheken und tausende von Seiten durchstöbert habe, um immer noch mehr über dich zu erfahren, ist doch wohl der beste Beweis dafür …«

»Verzeih, da muss ich dich unterbrechen: Warum denn eigentlich nur über mich?«

»Nicht nur über dich. Mich drängte es auch, mehr über Moses, Mohammed, Abraham, sogar über Ismael, Jakob, Josef, Buddha, Zarathustra und, und, und zu erfahren! Ich habe auch versucht, etwas über die 44 000 Propheten herauszufinden, von denen meine Mutter immer wieder erzählt hat, wobei ich aber nicht glaube, dass sie recht damit hatte, dass es so viele gab.«

»Wie kam deine Mutter denn auf eine so große Zahl?«

»Ganz einfach: Viele Leute in ihrem Alter sind davon überzeugt, dass Menschen ein derart übles Benehmen an den Tag legen und so bösartig sind, dass der Himmel mit nichts anderem beschäftigt ist, als die Erde schleunigst immer wieder mit einem Heiland nach dem anderen zu versorgen.«

»Und was glaubst du? Hat deine Mutter recht?«

»Sie hat bestimmt recht damit, dass der Mensch ein unberechenbares Wesen ist. Er kann die übelsten Taten begehen, aber auch Schönes erschaffen – er ist zu beidem fähig. Ich denke, Einsamkeit, Depression und Erschöpfung zwingen den Menschen, sich einen Erlöser zu erschaffen. Es gibt noch weitere Gründe für diesen Wunsch, das haben wir ja bereits lange besprochen. Deine Rückkehr bedeutete die Erfüllung dieses Wunsches. Wie jetzt. Mir kommt vor, als stünden die Menschen an einem Hafen und warteten auf die Ankunft eines Schiffes, dessen Kapitän du, der Erlöser, bist.«

»Was stört dich daran, dass ich der Erlöser bin und diese Menschen auf meine Ankunft warten? Welchen Schaden bereitet es dir?«

»Es stört mich, weil das Warten auf das Ungewisse eine Art Stillstand bedeutet, der die Menschen dazu bringt, den Blick in den Himmel zu richten, sodass sie die Aufmerksamkeit für die Dinge vor ihren Füßen verlieren. Sie würden es nicht einmal merken, wenn sie in Fallen und Gruben stürzen. Ich würde auf dem Boden der Realität doppelt so oft meine Umgebung kontrollieren, bevor ich einmal den Blick in den Himmel richte. Sich dem Schicksal auszuliefern, bedeutet Flucht vor der Entscheidungsfreiheit und dem freien Willen, welchen die Natur dem Menschen geschenkt hat. Und das führt zu Apathie und Schwäche, mit der der Himmel ganz bestimmt auch nicht glücklich ist. Ich habe den Eindruck, dass die Hoffnung und das ewige Warten auf einen Erlöser eine ganz fatale Mischung aus Unterwerfung und Selbsttäuschung ergeben. Auch wenn ein Erlöser tatsächlich käme, bezweifle ich, dass er eine so vollkommene Macht besäße, alle vom Elend Geplagten und zu Unrecht Verfolgten zu retten.«

»Mir scheint, du hast es also noch immer nicht verstanden. Der Erlöser rettet sie doch vor diesem ewigen Warten!«

»Und was kommt danach?«

»Heute Nacht wirst du erfahren, was danach kommt. Du wirst mit eigenen Augen sehen, welche Wundertaten ich vollbringen werde.«

»Warum bist du dir denn so sicher, dass dir das gelingen wird?«

»Und du? Warum zweifelst du denn immer nur an mir?«

»Na weil schon zu Mitternacht alle vor lauter Trunkenheit und Rausch im Delirium sein werden. Deine Wundertaten interessieren dann doch keinen mehr!«

»Lass das nur meine Sorge sein! Wahrlich ich sage dir, es wird ein göttliches Getöse erschallen und ein himmlisches Echo darauf geben, das sie alle aus ihrer Umnachtung aufwecken wird. Wir sind zur Freiheit bestimmt, aber wir dürfen diese Freiheit nicht für selbstsüchtige Zwecke missbrauchen oder um uns nur in stupiden und sinnlosen Ausschweifungen zu ergehen.«

»Bitte verzeih, ich wollte damit nicht respektlos deinem unerschütterlichen Glauben entgegentreten, aber ich müsste all das, was du hier ankündigst – die Wundertaten, das göttliche Getöse – schon mit eigenen Augen sehen und am eigenen Leibe spüren!«

»Wie kommt es denn, dass du nur an die Dinge glaubst, die du auch sehen oder spüren kannst? Kommt das daher, dass dich die ganzen Bücher, die du immer liest, nie zur Ruhe kommen lassen?«

»Ach, das hat doch nichts mit Büchern zu tun«, seufzte ich. »Ich war schon als Kind ein Zweifler.«

»Noch bevor du lesen gelernt hattest?«

»Ja. Kinder sind zwar von Natur aus neugierig und stellen alles in Frage, aber da, wo ich herkomme, wird ihnen das von den Erwachsenen schon früh genug ausgetrieben. Nur ja keine kritischen Fragen stellen! Meine Mutter, auch wenn sie einen einfachen Verstand hatte, beantwortete mir manche meiner Fragen aus Sanftmütigkeit. Ich entsinne mich aber nicht, dass ich je den Mut gehabt hätte, meinem Vater auch nur eine einzige Frage zu stellen, denn er peinigte mich stets mit Stockschlägen. Er war sogar noch erbarmungsloser als meine Lehrer in der Grundschule. Ich denke, manche Väter in patriarchalen Gesellschaften werden handgreiflich, weil sie nicht anders damit umgehen können, wenn ihre Kinder intelligenter sind als sie selbst.«

»Wie konnte eine gottesfürchtige Frau wie deine Mutter es zulassen, dass aus dir so ein vermaledeiter Skeptiker geworden ist?«

»Gleich, was sie mir für Geschichten erzählte, ich zweifelte stets an ihrem Wahrheitsgehalt – angefangen bei der Geschichte vom Lämmchen, über die Geschichte meiner Geburt, darüber, wie ich aufwuchs, bis hin zu den 44 000 Propheten, von denen sie nur einen Bruchteil aufzählen konnte. Ich habe sie oft mit meinen Fragen so in den Wahnsinn getrieben, dass sie einmal in Tränen ausbrach und schluchzte, während sie vor lauter Verzweiflung sogar Zigarettenasche aß und jenen Tag verfluchte, an dem ich in ihrem Bauch zu wachsen begann. Kurz darauf bereute sie ihre giftigen Worte, beweinte mich, schaute gen Himmel und flehte zu Gott um Gnade: ›Oh, mein Herr auf deinem himmlischen Thron, ich bin nichts anderes als ein jämmerlicher Hund vor deinem Tor! Ich bereue so sehr was ich gesagt habe, eher fresse ich Hundekot, als solche Worte noch einmal in den Mund zu nehmen. Dieses Balg bringt mich noch dazu, den Verstand zu verlieren! Allmächtiger Gott, bitte verzeih mir, ich wollte deiner Gnade und deiner Schöpfung nicht freveln – ich bin dankbar für alle deine Gaben und für deine Barmherzigkeit, aber auch für die Übel, die du uns bereitest. Gelobt sei der Herr! Er hat mir einen gesunden Sohn geschenkt, mit zwei Augen, zwei Beinen und zwei Händen.‹ Niemals hätte mich diese liebevolle, arme Frau gezüchtigt für meine kritischen Fragen!«

»Weißt du noch, was das Erste war, das du in Frage gestellt hast als Kind?«

»Gewiss! Ich war in einem Alter, in dem ich bereits gut sprechen konnte. Meine Mutter war hochschwanger und brachte meine kleine Schwester bei uns zu Hause zur Welt. Da verscheuchten mich die Hebamme und ein paar andere Frauen aus dem Zimmer, in dem meine Mutter schreiend und weinend gebar. Die Woche darauf fragte ich meine Mutter, wie ich denn eigentlich auf die Welt gekommen sei. Sie fiel aus allen Wolken. Einen Moment lang war sie wie erstarrt, dann füllten sich ihre Augen mit Tränen. Ich konnte nicht nachvollziehen, warum sie mit solcher Erschütterung auf meine Frage reagierte. Du musst wissen, Sie war unendlich schüchtern. Wenn sie sich für etwas schämte, dann bekam sie so eine raue, brüchige Stimme ... und dann brach sie meist in Schluchzen aus. Es kam immer wieder vor, dass eine meiner Fragen sie verunsicherte. Dann flehte sie mich auf ihre liebevolle Art an, ich solle diese sinnlosen Fragen unterlassen. Sie befürchtete, dass sie ansonsten Gottes Zorn auf sich ziehen würde. Sie meinte, meine Fragerei würde uns nur Verdammung und Untergang bescheren, auch ich würde mir meinen ganz persönlichen Platz im Höllenfeuer damit einhandeln. Zuweilen beugte sie sich über mich, manchmal tropfte dann auch eine Träne von ihrem Gesicht, und sprach mit sanfter Stimme: ›Mein lieber Sohn, für wen hältst du mich denn? Ich bin doch nur eine einfache Magd des Herrn und ich muss mein Sündergesicht vor Ihm verbergen.‹ Getrieben von der Gottesfurcht lief sie dann in den Hamam. Dort vollzog sie hastig ihre rituelle Waschung, stellte sich auf den Gebetsteppich, streckte ihre Arme zum Himmel und begann verzweifelt, den Herrn anzuflehen wie ein heulender Wolf. Sie bat um Vergebung – du kannst es dir denken – für ihre Einfältigkeit und ihren fehlbaren Sohn.«

»Es war schon immer so: Kinderfragen mögen einfach und naiv klingen, aber in Wahrheit sind sie tiefgründig. Sie zu beantworten ist schwerer als man glaubt! Als Erwachsener ist man damit oft überfordert, darum werden viele von Gereiztheit übermannt. Aber bitte verrate mir, was hat deine Mutter auf deine Frage denn geantwortet?«

»Na ja, das war eher verstörend. Erst hat sie mir zu verstehen gegeben, ich sei auf die Welt gekommen, als sie sich übergeben hat. Dann, ein paar Monate später hieß es, ein Storch hätte mich gebracht und mich vor dem Hof unseres Hauses abgelegt.«

»Dir hat man immerhin irgendwelche Erklärungen gegeben, wenn auch erfundene. Da kannst du dich noch glücklich schätzen. Es ist auch nachvollziehbar, dass du sie als kleiner Junge für bare Münze genommen hast. Mir hingegen wurde die merkwürdige Pflicht zuteil, schon von Kindesbeinen an die Jungfräulichkeit meiner Mutter zu verteidigen. Der Schmerz, den meine Mutter zu erleiden hatte, war so groß, dass meine Zunge schon zum Sprechen gezwungen war, als ich noch ein Kind war, um deutlich zu machen, dass ich der Sohn, ja, der reine Atem Gottes bin.«

»Ja! Deine vielen Wundertaten! Mich beschäftigt dabei aber etwas anderes: Denk dir nur einmal, wie viele Männer und Frauen geboren wurden, die sich nur mit dir beschäftigten. Erst tat ein Teil von ihnen alles, um deine Wunder auf verschiedene Weise schriftlich festzuhalten, und dann wurde es zur Mission von anderen, sie zu widerlegen.«

»Das betrifft *meine* Wundertaten. Gibt es aber etwa auch Zweifel an der Heiligkeit meiner Mutter? Hast du darüber auch etwas gehört, oder gelesen?«

»Ja, schon, das habe ich! Angeblich soll ein Priester deine Mutter Maria verführt haben. Der habe dann behauptet, er sei der Heilige Geist höchstpersönlich und gekommen, um ihr die frohe Botschaft zu überbringen: ›Maria, nun bist du schwanger, das war die unbefleckte Empfängnis!‹«

»Wenn dem so wäre, wie soll mein Ziehvater Josef seiner Verlobten, meiner Mutter, nachgesehen haben, das Kind von einem anderen Mann empfangen zu haben? Die Männer, die in meiner Zeit lebten, waren noch tausendmal konservativer als du! Er ist meiner Mutter immer zur Seite gestanden! Und er hat doch auch geglaubt, dass ich der Sohn Gottes bin.«

»Na ja, die Historiker sagen, dass unverheiratete Paare damals zum Tode verurteilt worden sind, wenn sie miteinander schliefen.«

»Was willst du damit sagen?«

»Nichts Böses. Ich selbst habe ja nichts dagegen, wenn unvermählte Paare einander lieben. Ich habe dir nur von den Einwänden mancher Kritiker erzählen wollen.«

»Ich habe aber den Verdacht, dass du, der Zweifler, solche Geschichten einfach nur erfindest!«

Als er das sagte, kam er auf mich zu, als wolle er mich angreifen. Seine Hände zitterten so stark, dass ihm das Glas aus der Hand glitt. Mit sichtlich aufgestauter Wut blickte er mir tief in die Augen und setzte fort:

»Lass uns gehen! Ich bin nicht gekommen, um mir das sinnlose Gerede von irgendwelchen Kleingläubigen anzuhören. Wenn du glaubst, ich könnte die Beherrschung verlieren, weil du an meinem himmlischen Ursprung zweifelst, dann hast du dich geirrt!«

»Oh, das hast du wohl in den falschen Hals gekriegt. So etwas käme mir niemals in den Sinn. Es fiele mir im Traum nicht ein, zwischen ehelichen Kindern oder sogenannten Bastarden zu unterscheiden! Ich hielt es einfach für meine Pflicht, dich darüber aufzuklären, was nach deinem Tod geschah und was man heute über dich sagt. Du solltest doch wissen, in was für eine Welt du zurückgekehrt bist.«

»Hast du aber nicht eben behauptet, dass mein Ziehvater Josef aus einem ganz bestimmten, und, wie ich finde, ungeheuerlichen Grund stillgeschwiegen hat, als er erfuhr, dass meine Mutter mit mir schwanger war?«

»Ich habe dir doch gesagt, dass nicht ich das behaupte, aber es gibt eben verschiedene Ansichten dazu.«

»Ja, das hast du mir schon zu verstehen gegeben. Sag mir doch bitte mehr darüber, was man sich sonst noch so über Josef erzählt.«

»Also, die allgemein anerkannte Erzählung besagt ungefähr Folgendes: Josef soll fest daran geglaubt haben, dass du Gottes Sohn und der zukünftige König Israels bist. Eine andere Theorie lautet, dass er so sehr in Maria verliebt gewesen sei, dass er alles über deinen Ursprung, sei's Wahrheit, sei's Gerücht, ausgeblendet hat. Manche sagen aber auch, dass er einfach Angst hatte, hingerichtet zu werden, würden die Leute Verdacht schöpfen, du wärest sein leibliches Kind, und so weiter und so …«

»Halt, das ist doch ein alter Hut. Dieses Gerede gab es zu meiner Zeit auch schon, aber ich habe es durch meine Wundertaten widerlegt.«

»Aber über die wurde doch auch ständig nur gestritten …« Er unterbrach mich und verlangte nach einem weiteren Glas Wein, das er mit einem Zug hinunterkippte.

»Ich habe mich an Schmerz, Unglauben und Ablehnung gewöhnt. Damals warfen sie mir vor, ich spiele mich als König der Juden auf. Und heute, was wollen mir die Leute nun wieder zur Last legen?«

»Zur Weihnachtszeit und an den Feiertagen dreht sich zwar alles um deine Geburt, aber ich halte den Zeitpunkt deiner Rückkehr trotzdem für denkbar schlecht.«

»Warum ist es ein schlechter Zeitpunkt?«

»Wie ich dir schon mehrmals gesagt habe, befindet sich die ganze Welt in überschwänglicher Feierlaune, um deine

Geburt und das Neue Jahr zu feiern. Ausgerechnet da willst du kommen und den Leuten predigen, sie sollen aufhören zu feiern, weil die Endzeit nahe? Das will doch keiner hören!«

»Es ist meine Bestimmung, sie zu lehren, dass jeder sein Kreuz zu tragen hat. Jeder habe den Mut, es auf sich zu nehmen und mir nachzufolgen.«

»Werden sie dir denn folgen?«

»Wenn sie es nicht tun, werden sie verlieren.«

»Nicht alle Verluste sind schlecht. Und nicht immer verheißt ein Gewinn etwas Gutes.«

»Was meinst du damit?«

»Du sollst selbst einmal gesagt haben: ›Schließlich sind wir alle Verlierer. Unser Schicksal ist mit Verlust besiegelt‹.«

»Ich soll solche Worte gesprochen haben?«

»Ich verstehe, dass du dich nicht an alles, was du gesagt hast, erinnern kannst. Dir ist wohl auch vieles im Nachhinein in den Mund gelegt worden. Einiges davon von fragwürdigem Gehalt.«

»Es gelingt dir gut, meine Geduld zu strapazieren. Aber nun sag mir doch endlich, warum sollte mich denn niemand anhören wollen?«

»Du glaubst doch nicht, dass das Partyvolk sich missionieren lassen will! Die meisten wollen im Rausch und in der Hitze ihrer Gelüste nicht zur Besinnung gebracht werden. Und schon gar nicht von jemandem, der so daherkommt wie du … von so einer Gestalt und einem solchen Gewand, der noch dazu behauptet, er wäre Jesus.« Jesus blickte an sich herunter.

»Hmm, was stimmt denn mit meinem Gewand nicht?«

»Mit deinen schwarz glänzenden, lockigen Haaren, deinem

Bart und in diesem wallenden, weißen Gewand, siehst du eher wie ein streunender Wüstenaraber aus, der die Orientierung verloren hat. Dein Anblick würde sicher auch den Hass von Rassisten auf sich ziehen.«

»Von wem? ›Rassisten‹? Was soll das nun wieder sein?«

»Achso, diesen Begriff kennst du nicht. So nennt man Leute, die Fremde hassen, also Menschen aus anderen Ländern und mit anderen Sitten. Kurz gesagt, sie lehnen Menschen ab, die schwarze Haare haben wie du und ich.«

»Was ist denn so schlecht an andersartigen oder fremden Menschen? Wir haben doch alle denselben Stammbaum. Aber ich lasse mich davon nicht unterkriegen! Sollen sie mich schlagen, ich werde mich ihnen nicht widersetzen.«

»Wie du gesagt hast: ›Wenn dich einer auf die rechte Wange schlägt, dem halte auch die andere hin‹.«

»Genau, warum denn nicht? Das ist der Kern meiner Botschaft: ein gewaltfreies, friedliches Zusammenleben.«

»Aber denkst du nicht auch, dass eine Bestie solch eine edle Gesinnung bloß für Unterwürfigkeit und Schwäche hält? Denn ich bin in einem Volk aufgewachsen, wo diese Art zu vergeben nur zu Katastrophen geführt hat. Wie du siehst, lässt sich ein Feind nur durch eigene Macht und Stärke in Schach halten. Immer nur die andere Backe hinzuhalten, ist fatal!«

»Nein, allein die Liebe kann das Fundament für eine bessere und schönere Welt sein.«

»Dadurch wächst aber auch das Elend, meinst du nicht? Diese Haltung, dieses Fundament, wie du es nennst, bereitet uns doch, wie sich immer wieder zeigt, die Hölle auf Erden, vor allem dann, wenn dein Gegenüber nicht gerade die Unschuld in Person und ihre Frömmigkeit bloß geheuchelt ist.«

»Lass dich davon nicht verunsichern. Sei du großmütig. Terror, Angst und Elend verbreiten nur jene, die nicht lieben können.«

»Aber so war es nur zu Beginn deiner Geschichte. Anfänglich, als es nötig war, liebtest du deine Feinde, um von ihrer Feindseligkeit und Boshaftigkeit verschont zu bleiben, oder du beeindrucktest sie so sehr, dass sie dir nachfolgten. Alle Revolutionäre hatten zu Beginn ihres Wirkens eine gute Absicht.«

»Ja, aber damit habe ich doch nichts verbrochen!«

»Gewiss nicht, denn ich sehe auch keine Tugendhaftigkeit darin, bloß die zu lieben, die einen selber lieben. Gewiss gehört es sich auch nicht, jene zu hassen, die einen hassen. Die wahre Kunst ist es, den Feinden gegenüber barmherzig zu sein – das ist das Schwierigste.«

»Du nimmst mir die Worte aus dem Mund und verkaufst sie mir als deine eigenen.«

»Naja, wie du selbst gesagt hast, wem soll man es zum Vorwurf machen, wenn er von dir und deiner Lehre beeindruckt ist? Aber du hast mich nicht aussprechen lassen. Ich wollte etwas anderes sagen: Was dich auszeichnet und so besonders macht, was deine Gestalt wie eine Aura umhüllt, ist, dass du deine Feinde wirklich liebst. Wem gelingt das schon?«

»Aber du hast mir doch gerade vorgeworfen, ich sei nur zu Beginn friedfertig gewesen. Das würde bedeuten, ich hätte mich später verändert.«

»Mein Gefährte, ich wollte dich mit den historischen Entwicklungen vertraut machen, die du verpasst hast.«

»Das ist mir recht, bitte erzähl mir davon. Denn ich möchte die Geschichte der Welt, die ich hinter mir ließ, kennen, ihr

Gutes und ihr Schlechtes. Ich bin auch nur ein Mensch, wie du. Selbst wenn ich auf meinen Schultern die Last einer himmlischen Botschaft trage.«

»Na ja, ein paar Jahre nachdem du deine Lehre verkündet hast, sollst du aber noch ganz andere Dinge gesagt haben.«

Kaum hatten diese Worte meine Lippen verlassen, hielt ich inne und mich überfiel die Sorge, meinen lieben Gast, der zu Unzeiten gekommen und dieser neuen Welt entfremdet war, zu nahe getreten zu sein. Dabei wollte ich es doch unbedingt vermeiden, diese gemeinsame Nacht mit Jesus zu verderben, sein Herz zu brechen und mir diese einzigartige Gelegenheit, auf die ich so lange gewartet hatte, durch die Finger gehen zu lassen. Ich warf mir selbst vor, ich könnte taktlos meinen Wissensdurst, meine kritischen Gedanken und meine trockenen, unanständigen Fragen in zu aufdringlicher Weise zum Ausdruck gebracht haben. Habe ich vielleicht den Eindruck erweckt, ich wolle ihn zurechtweisen? Vor allem war ich wie besessen davon, zu erfahren, wie weit er mit seiner Botschaft kommen würde: Auf welche lebensgefährlichen Hindernisse würde er stoßen? Würde er die Aufmerksamkeit der Menschen im Getümmel auf sich ziehen und mit deren Reaktionen umgehen können? Würde er gleich einen Misserfolg einstecken müssen? Abgesehen davon regte sich in meinem Inneren noch immer der Zweifel, ob es sich bei der Gestalt, die vor mir stand, überhaupt um Jesus Christus handelte, oder ob das alles eine Halluzination meines strapazierten und erschöpften Hirns war. Dem Verstand eines verzweifelten Mannes entsprungen, der, wie viele andere Menschen auch, rastlos auf einen Erlöser wartet, der ihn aus höllischer Einsamkeit errettet. Oder war es vielleicht einfach nur ein weiterer meiner vielen seltsamen Träume, aus dem ich nicht aufwachte?

Ein Schmerz schwoll in meinem Herzen an, als ich bemerkte, dass der dunkle Nebel meines Gesagten das Leuchten in seinen Augen trübte. Ich hatte ihn anscheinend völlig erschöpft. Er bewegte sich langsam durch den Raum und machte einen Bogen um mich herum, ging auf das Bett zu, setzte sich darauf und ließ traurig den Kopf hängen. Ich schenkte ihm Wein nach, um ihn zu beruhigen. Aber ich musste lange warten, bis er mir das Glas zögernd aus der Hand nahm, als wäre es eine Trauerbotschaft. Wir stießen sachte an und ein feines Klirren unterbrach die Stille in meinem Zimmer. Jene Stille, die mir das Gefühl gab, mein Gast und ich wären als die letzten unserer Art unter einer dicken, schweren Schneedecke auf dieser Erde zurückgeblieben. Ich wollte mit ihm anstoßen und wartete darauf, dass er mein ›Zum Wohlsein!‹ erwidere. Enttäuscht hob er seinen Kopf und fragte:

»Du hast gesagt, ich war zunächst friedfertig und ein liebevolles Wesen … inwiefern habe ich mich später verändert? Welche Absichten hatte ich, was habe ich gelehrt?«

»Falls du dich nicht erinnerst, helfe ich dir auf die Sprünge: ›Denkt nicht, ich sei gekommen, um Frieden auf die Erde zu bringen; ich bin nicht gekommen, Frieden zu bringen, sondern das Schwert. Denn ich bin gekommen, um den Sohn zu entzweien mit seinem Vater und die Tochter mit ihrer Mutter und die Schwiegertochter mit ihrer Schwiegermutter‹.«

»Natürlich kann ich mich erinnern. Ich habe noch viel Heftigeres als das ausgesprochen. Ich war gekommen, um gegen ein Feuer auf der Erde anzukämpfen. Weißt du, warum?«

Mein Benehmen war völlig daneben. Wie irgendein dahergelaufener Depp konnte ich es nicht lassen, immer noch eine weitere provozierende Frage nachzulegen. Ich wollte wissen, wie es zu dieser überraschenden Hartherzigkeit, die sich in der Aussage mit dem Schwert ausdrückte, gekommen war.

»Die römischen Herrscher hatten mein Land erobert und tyrannisierten das Volk!«

»Ich kann dich gut verstehen. Ich komme auch aus einem Land, das seit langem schon besetzt ist. Denk dir nur: Wenn du als Einzelner nur einmal gekreuzigt wurdest, dann ist es, um bei diesem Bild zu bleiben, in meinem Fall so, dass ein ganzes Land, sein Boden und die, die darauf wohnen, ans Kreuz gefesselt sind und permanent, unaufhörlich, ans Holz geschlagen werden. Jedes ausgestreckte Glied steht für einen Teil meines Landes. Wir bluten, wie du. Dein Bluten hat aufgehört, als deine Seele den Leib verließ, aber wir bluten immer weiter, ohne zu sterben. Seit ich mich erinnern kann, toben auf dieser ehrlosen Welt sinnlose Revolutionen, wiederkehrende Kriege, Tod und Niederlagen. Dann der ruhelose Überlebenskampf und der Wiederaufbau, später ein weiteres Scheitern und als Folge, das ewige Warten auf einen Erlöser. Aus purer Verzweiflung warten die Menschen so lange auf einen Messias, bis ihr Augenlicht erlischt. Darum wundere dich bitte nicht, wenn ich sage, dass ich nicht an einen Messias glaube. Der Glaube an einen Erlöser treibt verzweifelte Völker, etwa meines, dazu, wie strandende Wale das Meer hinter sich zu lassen, Land anzusteuern und sich kollektiv in den Tod zu stürzen. Ich habe mich oft gefragt, welche Angst vor einer Katastrophe strandende Wale in den Selbstmord treibt. Ist dir bewusst, dass in genau dieser Sekunde, und auch in jeder weiteren, ein Mensch in einer dunklen Ecke dieser hässlichen Welt an Selbstmord denkt oder sich gar das Leben nimmt?«

»Ah, jetzt verstehst du meinen Zorn und du bremst mich nicht weiter aus, dem Himmel sei's gedankt. Stimmst du mir jetzt wirklich zu? Sieh doch, es gibt noch immer Völker und Nationen, wie deine, die unter dem Joch blutrünstiger Eroberer leben müssen.«

»Zurück zu deiner Aussage: War's denn nicht schwierig für dich zu verkünden, Söhne aus dem Schoß ihrer Mutter zu reißen und den Frauen ihre Ehemänner wegzunehmen?«

»Nein, war es nicht. Zuweilen ist der Krieg notwendig, um wehrlose Menschen vor Tyrannei zu schützen.«

»Ich möchte aber aus deinem Munde hören, ob du tatsächlich gesagt hast, man solle das Heilige nicht den Hunden geben, seine Perlen nicht vor die Säue werfen, ›denn sie könnten sie mit ihren Füßen zertreten und sich umwenden und euch zerreißen.‹ Wer sind diese Hunde und Schweine?«

»All die fremden Artgenossen, die uns erobern und unterwerfen wollten, all die bösartigen Zeitgenossen, die immer schon die Ungerechtigkeit und den Geist der Tyrannei in ihrem Wesen tragen! Deine Frage erinnert mich aber an noch etwas. Ich möchte dich ein weiteres Mal fragen, warum du dich sorgst, die Leute da draußen könnten mir nicht zuhören. Bloß weil ich fremdartig gekleidet bin und einen schwarzen Bart und schwarze Haare habe?«

»Ich habe dir doch gesagt, welche Sorgen mich umtreiben. Diese Rassisten sind dafür bekannt, dass sie sich für schöner, reiner und wertvoller halten als du und ich. Sie gehen davon aus, dass ihr Territorium ohne uns zwei Fremde besser dran wäre und wir nur Schaden verursachen würden. Für sie ist es ein Vergehen, als Fremder, der einer anderen Volksgruppe zugehörig ist, in ihren Ländern sesshaft werden zu wollen.«

»Glaubst du, dass sie recht haben?«

»Ich muss zugeben, ich weiß es nicht. Es gibt Einwanderer, die genauso gesinnt sind, wie die, von denen sie abgelehnt werden – auf sie mag diese Sichtweise zutreffen. Aber für die anderen, die aus Angst vor Tod und Verfolgung im Asyl ihrer Gastgeber friedlich leben wollen, ohne dabei ihre Sitten und Gebräuche mit Füßen zu treten, ist diese Ansicht falsch.«

»Was ist das jetzt, ein Rätsel?«

»Eine eindeutige Antwort auf diese Frage kann ich dir nicht geben. Denn die Fremdenfeinde haben auch ihre Argumente, die ihre Ansicht untermauern, wie du ja auch.«

»Warum wie ich?«

»Na ja, du hattest auch deine Gründe, Fremde, wie etwa die Römer, als Eroberer, Hunde und Schweine zu bezeichnen. Aber nicht nur sie hast du so genannt, sondern auch ganz allgemein fiese, verschlagene und bösartige Zeitgenossen.«

»Du hast doch vorher selbst betont, dass mein Leben und meine Worte von jedem immer so interpretiert wurden, wie es ihm gerade in den Kram gepasst hat. Ich bin doch auch nur ein Mensch und bestimmt nicht ohne Fehl.«

»Es spielt keine Rolle, ob du nun eine Erfindung bist, oder ob es dich wirklich gegeben hat. Fest steht, dafür gibt es handfeste Beweise, dass in deinem Namen viel Übles angerichtet, vermeintlich gottgewollte, gerechte Kriege geführt, Menschen abgeschlachtet wurden. Aber aus dem Glauben an dich ist auch viel Mildtätigkeit und Barmherzigkeit erwachsen. Man kann nicht alles über einen Kamm scheren, aber wieviel Unheil ist in den Kirchen, den Moscheen und Tempeln jahrhundertelang verbreitet worden! Kann Gott denn das alles so gewollt haben? Das Merkwürdige ist ja, dass nicht nur die Kirchen für diese Misere verantwortlich sind, sondern auch verschiedene Theoretiker, Philosophen und Ideologen. Sie haben dieselbe Hölle auf Erden bereitet.«

»Das sehe ich auch so. Das Leben ist ein Geschenk des Himmels und die meisten schätzen es nicht.«

»Was auch immer Gott nun sein mag – ein reales Wesen, eine Kraft, eine metaphysische Wahrheit oder ein Symbol – Er sollte nichts als die Liebe sein! Doch der Gott der Menschen ist anscheinend das genaue Gegenteil davon. Denk nur an die hasserfüllten oder gar mordlüsternen Männer in deinem und in meinem Osten. Sie sind besessen vom Rausch des Tötens. Sie schmücken sich mit den Insignien des Himmels während sie ihre Schwerter und Dolche schleifen, um die Welt zu richten. Und es ist ihnen das Allerleichteste, Gottes wunderbarstes Geschöpf zu töten, ihre eigenen Artgenossen!«

»Liebst du mich so sehr, dass du auf diese Weise von Hass und Liebe sprichst?«

»Die Liebe in Worte zu fassen, ist von großer Bedeutung. Liebe ist eine bestimmte Weise, mit anderen umzugehen. Sie ist für mich eine Haltung, unveränderlich und sich selbst genügend. Sie hat nichts mit wachsweichen Worten, krampfhafter Beschönigung und leeren Phrasen, mit denen man andere zu trösten versucht, zu tun. Sie ist keine Methode, um sich desjenigen zu versichern, den man nicht verlieren möchte. Überlege einmal: Es sind wohl Millionen, die sich in diesem Augenblick ›Ich liebe dich‹ sagen, aber bei wie vielen liegen Seele und Herz für den anderen wirklich offen?«

»Aber was, wenn derjenige, den man lieben soll, gar nicht

liebenswürdig ist, oder ein Sünder? Hat er dann Liebe verdient?«

»Manchmal ja. Wie jene Liebe, die du für Maria Magdalena empfunden hast, als sie für ihre vermeintliche Sünde gesteinigt wurde. Einen deiner Aussprüche liebe ich so sehr. Es ist derjenige, den du während deinen letzten Tagen auf Erden zu deinen Jüngern gesagt haben sollst: ›Liebe deinen Nächsten wie dich selbst.‹ Deine Worte! Ich bewundere sie so sehr und bewege sie immer in meinem Herzen. Moses soll Ähnliches gesagt haben. In anderen Fällen scheinen sie aber nicht auf diese Weise angebracht zu sein, denn gewisse Worte und Handlungen führen dazu, anderen zu schaden.«

»Du bist sonderbar. Du hast auch wirklich an allem etwas auszusetzen. Oder du schwächst das Gesagte ab, relativierst es. Immer heißt es bei dir: ›Ich glaube, vielleicht, könnte sein, vermutlich, es scheint, ich denke …‹. Du taumelst und wankst von einem Zweifel zum nächsten, kommst aber nie zu einer Gewissheit.«

»Weil Gewissheit oft Gefahren mit sich bringt! Sie entspringt dem gefrorenen Teil des Verstandes, und der macht uns blind. Mein lieber Jesus, ich könnte in all den Prophetengeschichten, von Abraham bis hin zu dir selbst, so viele Widersprüche aufdecken, dass kein vernünftiger Mensch mehr daran glauben würde. Der Zweifel ist die Bedingung der Erkenntnis, aber auch des Glaubens. Der Zweifel ist das pochende Herz des Forschens. Gewissheit ist ein Gift, das den Verstand lähmt. Ich hatte ja immer so meine Zweifel an der angeblichen Jungfräulichkeit deiner Mutter. Aber ich hielt mich zurück, ihn offen auszusprechen, wegen deines Unmuts von vorhin. Wir könnten das Thema auf sich beruhen lassen und es nicht weiter hinterfragen. Aber du weißt ja mittlerweile, dass auch wenn die halbe Welt an dich glaubt, die andere Hälfte es eben partout nicht tut, weil sie daran zweifelt. Wenn man das Zweifeln nicht zulässt, verkommt die menschliche Natur! Es ist ein Verrat am Menschen selbst, an seiner Tugend, seinem Mut und auch an seiner Schönheit. Die Dinge zu hinterfragen, bedeutet nicht, dass wir uns gegenseitig niedermachen sollen. Es bedeutet auch nicht, den anderen zu belehren und ihm eine Moralpredigt zu halten. Wenn ich herausfinden will, ob du wirklich der Menschensohn bist, wie du dich nennst, oder der Sohn eines einfachen Zimmermanns, dann nicht, um dich schlecht dastehen zu lassen. Nein, das wäre die schmutzige Intention einer verdorbenen Seele. Ich bin gerne ein gefährliches Fragezeichen. Das Schöne am kritischen Hinterfragen ist ja, dass wir nicht auf vorgefertigten Antworten sitzen müssen, so wie Hühner, wenn sie ihre Eier ausbrüten.«

»Aber du hattest doch das Thema gewechselt. Ich hätte mich nicht davor gescheut.«

»Ich wollte nicht unhöflich sein«, sagte ich. Und ich fügte ein wenig kleinlaut hinzu: »Außerdem wollte ich hinauszögern, dass du losziehst und mit deiner Mission beginnst.«

»Ach, wegen mir brauchst du dir keine Sorgen zu machen. Hab keine Angst. Erzähl mir, was dir auf dem Herzen liegt, ich werde dir mit Leib und Seele zuhören.«

»Also gut. Während unserem Gespräch kam mir eine Erinnerung in den Sinn: Ich habe mir nämlich einmal eine unerhörte Frage erlaubt, durch die ich den Ärger meines ganzen Umfelds auf mich zog.«

»Achso? Was ist denn passiert?«

»Im Grunde nicht viel, eigentlich habe ich nur eine Frage

gestellt. Was aber dann zur Folge hatte, dass meine Familie aus unserem Viertel wegziehen musste! Ich war einst beim Begräbnis meines verstorbenen Onkels. Du musst wissen, dass der Ritus es verlangt, dass bestimmte Suren als Bittgebete am Grab des Verstorbenen rezitiert werden. Diese Gebete sollen ihm dabei helfen, die Fragen der Engel zu beantworten, wenn er vor der ersten mächtigen Jenseitspforte steht.«

»Aha, das wusste ich nicht. Aber erzähl mir von deiner Frage. Beeile dich, ich kann es kaum erwarten!«

»Während der Gebete erhält der Verstorbene von den Trauernden und den religiösen Gelehrten den Namen der Mutter als Beinamen. Und nicht, wie zu Lebzeiten üblich, den des Vaters.«

»Und? Was ist daran auszusetzen?«

»Darüber, wer unsere Mutter ist, besteht nie ein Zweifel. Beim Vater ist das anders. Angeblich weiß bloß Gott allein, ob wir auch die Kinder jener Männer sind, mit denen unsere Mütter verheiratet waren … oder eben nicht. Das bedeutet, alle sind misstrauisch, ob wir ein ›reines‹, eheliches Kind sind, oder ein Bastard.«

»Und was hat das jetzt mit dem Zweifel bezüglich meiner Geburt zu tun? Sei offen und habe keine Scham mir gegenüber.«

»Das ist es nicht. Es bereitet vorrangig mir selbst Probleme.«

»Wie das?«

»Diese Tradition, die Herkunft der Kinder in Frage zu stellen, geht von den Mullahs aus. Aber wenn du mit dieser Konvention nicht einverstanden bist, könnte dich das dein Leben kosten.«

»Kannst du mir das besser erklären?«

»Bereits zu deiner Zeit und auch hunderte Jahre später wagte niemand zu behaupten, die Erde sei eine Kugel. Alle waren der Überzeugung, dass sie der Mittelpunkt des Universums sei und sich die Sonne um die Erde drehe.«

»Und, wo liegt das Problem?«

»Es liegt darin, dass jene, die als erste auf diese einfache Tatsache hinwiesen, zum Tode verurteilt wurden. Oder sie schlossen sich selbst reumütig von der Gemeinschaft aus.«

»Aber ich verstehe noch immer nicht, was du mir sagen willst.«

»Ich wollte ja jetzt darauf kommen: Als ich die Erwachsenen während der Bestattung fragte, warum wir erst bei der Vorbereitung auf das Jenseits nach dem Namen unserer Mütter benannt werden, kassierte ich wüste Beschimpfungen! In den stickigen Gassen und Vierteln meiner Stadt, ihrer erdrückenden Atmosphäre, als wäre sie mit Asche bedeckt, schien vorher noch nie jemand auf die Idee gekommen zu sein, eine so einfache und kindliche Frage zu stellen. Das Ganze wiederholte sich, als mein Vater begraben wurde. Und abermals wurde ich verflucht. Ich begreife bis heute noch nicht, welches Tabu ich mit dieser Frage gebrochen habe.«

»Genau wie dein Misstrauen, ob meine Erscheinung heute Nacht echt ist.«

»Richtig. Es sollte doch erlaubt sein, dass wir gegenseitig Zweifel an unseren Worten und Taten äußern. Die meisten Menschen neigen dazu, sich ständig Geschichten über mich, über dich und über die Menschen um sie herum zu erzählen, um sie auf positive oder negative Weise darzustellen, wie es ihnen eben gerade passt. Lüge und Wahrheit werden so miteinander vermischt, dass am Ende nichts mehr zu erkennen ist. Der Grund für dieses Verhalten liegt an zwei sich widersprechenden Seelen, die zugleich in ihm wohnen: dem Hass und der Liebe. Diese beiden Gefühle verwirren uns bisweilen so stark, dass wir mit unseren Wahrnehmungen und Behauptungen übertreiben. Meine Verwunderung über unsere Begegnung könnte mich zu vielen weiteren Fragen über unser Zusammentreffen verleiten: Ob es sich um meine Einbildung oder deine handelt? Ob es wirklich nur ein Zufall ist? Ob es ein starker Wunsch von mir ist, der im Rausch und aus Einsamkeit in Erfüllung geht? Ob es bloß ein dringendes altes Anliegen von dir ist, herabzusteigen? Oder handelt es sich gar um die Narretei eines Geschichtenerzählers, der glaubt, er käme um, wenn er diese Geschichte nicht zum Besten gibt? Oder ist nichts die Ursache von alledem, oder gar alles zusammen?«

»Wenn du es so darstellst, dann halte ich es auch für eine sonderbare Fügung, die uns beide zusammengebracht hat. Wir klagen über die gleichen Sorgen, obwohl beinahe zweitausend Erdenjahre zwischen uns liegen.«

»Ja, es beruht auf einem Zufall, aber übrigens auch auf dem vielleicht ebenso zufälligen Umstand, dass die drei Weisen aus dem Morgenland König Herodes damals nicht verraten haben, wo du steckst. Der hätte dich nämlich sofort umbringen lassen. Aus Liebe zu dir haben sie's nicht übers Herz gebracht, dich auszuliefern. Wäre ihre Liebe nicht gewesen, hätte es dich nicht gegeben, und die Welt wäre heute eine andere.«

»Ah, mein Bruder, wenn mich zuweilen der Schmerz überkommt, den ich in meinem Leben und dann am Kreuz erleiden musste, dann spüre ich den Gedanken in meinem Herzen glimmen, ob es nicht besser wäre, ich wäre gar nicht erst geboren worden. Was meinst du?«

»Ich liebe das Leben. Ich ziehe einen lebenden Hund einem toten Löwen vor. Der schaurige Wunsch ›Es wäre vielleicht besser, wenn es mich gar nicht gäbe …‹ kommt mir aber doch auch hin und wieder als ein Seufzer über die Lippen. Ein solcher Satz erfährt seinen Sinn aber erst dadurch, *dass* es mich gibt. Vielleicht liegt der Sinn unserer Existenz auch darin, dass wir solche Fragen stellen: Was ist schöner und bedeutungsvoller? Zu existieren oder nicht zu existieren? Für mich ist die Schönheit des Am-Leben-Seins ein Grund für das Glück selbst. Eines Glücks, das jedoch einen Pferdefuß hat: Es ertrinkt in Illusion und Leere. Nur der Mensch selbst kann den Dingen im Leben einen Sinn geben oder sie sinnlos erscheinen lassen, das ist die Krux daran.«

»Jetzt stellst du auch noch den Sinn der Existenz in Frage.«

»Wie ich schon sagte: Niemand lebt, ohne zu zweifeln. Es gibt natürlich welche, die es nicht wagen, offen Kritik zu üben oder ihrem Zweifeln Ausdruck zu verleihen. Andere tun das hingegen ganz unverblümt, ob sich jemand dadurch verletzt fühlt oder nicht. Wenn dem nicht so wäre, hättest du auch nicht am Kreuz in die Finsternis geschrien: ›Mein Gott, mein Gott, warum hast du mich verlassen?«

»Jetzt kommst du schon wieder damit! Wie oft willst du mir das noch vorhalten? Du scheinst diesen Ausruf ja zu deinem Hauptzweifel erhoben zu haben, und meinst, alles andere, was mich betrifft, damit auch in Frage stellen zu können. Vergiss nicht, dass ich als Mensch aus Fleisch und Blut furchtbare Todesqualen durchlitt! Meine Peiniger waren dermaßen durchtrieben, dass sie dafür sorgten, dass ich bis zum letzten vergossenen Tropfen Blut am Leben blieb, begleitet von den schlimmsten Qualen, die man sich nur vorstellen kann. Sie nagelten mich solcherart ans Kreuz, dass ich sehr langsam immer weiter daran herabglitt, wodurch schließlich meine Muskeln und meine Adern rissen. Ich spürte, wie meine Lunge immer schwächer wurde, aber sie hörte nicht auf, weiter zu atmen. Mir war, als hätten sie einen kalten, unbarmherzigen Nagel in mein Herz gerammt, aber es schlug weiter. Ich bemerkte, mit welcher hämischen Freude meine Peiniger den Schmerz genossen, der tief in meine Seele drang. Warum genießen die Vollstrecker das Quälen ihrer Opfer mehr als ihren schnellen Tod? Mein Bruder, wenn ich in meinem schmerzerfüllten Delirium meinen Vater gefragt haben soll, warum er mich verlassen hat, so hat er mir das bestimmt verziehen.«

»Ich glaube nicht, dass ein Vater sein Kind opfern würde. Der Reiz der Opferung liegt für die Henker wohl in den Qualen selbst, die man dem Opfer bereitet – handele es sich nun um ein Lamm, um ein Menschenleben oder um einen Gesandten wie dich. Ich denke, sie meinen, es sei eine Art Probe für die Seele, aber durch den Körper. Aber lassen wir die Folterknechte des Statthalters beiseite. Warum hatte denn der Himmel keine Gnade mit dir?«

»Du glaubst also, dass der Himmel all das nicht nur zugelassen hat, sondern sogar so wollte? Der Himmel hat meine Seele in Qualen gewälzt?«, fragte Jesus.

»Ja, was denkst denn du, als das Weltenopfer schlechthin, welcher höhere Sinn sich sonst hinter deinem Leid verbergen sollte? Falls du dich noch an die himmlische Verfügung erinnern kannst, als Abraham seinen Sohn opfern sollte: Der Himmel hat zwar einen Widder geschickt, damit dieser anstelle von Isaak geopfert werde, aber ich frage mich, musste der Widder nicht auch als Lebewesen Schmerz empfunden haben? Er hatte ja, wie du und ich, den Willen zu leben. Ich habe oft darüber nachgedacht, wie ich mich gefühlt hätte, wäre ich dieser Widder: Ich hätte wohl den gleichen Schmerz empfunden. Das Leben ist schmerzgetränkt, deshalb finde ich auch keinen Frieden, keine Versöhnung in ihm, solange überall das Leid lauert. Ich frage mich, warum die Natur den Schmetterlingen solch zarte Flügel geschenkt hat, die so leicht einreißen, wenn man sie mit den Fingern berührt, den Tigern aber so große Kraft, dass sie mit ihren Pranken eine Gazelle erlegen können?«

»Merkst du denn gar nicht, dass du verbitterst und dir das Leben verdirbst, wenn du in dieser Weise über die Welt denkst?«

»Dann belehre du mich! Wie soll ich nicht an deine Schmerzen denken, die du am Kreuz ertragen musstest? Hilf mir, nicht so schwarz zu sehen! Hilf mir, daran zu glauben, dass die Schmetterlinge nicht bei der leichtesten Berührung zerbrechen! Stimmt, sie erscheinen uns oft klein und bedeutungslos, aber ich denke, ohne Schmetterlinge und Würmer würde uns in dieser riesigen Welt etwas Großes und Großartiges fehlen. Ich persönlich erachte den Menschen nicht als Krone der Schöpfung. Alle Lebewesen, sei es ein Widder oder eine Zikade, haben ein Recht auf Leben, sie empfinden Schmerz wie wir. Es wäre falsch und anmaßend, den Schmerz eines kleinen Lebewesens als geringer anzusehen als meinen oder deinen. Das rührt von einer egozentrischen Denkkultur des Menschen her. Er hat keine Achtung vor den Millionen von Lebewesen in der Luft, am Land und im Wasser. Seltsam daran ist: Du warst der Heilsbringer, der uns die frohe Botschaft überbrachte, eine neue Welt erschaffen zu wollen, fernab des Hungers, der Leiden und der Krankheiten, damals, als du eine Rede in Jerusalem mit den Worten begannst: ›Kehrt um und tut Buße, denn das Himmelreich ist nahe!‹. Nun sind beinahe zweitausend Jahre vergangen, unzählige Menschen leiden unter größter Not und Drangsal, und trotzdem hält sich der Mensch für den Herrscher über alle anderen Lebewesen, und das, obwohl niemand anderer für die Verunreinigung der Welt mehr verantwortlich ist als er selbst. Das Wort ›Verunreinigung‹ hat viele Bedeutungen, und ich meine sie alle!«

»Aber dieses Mal wurde mir als Messias, als Prophet und als Mensch eine ruhmreiche Wiederkunft verheißen, damit mein Werk erfüllt werde.«

»So, wie die Leute heutzutage sind, bringt dir der Ruhm keine Gerechtigkeit ein! Aber ich bin bereit, dich auf deiner Reise zu begleiten, die du mit vollen Satteltaschen antrittst, während die meinen leer sind.«

»Bevor wir aufbrechen, möchte ich noch einmal auf diese Mutmaßung zurückkommen, über die wir vorher gesprochen haben. Sie beunruhigt mich sehr.«

»Welche der vielen Mutmaßungen über dich meinst du?«

»Mir bereitet immer noch Kummer, nicht zu wissen, ob mich der reine Atem Gottes geschaffen hat oder ob ich der leibliche Sohn des Zimmermanns Josef bin oder aber der Spross von jenem Unbekannten, der meine Mutter Maria begehrte?«

»Die lange Diskussion über die Geschichte deiner Geburt hat uns beide doch vorhin schon so erschöpft. Es ist alles ein einziges Durcheinander aus Mutmaßungen und Vermeintlichkeiten. Lass uns das nicht schon wieder aufrollen. Erlaube mir doch bitte, eine andere Frage zu stellen. Sie betrifft Maria Magdalena. Es heißt, du habest sie geliebt und ihr sollt heimlich geheiratet haben. Stimmt das tatsächlich?«

»Ich war ein Mensch aus Fleisch und Blut, vergiss das nicht! Du willst bloß neugierig im Buch meines Lebens blättern. Ich möchte dir dieselbe Frage stellen: Wie steht's bei dir um die Liebe?«

III

»Es ist besser, wenn ich nicht darüber spreche. Was das anbelangt, so warst du mein größter Rivale im Leben. Kein anderer hat mich als Konkurrent in Liebesdingen so sehr in die Knie gezwungen. Keinem Mann ist es in den vergangenen zweitausend Jahren je gelungen, so viele Frauenherzen zu verzaubern, zumindest keinem lebenden. Unzählige haben ihre Schönheit und ihr Leben im Kloster deinem Abbild auf Gemäuern oder in den Seiten der Heiligen Schrift geweiht. Anstatt den Verlobten, den Gemahl oder später ein Kind an die Hand zu nehmen, griffen sie zur Bibel und führten in Gedanken fromme Gespräche mit dir – den Männern in ihrem Umfeld gegenüber gleichgültig. In ihren Träumen warteten sie auf dich. Statt neben einer realen Person einzuschlafen, schliefen sie neben deinem Bildnis oder in dem Gedanken ein, irgendwann zu dir zu kommen. Eine von ihnen, die aus Liebe zu dir eine Nonne wurde, war jenes Mädchen, zu dem ich mich über alles hingezogen fühlte. Deinetwegen würdigte sie mich keines Blickes mehr. Ich machte mich zum Staub und zur Erde vor ihren Füßen, über die sie schreiten sollte. Aber sogar das verweigerte sie. Wie oft versengte ich mir die Fingerspitzen beim Anzünden der Kerzen in der Kirche für sie! Wie oft stand mein Herz in Flammen für sie! Meine Augen waren zwei brennenden Laternen gleich, die den Weg, der sie zu deinem heiligen Haus führte, ausleuchteten. Vergebens! Ich selbst wurde zu einer finsteren Nacht, aber sie zündete für mich und meine verdunkelte Seele keine Kerze an, um mir den Weg zu weisen. Die Tage meines Lebens schmolzen dahin wie Wachs, doch sie sah mich nicht mehr an. Ich schrieb ihr

Liebesgedichte, aber die interessierten sie nicht und sie meinte bloß, ich sei naiv. Sie und ich sind gemeinsam in demselben Viertel aufgewachsen, Atemzug für Atemzug, Zelle für Zelle. Ich beobachtete, wie sie heranwuchs, einer Platane gleich. Äste, Blätter und Blüten trug, und wie ihre Wurzeln sich in meiner Seele eingruben. Die Weihnachtsfeiertage anlässlich deiner Geburt waren immer die schönste Zeit. Da hatte ich das Gefühl, neu geboren zu werden. Da hatte ich die Gelegenheit, sie zu sehen. Sie hingegen brach mir hundertmal das Herz. Es gibt aber sowieso niemanden, der mir nicht das Herz gebrochen hätte – angefangen bei meinen Eltern, den Lehrern, meinen Onkeln, den Tanten, bis hin zu den Meistern, für die ich gearbeitet habe, und den Buben, denen ich zufällig über den Weg gelaufen bin. Ich passte auf all die kleinen Geschenke, die ich zuweilen von ihr bekam, Holz- oder Metallkreuze und andere Devotionalien, besser auf als auf mein eigenes Herz. Ich weiß nicht, wie oft ich geweint habe, weil sie Nonne geworden war. Im Stillen, aber auch öffentlich. Du hast nur einmal am Kreuz gelitten und bist gestorben. Ich aber wurde hunderte Male gekreuzigt. Denn wenn ich ihre kleinen Kruzifixe hervorholte, verwandelten sie sich in riesige Kreuze und ich sah, wie meine kleine Geliebte mich mit ihren zarten Händen festnagelte und von meinem Blut trank.«

»Halt, halt, mein Bruder! Für deine Zweifel an der Echtheit meiner Erscheinung und an meiner Rückkehr habe ich ja Verständnis, aber ich habe keine Ahnung, von welchen Frauen du da sprichst. Was bitte sollen sie getan haben? Ich weiß von all dem nichts! Und ich bin dafür auch nicht verantwortlich! Ich habe die Welt vor zweitausend Jahren verlassen und war von niemandem mehr gesehen. Warum schließen dann so viele Frauen einen Bund mit mir und das ohne mein Wissen?! Mein lieber Gefährte, beruhige dich bitte. Du und ich, wir haben wirklich andere Sorgen heute Nacht! Du hast mir versprochen, mir heute beizustehen. Es ist ja kaum auszuhalten, dich so verwirrt und verloren sprechen zu hören. Mein Lieber, jedem Menschen wurde schon einmal das Herz gebrochen. Solange uns ein Herz in der Brust schlägt, müssen wir damit rechnen. Das Herz ist wie ein Tonkrug, dem ständig das Zerspringen droht. Bitte, belaste mein Gewissen nicht damit, dass ich für die Lebensverneinung, die Entsagung und die Einsamkeit unzähliger Frauen verantwortlich sein soll. Das hält niemand aus …«

»Ich wollte doch nur die bittere Geschichte loswerden, von der du nichts weißt, und deren Held du dennoch bist. Ich habe nicht die Absicht, dir die Schuld für irgendetwas zu geben. Ich habe ja schon gesagt, dass dein Kreuzestod dich für viele zu einem Mythos hat werden lassen. Du starbst ledig, und dann noch auf eine solche Weise! Das hat vielen Frauen den Kopf verdreht. Weißt du, in meinem Land zum Beispiel werden viele Mädchen auf eine Weise erzogen, dass sie das Leben leid sind und sich vom Tod verführen lassen. Alles, was nach Tod riecht, beglückt die weiblichen Wesen in meinem Land. Und du bist Sinnbild für einen Tod in der ganzen Schönheit des Martyriums. Mich beruhigen? Ich war doch gar nicht aufgebracht: Du hast mich gefragt, wie es bei mir um die Liebe steht und ich sagte dir bereits, dass ich immer schon einmal mit dir darüber reden wollte. Ich habe mich oft gefragt, warum mich ein so schwarzes Schicksal ereilte. Warum musste ausgerechnet Jesus mein Rivale in Liebesdingen werden? Dieses besondere Mädchen brachte mich bereits in jungen Jahren dazu, nach dir zu suchen, um dich besser kennenzulernen! Es war mein Wunschtraum, dir entweder hier auf Erden, im Himmel oder wo auch immer zu begegnen, um dir alles über meine Gefühle für sie zu erzählen. Ich empfand das alles als eine große Niederlage gegen dich. In meiner Seele keimte immer mehr der Neid auf. Und zuweilen, wenn dieser Neid mir den Schlaf raubte, mich auffraß und meine Tage verfinsterte, spürte ich einen anschwellenden Hass gegen dich, obwohl mir bewusst war, dass er wie ein schleichendes Gift meinen eigenen Leib Stück für Stück zerfraß. Meine Meryam, verzeih, *deine Meryam* wusste, dass das Ausmaß meiner Liebe für sie meiner Wut gegen dich entsprach. Sie wusste gut, dass dieser schwarze, neidische Groll mein Herz und meine Seele verdunkelte. Wenn ich mich mit dir verglich, wurde ich mürrisch und hasserfüllt. Meryam machte mir das auch zum Vorwurf. Sie sagte einmal: ›Ein Herz, das im Hader rostet, hat schwerlich Platz für die Liebe.‹ Damals wollte ich vom Erdboden verschluckt werden. Sie hatte ein Gemälde von deiner Kreuzigung bei sich im Zimmer aufgehängt. Es war sehr auffällig, ließ den Raum förmlich erstrahlen. Wenn ich es mir ansah, wünschte ich, deinen Platz am Kreuz einzunehmen, weil ich hoffte, sie würde mir dann einen warmherzigen Blick schenken. Jedes Mal, wenn Meryam, dieser hartherzige Engel, der in mir wie in einem Buch lesen konnte, die verquälte, neidige Missgunst in meinen Augen wahrnahm, versteckte sie sich vor mir. Sie zeigte sich dann immer sehr lange nicht – für eine Woche vielleicht – um mich zu bestrafen. Ich suchte jeden Winkel in unserem Dorf, alle Kirchen nach ihr ab, lag Tag und Nacht wie ein Hund vor ihrer Haustür, aber vergeblich. Wenn sie dann plötzlich in der Kirche auftauchte, war mir, als würde ein kräftiger, frischer Wind all das Leid des Wartens und den Schmerz meiner Sehnsucht fortwehen. Demütig zündete ich Kerzen an, reinigte die Gemälde und Statuen, die dich darstellten, befreite die heiligen Schriften vom Staub, fegte überall aus und putzte die Toiletten. Als sie mich in der Rolle des Kirchendieners sah und meinen flammenden Blick bemerkte, der ihr weißes Kleid hätte in Brand stecken können, kam sie auf mich zu und tadelte mich: ›Ich weiß, warum du das tust, du Satan. Und sieh mich gefälligst nicht mit diesem wollüstigen Blick an! Hat Jesus Christus nicht selbst gesagt, dass Männer, die lüstern einer Frau nachstellen, sich an ihr versündigen?‹ Immer, wenn ich Bildnisse von dir sah, stellte ich mich davor und betete: ›Oh du heilige Seele Jesus Christus, ist es denn gerecht, hoffnungslos, machtlos und heimatlos, wie ich es bin, jenes Mädchen nicht ansehen zu dürfen, das mir den Kopf verdreht hat, sodass ich in meinem eigenen Körper und in meinem eigenen Geist keine Ruhe mehr finde?‹ Sie hatte mich ganz und gar erobert. Ich verfluchte jeden einzelnen Maler, jeden einzelnen Bildhauer, alle Künstler, die deine Gesichtszüge so lieblich dargestellt hatten. Ich beneidete jeden Mann, der dir ähnelte. Mir blieb keine Wahl, als mir die Haare schulterlang wachsen zu lassen, sie einzudrehen und mir den ›Christusblick‹ anzueignen. Ich stahl mir ein wenig von deinem traurigen Ausdruck, damit er mein Gesicht überschatten würde, um so erbarmungswürdig wie du auszusehen. Ich aß kaum noch etwas, um so dünn und ausgehungert zu wirken wie du. Meine Liebe zu Meryam versengte mir Fleisch und Knochen. Ich hatte davon gehört, dass einige der Nonnen sich für die Liebe zu einem Mann von Jesus abgewandt hatten. Ob es der Wahrheit entspricht oder nicht, man hat jedenfalls darüber geschrieben. Bei uns allerdings habe ich davon nur aus mündlicher Überlieferung erfahren. Und wenn einer von zehn davon überzeugt war, dass es stimme, sagten die restlichen neun, es wäre eine Lüge. Aber ich wusste ganz genau, dass dein Tod am Kreuz die Mädchen und Frauen verrückt gemacht hatte. Das Rätsel, das dein früher Tod aufwarf, ob du wohl verheiratet warst, eine Geliebte hattest oder gar ein Frauenheld warst, ließ sie noch mehr nach dir fiebern. Du wurdest zu ihrem Märchenprinz. Ein unbekannter Traummann aus ferner Vergangenheit verströmt natürlich einen größeren Zauber als ein hirnloser Streuner wie ich. Weißt du denn, dass ich bloß um meiner Liebe zu Meryam willen hinter dem Rücken meiner Eltern, meiner Freunde, der Verwandten und dem gesamten Viertel zum Christen wurde? Aus Liebe zu ihr ließ ich mich taufen. Ihretwegen bin ich zu deinem Anhänger geworden. Ein Heranwachsender wie ich, noch nicht ganz reif, dessen männliche Lust das Blut zum Überschäumen brachte. Ich war dermaßen verschossen in dieses umwerfende Mädchen, dass ich mich bei der Taufe mitten im bitterkalten Winter sogar in das Brunnenbecken im Vorhof von Meryams Haus tauchen ließ. Ich verstehe bis heute nicht, wie mich das Untertauchen im kalten Wasser mit einem Mal zu deinem Gefolgsmann gemacht haben sollte, hatte ich doch schon hunderte Male im Hochsommer mit Meryams Bruder, der in meinem Alter war, in genau diesem Brunnen Abkühlung gesucht. Ich war zu jung, um zu begreifen, was es bedeutete, zu konvertieren. Ich hätte auch nicht gedacht, dass man durch das Untertauchen im Brunnen des Hauses seiner Geliebten zu einem Ungläubigen unserer Religion erklärt werden würde. Mein Vater hängte mich kopfüber an einen Baum, peitschte mich aus, alle unsere Nachbarn erfuhren davon und ich verlor das Gesicht. Das ist wohl der Preis für die Liebe. Mein Vater hatte mich dermaßen zugerichtet, dass ich, dem Tode nah, drei Wochen lang vor Angst und Schmerz im Bett lag. Das mit dem Baum hatte ihm wohl nicht gereicht. Er verprügelte mich auf so hemmungslose Weise, dass ich dem Tod ins Auge sah. Alle Medikamente der Welt, Naturheilmittel, die Bitte um Heilung durch unsere Mullahs und Scheichs, alle Versuche waren vergeblich. Ich wollte sterben. Sie drängten mich zuzugeben, dass ich Ungläubiger nun *reif* geworden war. Ich weinte und fragte unter Tränen: ›Was bedeutet ›reif sein?‹‹ Sie antworteten: ›Du Unreiner, es bedeutet, ungehörige, nasse Träume zu haben, vom Teufel besessen zu sein!‹ Ich hatte zwar das Gefühl, dass eine mir bis dahin unbekannte Lust hervorbrach – es war, als ob mein heißes Blut in meinen Adern Wellen schlagen und schäumen würde. Aber ich habe nie verstanden, weshalb das vom Teufel kommen sollte. Man spuckte mich an. Von meinem Vater und meinen Verwandten musste ich Prügel einstecken. All das ließ meine Aversion immer größer werden. Mit jeder weiteren Stufe auf dieser Leiter meines Martyriums sah ich mich zunehmend als König des Sterbens am Kreuz der Liebe. Ja, für Meryams Zuwendung wäre ich am Kreuz gestorben. Tief in meinem Herzen sagte ich zu mir: ›Wie Jesus von Nazareth hänge ich blass, krank und halbtot am Kreuz der Liebe.‹ Sehr wichtig war mir, dass Meryam davon erführe. Einmal kam meine Angebetete mit ihren Eltern und ihren Brüdern zu uns nach Hause, um nach mir zu sehen. Wie erhebend war das Gefühl, sie aus Sorge um mich weinen zu sehen! Ich sah sie sehr genau an und beäugte mit meinem entrückten ›Jesusblick‹ ein kleines Kreuz, das an einer feinen silbernen Kette um ihren Hals hing. Es lag im Ausschnitt zwischen ihren Brüsten. Ich war so schwach, dass sie sich tröstend über mich beugte wie Mutter Maria über den leidenden Jesus. Der betörende Duft ihres Haares war die reinste Folter. Zugleich belebte er mich und ließ mich meine eigene Lebendigkeit verspüren. Meine Mutter schluchzte: ›Gott möge mir das Augenlicht nehmen und mich zu sich holen. Seit drei Tagen hat er nur gegessen wie ein Spatz!‹ Vor den Augen der Gäste flehte sie mich an, wenigstens ein bisschen Suppe zu mir zu nehmen, die sie für mich gekocht hatte. Sie hielt mir die Schüssel an den Mund und wollte mich füttern, als wäre ich ein Baby. Ich weigerte mich. Da rückte Meryam an meine Seite und sprach: ›Tante, gib mir die Schüssel. Bei Gott, wenn er nicht isst, wird keiner von uns jemals wieder dieses Haus betreten. Soll er sich nur weigern, wenn er es wagt. Ich schwöre bei Jesus Christus, wenn du nicht bald etwas isst, dann war das unser letzter Besuch und du siehst uns niemals wieder!‹ Ich hatte das Gefühl, dass sie sich zurückhielt, zu sagen: ›Du siehst *mich* niemals wieder!‹ Aus Angst, meine geliebte Meryam würde ihre Drohung wahrmachen, schlang ich die Suppe hinunter wie eine halbverhungerte Katze. Ihre Eltern, ihre Brüder, und auch sie, sagten alle gemeinsam: ›Wir haben dich doch davor gewarnt, ins eiskalte Wasser zu steigen.‹ Aber ich Narr musste ja meiner süßen Geliebten beweisen, was für ein Held, was für ein braver Christ ich doch war und meinte: ›Oh, Jesus war so gütig! Er tauchte mit seinen heiligen Händen seine Täuflinge ins Wasser, um sie von ihren Sünden reinzuwaschen.‹ Ich hätte mir aber von diesem Wasser eher gewünscht, es wäre für mich ein Feuer gewesen, wie jenes Feuer, das in mir für Meryams bezaubernde Augen loderte.

An dem Tag, als ich beschloss, die Religion meiner kleinen Herzensdame anzunehmen, benahm ich mich wie Tarzan, sprang in den Brunnen, tauchte zigmal unter, schrie ›Taufe, Taufe, Taufe!‹ und das, obwohl sie mir gesagt hatten, ein dreimaliges Untertauchen würde für dieses Ritual vollauf genügen. Eigentlich tat ich das aber nur aus Scham – ich wollte nämlich von meiner schmutzigen, gelben Unterhose ablenken, nur darum tauchte ich immer wieder unter! Mir war klar: Meiner armen Geliebten war es unangenehm, dass ihr dickköpfiger Verehrer in einer dreckigen Unterhose erschienen war. Diese hochnotpeinliche Situation ließ mich vor Scham erglühen. Ich spuckte hundert Mal auf mein Los und verfluchte meine Dummheit. Wie konnte ich nur vergessen, vor der Taufe eine saubere Unterhose anzuziehen? Ich tauchte unter und begann, am ganzen Leib zu zittern. Als ich auftauchte, lobpreiste ich lautstark ›wie ein echter Mann‹ die Seele Jesu, damit meine süße Freundin sich beschämt abwenden würde, um ihr den Anblick meiner schmutzigen Unterhose, die an meinem Hoden klebte, zu ersparen. An jenem Tag saßen die lieben Gäste um mich herum und sahen zu, wie ich zähneklappernd betete. Sie wussten, dass die Kälte mir jede Wärme aus dem Leib getrieben hatte und waren besorgt, ich könnte sterben, zum Märtyrer werden, und sie trügen die Schuld daran. Hätte meine Meryam ein wenig Mitleid gehabt, sie hätte mein Krankwerden und den Umstand, dass ich beinahe den Märtyrertod starb, hochgeschätzt! Ach, wenn meine ahnungslose Geliebte doch nur von meiner Bereitschaft gewusst hätte, für ein paar Schmetterlinge in ihrem Bauch, wenn es sein muss, auch hundert Mal ans Kreuz genagelt zu werden! Für nur einen einzigen zärtlichen Blick, eine einzige Träne, die sie für mich weint, bloß eine einzige Erwiderung! So wie sie für dich eine halbe Ewigkeit lang betend vor deinem Abbild stand, bis ihre Füße taub wurden, sie für dich schluchzte oder ihr Herz wie Kirchenglocken erklang, die in meinem zerstörten Herzen widerhallten. Wenn sie das alles auch nur ein einziges Mal für mich getan hätte, wäre ich bereit gewesen, mich für sie kreuzigen zu lassen! Mein Blut, das dann an mir herunterrinnen würde, finge meine Meryam in einem Becher auf und tränke davon. Ich würde dann zu ihr sprechen können: ›Trink, dies ist mein Leib und meine Seele, das ist das Blut meiner Liebe zu dir. Möge mein Tod der Preis für dein längeres Leben sein. Wozu bin ich denn nütze, wenn nicht dafür, mich für deine holde Gestalt zu opfern?‹«

* * *

Ich bemerkte Jesu Geduld und Bereitschaft mir zuzuhören, ohne mich dabei zu unterbrechen. Es war doch bemerkenswert, dass der Heiland Verständnis und Respekt für eine so sonderbare Liebesgeschichte aufbrachte. Während sich, einem Wasserfall gleich, der Kummer aus meinem Herzen ergoss, änderte sich die Farbe seines sanften Gesichtes. Er blinzelte und als er die Augen schloss, lag etwas Mürrisches in seinem Gesichtsausdruck, was mir das Gefühl gab, dass ihn etwas in seinem Inneren zerfraß. Abrupt brach er sein zurückhaltendes Schweigen und fragte mich mit einem zornigen Unterton, wie ein Mädchen sich nur so verrückt machen konnte und all meiner tiefempfundenen Liebe gegenüber blind war. Ich empfand eine ungemeine Genugtuung, als er rastlos durch mein Zimmer im Kreis ging. Mir schien, als wolle er mir signalisieren, ihn nicht weiter mit meinen Erzählungen über die unerfüllte Liebe zu quälen. Ich sah mich gezwungen, ihn zu verschonen, wollte aber dennoch ein letztes Geheimnis loswerden:

»Lieber Jesus, es war nichts mehr zu machen. Mir wurde klar, dass du wie ein Berg zwischen mir und ihr emporragtest. Weder konnte ich, wie eine Echse, diesen Berg erklimmen, um den Gipfel zu erreichen, noch war sie bereit, einen Schritt auf mich zuzugehen. Und du standest unbekümmert zwischen uns, wie ein unerschütterlicher Fels, dessen Gipfel bis in den Himmel ragt.«

Nun bereitete es mir doch wieder einen gewissen Genuss, ihn mit meiner Geschichte zu quälen. Er litt darunter ganz offensichtlich. So sehr, dass er ein paar Male die Zimmertür zu öffnen versuchte, um frische Luft hereinzulassen. Er wandte sich dann aber zum Fenster, öffnete es und sog die kühle Schneeluft ein, als wolle er seiner erhitzten Seele eine Abkühlung verschaffen. Ich platzierte mich unauffällig neben dem Fenster, um ihn zurückhalten zu können, sollte er verschwinden wollen. Dennoch spürte ich, dass er sich danach sehnte zu erfahren, wie die Geschichte von mir und Meryam weitergehen würde.

»Meryam hätte fast meinen Untergang bedeutet. Bitte verzeih, meine Geschichte ist von Bitterkeit erfüllt, aber ich habe noch nie jemandem von meiner heimlichen Liebe erzählt. Nachdem ich an jenem Abend in dem Brunnen, auf dem noch Eisschollen schwammen, getauft worden war und mich mein Vater, als er davon erfuhr, zur Strafe halbtot geschlagen und aus dem Haus geworfen hatte, übernachtete ich als Verstoßener abwechselnd bei Verwandten und Bekannten. In dieser

Zeit verschlimmerte sich meine Krankheit. Es dauerte eine Ewigkeit, bis ich nach Hause zu meiner Mutter und meinen Geschwistern zurückkehren durfte. Natürlich musste ich mich vorher reumütig zeigen. Und das alles nur, um Meryams Herz zu erweichen. Wie oft hatte ich die Liebesgedichte von Scheich Sanan gelesen, der seinen Glauben für seine Angebetete aufgibt. Ich musste fast bei jeder Seite weinen, so stark waren meine Erinnerungen, die bei der Lektüre hochkamen. Aber ich war kein alter, verrückter Scheich Sanan. Niemand würde je davon erfahren, dass ich aus Liebe konvertiert war, und noch dazu umsonst! Kein Schwein würde sich je an mich erinnern. Die Lebens- und Liebesgeschichten armseliger Blindgänger sind für andere noch bedeutungsloser als ihre eigene sinnlose Existenz. Stell dir nur einmal das Ableben von so jemanden vor. Keiner würde ihn beklagen. ›Es ist doch schade um diesen reinen, wahren Liebenden!‹ Käme irgendjemand auf diese Idee? Die Leute würden höchstens feststellen: ›Eines natürlichen Todes gestorben.‹ Wären sie höflicher, würden sie meinen: ›Der Arme ist umsonst gestorben. Zum Schluss war er nicht mehr ganz bei Sinnen‹. Und die untersten Schichten der Gesellschaft würden sagen: ›So ein Idiot! Der Esel hat sich für ein *christliches* Mädchen verbraucht.‹«
Ich nahm einen Schluck Wein und fuhr mit meiner bitteren Geschichte fort:

»Bevor du gekommen warst, hatte ich auf Mitternacht gewartet. Ich sehnte mich nach dem Klang der Kirchenglocken. Ich kann sie hier vom Fenster aus hören. Ihr Dröhnen erfüllt den ganzen Himmel und meinen Kopf. Ich habe mir gewünscht, dass ihre Schallwellen einen Wirbelwind erzeugen würden. Er sollte mich auf seinen Flügeln in alle Richtungen forttragen. Einfach weg von hier. Ach Jesus, ich wäre vielleicht der Einzige, der diese Glocken wirklich hört. Der Klang von Glocken spielte eine wichtige Rolle in meinem Leben. Noch viele Jahre nach meinem endgültigen Abschied von Meryam hörte ich unaufhörlich den Klang verrosteter Glocken aus einer verfallenen Kirche. Es war seltsam. Ich weiß nicht, woher er kam, aber dieser Klang, den ich wahrnahm, versetzte mich in einen tiefen Rausch. Vielleicht, weil mein Herz selbst zu einer dumpfen, schweigenden Glocke geworden war, bedeckt vom Staub der ganzen Welt. Im Traum kamen mir Bilder von einer Hand, die sich erbarmte und diese Glocke vom Staub befreite. Sie könnte dann endlich wieder frei schwingen, ihr Läuten wäre ein farbenfrohes Jubilieren. Es flögen auf einmal riesige Schwärme von Glückstauben, tausende, vor mir in den Himmel auf. Aber ich wartete immer nur auf Meryam. Ich fühlte mich wie ein menschenleeres, verlassenes Dorf. Die Kirche: eine Ruine. Meine Arme waren wie gebrochene Querbalken eines Kreuzes, nutzlos und morsch auf hartem Boden liegend. Doch meine liebe, blasse Meryam blieb der Glocke fern. Sie wäre die einzige gewesen, die sie zum Schwingen hätte bringen können. So aber erdrückte mich eine dicke Schicht aus Staub und Wüstensand, die meinen ganzen Körper umschloss und auf meiner trockenen Kehle lag. Alles blieb stumm, kein Läuten, kein Nachklingen. Nur der angestrengte Puls meines müden Herzens im Staub. Ich wusste, dass es vorbei war, dass ich sie nie mehr wiedersehen würde. Nicht einmal ein Rabe setzte sich auf diese verstaubte Glocke, kein Trauerlied rann wie schwarzes Blut an ihren Seiten herunter. Mein Herz blieb stumm. Eine Zeitlang konnte ich, nachdem Meryam nicht mehr da war, nachts kein Auge zudrücken. Ich wälzte mich, bis ich vor Erschöpfung in einen Schlaf, ähnlich einer Ohnmacht, fiel. Erst der erneute morgendliche Klang der Glocken riss mich wieder aus meinem von Albträumen geplagten Schlaf. Ein Hauch der Freude ging durch mein Herz. Die blauen Tauben meiner Sehnsucht flogen auf und kreisten über meinem am Boden liegenden Leib. Aber es dauerte nicht lange, bis sie mir den Rücken zukehrten. Ich hob den Kopf und sah, wie sie, meinen verscheuchten Träumen gleich, auseinanderstoben und sich weigerten, auf der Kuppel meines Herzens Platz zu nehmen. Ich träumte auch einmal davon, dass sich aus den Glocken der Kirche Unmengen von Blut ergossen, die die Kirche fluteten. Ich erkannte mich als das hilflose Kreuz, das auf den Wellen der anschwellenden Flut trieb. Mit mir hob es all die Gemälde, die Statuen, die Kerzenständer, den Opferstock und die heiligen Bücher, die sich in der Kirche befanden, empor, bis mir im Glockenturm das Blut in den Mund floss und mich zu ertränken drohte. Ich war die überflutete Kirche, ich war die verletzten Glocken, aber zugleich auch das blutgetränkte Wesen. Mein Albtraum hielt an, bis die Wände des Gotteshauses der gewaltigen Flut nicht mehr standhalten konnten. Es brach in sich zusammen, in einem Schwall wurde ich mitsamt der Glocken hinausgespült, die einen schaurig-scheppernden Klang von sich gaben. Ich trieb durch die Viertel und Gassen der Muslime, dann der Juden und später der Christen, bis ich zuletzt auf sanften Wellen schaukelnd an Meryams Tor stieß, sodass die alte Türglocke zu läuten begann. Hurtig öffnete meine Meryam die Tür. Die Flut schwappte so drängend hinein, als hätte sie ihren finsteren Plan bereits im Voraus geschmiedet. Die Wellen schwollen wieder an und rissen Meryam, die Glocken und mich in das Haus hinein, wo sie alles auseinandernahmen, das gesamte Interieur durcheinanderwirbelten. Dabei schlugen die Wellen uns viele Male aneinander, rissen uns wieder auseinander, wir versanken, fielen uns in die Arme und wurden gemeinsam wieder zum Leben erweckt.«

* * *

In diesem Moment konnte sich Jesus nicht mehr zurückhalten. Er war völlig außer sich. Mit einem wütenden Schrei schnitt er mir das Wort ab:

»Sei still! Um Himmels willen, hör auf! Was ist nur mit dir los? Wo ist diese Meryam, *deine* Meryam, jetzt? Warum willst du dich und mich verrückt machen? Ach, willst du mit deinem Gejammer sagen, sie sei tot? Und mir dafür die Schuld geben? Willst du damit sagen, ich hätte sie umgebracht?«

Er war in Schweiß gebadet, zitterte, schüttelte den Kopf und knabberte an seinen Nägeln. Dann griff er nach der Weinflasche und setzte sie sich an die Lippen. Sein Adamsapfel hüpfte auf und ab, als er hastig trank. Der Wein trat aus seinen Mundwinkeln, rann über Kinn und Hals. Ich war besorgt, er könnte sich verschlucken. Ein weiteres Mal habe ich ihn mit meiner Blutgeschichte aus der Fassung gebracht, dachte ich. Vielleicht will er ja jetzt für mich ein Wunder vollbringen? Er könnte mich doch wieder in meine Jugendzeit zurückversetzen, mich forttragen aus diesem fremden Land in das Viertel, wo ich aufgewachsen bin, und mich dann mit seinen heiligen Händen mit Meryam vermählen, das wär's! Er machte den Eindruck, als hätte er noch nie eine dermaßen verzwickte Geschichte gehört.

Er wischte sich den Schweiß von der Stirn und den Wein aus den Mundwinkeln. Mir gefiel sein Anblick. Er glich einem Hippie oder einem Obdachlosen, der sich besaufen wollte. Es klingt vielleicht zynisch, aber ich war froh, Jesus in ein Loch gestürzt zu haben. Er wirkte niedergeschlagen und er wollte vieles über Meryam wissen. Mir schien, dass er nach und nach seine souveräne Ausgeglichenheit und seine göttliche Aura verloren hatte. Ja, er schien menschlicher als zuvor. Seine Bewegungen waren genauso unruhig und fahrig wie meine. Wenn er im Raum herumging, stolperte er, sodass er beinahe hinfiel. Ich hegte den heimlichen Wunsch, dass ihm die Weinflasche aus der Hand gleiten und am Boden zerschellen würde. Was für ein Anblick wäre die sich am Boden ausbreitende rote Weinlache! Die lange Zeit des Leidens wegen Meryam hatte den finsteren Teil meiner Seele genährt: meine feurigen Begierden in der Jugend, mein Scheitern in der Liebe, meine gekränkte Männlichkeit. All das lastete ich Jesus an und sein erbärmlicher Zustand, wie er sich mir darbot, bereitete mir Genugtuung. Es gab mir Befriedigung, sein Vorhaben zu sabotieren, für das er heute Nacht vom Himmel herabgestiegen war. Sein Erscheinen entfachte jene Flammen der schmerzhaften Enttäuschung, die ich mein Leben lang zu verdrängen versucht hatte. In dieser Nacht fühlte es sich an, als würde jeder Herzschlag die Ereignisse der Vergangenheit in die Gegenwart holen. Jesus, der Retter, war gekommen, um die Menschheit zu erlösen, aber mich stürzte er ungewollt in die Verdammnis. Meryam hatte mich erbarmungslos gekreuzigt. So kam auch Jesus auf leisen, sanften Sohlen, um meiner Welt ein Ende zu bereiten. Ich war so befriedigt, ihn in mein Elend hineingezogen zu haben. Er hatte seine Mission, wenn auch nur für einige Minuten oder Stunden lang, vergessen. Da stürzte er sich jählings auf das an der Wand hängende Kreuzigungsbild und schlug mit der Faust hinein. Beim zweiten Schlag, diesmal mit der Handfläche, brach das Glas. Splitter verletzten seine Hand und fielen klirrend auf seine Füße. Blut rann an ihm hinunter, und das Gemälde, das bereits einen am Kreuz blutenden Jesus zeigte, wurde davon bespritzt. Ich schämte mich zutiefst, Jesus so aufgewühlt zu haben. Der Schlag war wahrscheinlich für mich gedacht und galt meinem penetranten, endlosen Gerede über meine unerfüllte Liebe. Ich wollte ihn doch nur mit meiner wirren Geschichte bis zum Tagesanbruch ablenken. Er sollte den wahren Grund seiner Rückkehr vergessen, scheitern, zu einem Flüchtling werden und selbst diese höllische Erfahrung durchmachen. Ich wollte, dass er das Reinwaschen und die Erlösung von Millionen Menschen aufgeben und sich nur der Genesung meiner unheilbaren Wunden widmen würde. Er sollte mir besser meine Geliebte wieder zum Leben erwecken. Nicht, weil ich mit Meryam vereint sein wollte, nein, denn das war undenkbar. Ich wünschte mir, er könnte meine Meryam wieder zum Leben erwecken, damit ich ihr süßes Gesicht noch einmal sehen würde. Aber ihm gegenüber fühlte ich mich wie eine bedeutungslose Vogelscheuche, und es kam für mich nicht in Frage, ihn um Hilfe zu bitten.

Er kümmerte sich nicht um die frische Blutung an seiner Hand und er ging wieder rastlos auf und ab. Es war jene Hand, die ich bereits zuvor aus dem Augenwinkel beäugt hatte, um zu prüfen, ob vielleicht noch Spuren der einstigen Nägel zu sehen waren. Ich konnte seine Unruhe spüren und kramte in den Schubladen meines Nachttischs, auf der Suche nach Verbandszeug, um seine Wunde zu versorgen. Schwermütig erhob er seine Stimme:

»Mach dir keine Mühe. Ich bin es gewohnt, Blut zu verlieren. Ja, ich genieße es sogar auf eine gewisse Weise. Das Blut hier an meiner Hand erinnert mich an jenen Tag, an dem die Wächter teilnahmslos neben mir am Kreuz standen und darauf warteten, dass ich endlich krepieren würde. Sie ließen mir nicht einmal mein nahtloses Gewand, sondern losten darum, wer es bekommen sollte. Menschen können zu den herzlosesten Bestien überhaupt werden. Die Tiere in der Wildnis setzen ihre Jagd nicht fort, wenn sie satt sind. Sie greifen auch nicht zum Spaß Schwächere an. Allein der Mensch bereitet anderen aus Gier und Vergnügen Schmerz. Er quält sein Opfer voller Genugtuung, so lange, bis ihm das Blut aus den Augen quillt.«

* * *

»Bitte verzeih, dass ich dich in den Morast meiner unerfüllten Liebe hineingezogen habe«, murmelte ich verlegen.

»Ist schon gut. Bloß hältst du mich die längste Zeit schon auf! Wegen deinem nicht enden wollenden Gerede komme ich gar nicht dazu, meine Aufgabe zu erfüllen! Wenn diese groteske Liebesgeschichte mir bereits die halbe Nacht raubt, wie soll ich dann davon ausgehen, dass meine Botschaft heute noch überhaupt jemanden erreicht? Aber na schön, jetzt interessiert es mich doch: Was hat diese junge Frau dazu bewegt, deine Zuneigung in den Wind zu schlagen und sich dafür mit einem längst Verstorbenen vermählen zu wollen? Sag mir, wo ist sie jetzt und was weißt du über sie?«

»Mein Verehrter, das wollte ich *dich* fragen. Ist sie nicht zu dir gekommen? Mir und der ganzen Welt hat sie sich versagt. Du, mit deiner gepriesenen Seele, deinem strahlenden Gesicht, solltest doch ihr Bräutigam werden. Im Himmel.«

»Was willst du damit sagen?«

»Ach, meine bezaubernde Meryam hat sich das Leben vergällt. Sich und mir. Aus Liebe zu dir, angeblich. Sie starb in jungen Jahren. Aber nicht durch deine Hand, sondern durch den Mythos, den du geschaffen hast. Und auch wegen der bösartigen und schlecht erzogenen Männer, die sie umgaben. Mich eingeschlossen. Zum letzten Mal traf ich sie in einem dichten Pappelwald. Das werde ich nie vergessen.«

»Ach du meine Güte. Was für eine grässliche erste Nacht auf Erden. Da verfinstert sich mir die Seele. Warum muss sie so verlaufen?« Jesus griff sich an die Brust, stöhnte kurz auf.

»Mein lieber Gast, ich wünschte, es wäre alles anders gekommen. Ich denke manchmal zurück an das, was Meryam mir bei meiner Taufe anvertraute: ›Hab keine Angst, wir werden uns im Himmel wiedersehen. Ich bin stolz auf dich. Du wirst ein Christ. Wahre Liebe heißt Opfer bringen. Eine erfüllte Liebe hat keinen Wert. Die höchste Form der Liebe ist die gescheiterte. Ihr Geheimnis ist das völlige Sichverzehren. In dieser Selbstaufgabe ganz zu verbrennen, das ist der Höhepunkt der allumfassenden, göttlichen Liebe. Sieh mich an, ich hab's eilig, bald zu sterben, um mich ganz Christi Licht zu schenken. Unser irdischer Leib ist bloß eine Hülle für unser Blut, unser Fleisch, unsere unreinen Triebe, für sündhafte Gelüste und Exkremente. Du musst nicht glauben, ich hegte den Wunsch, der Heiland würde mich im Himmel zu meinem Gemahl nehmen. Nein, mir würde es schon reichen, dürfte ich knien als Magd vor dem göttlichen Thron.‹ Das waren ihre Worte! Denk dir nur! Ich traute mich nicht zu sagen: ›Du willst eine Magd vor dem Thron sein? In meinem Herzen bist du die Königin *auf* dem Thron!‹ – Ach, Jesus, ich danke dir! Du bist mein Begleiter im Dickicht meiner Sorgen. Es ist so schön, dass ich meinen Kummer bei dir ausschütten durfte. Ich empfinde endlich Erleichterung. Ich merke, wie der brodelnde Schmerz meiner Jugendzeit schwindet. Von dir und anderen, die alle Seelen lieben, habe ich gelernt, zu vergeben. Ich gehe immer noch jenen Weg des Glaubens, den ich ›Religion der Liebe‹ nenne. Bis heute habe ich Meryams Foto aufbewahrt. Es zeigt sie in ihrer blauen Schuluniform. Sie trägt darauf eine weiße Schleife im Haar. Ihre Bibel habe ich auch noch, und ihre kleinen Kreuze.«

»Du scheinst so rein zu sein, dass du keine Waschung mehr benötigst. Während du von deiner Liebe zu diesem Mädchen erzähltest, standest du förmlich in Flammen. Ich sah dein Herz. Es erstrahlte wie ein Diamant in deiner Brust. Die Liebe zu Meryam machte dein Wesen rein, einem Kind gleich, ja, reiner noch als jede Vorstellung, die wir von den Engeln haben. Trotzdem hast du es mit dieser Geschichte fertiggebracht, dass ich mich nun selbst verachte. Das ist ein unerträgliches Gefühl. Wie soll einer seinen Nächsten lieben, wenn er vor sich selbst keine Achtung hat? Die Verachtung für andere entspringt immer dem eigenen Inneren, von dort aus verseucht sie erst das eigene Umfeld und dann die ganze Welt.«

»Ich habe mich selbst nie in irgendeiner Weise für rein gehalten. Der Mensch ist zu kompliziert, als dass er durch eine einzige unerfüllte Liebe reingewaschen wird. So einfach ist das nicht. Für eine lange Zeit, jahrelang, hatte ich kein Selbstwertgefühl. Ich verachtete mich selbst, denn niemand sah mich an. Es gab keine Frau, die meine Liebe erwiderte. Nach einiger Zeit ebbte mein Selbsthass ab, dafür zerging ich vor lauter Selbstmitleid. Das war aber schon ein kleiner Fortschritt, und ich hatte etwas mehr Seelenfrieden. Dafür bin ich Meryam dankbar. Sie hat mich dazu gebracht, still zu werden, in mich zu gehen und mich mit meinem Schmerz zu beschäftigen, mich mit ihm vertraut zu machen. Es könnte sein, dass eine unerfüllte Liebe die größte Kraft besitzt, einen Menschen zu bereinigen. Eine unerwiderte Liebe gleicht einem klaren, großen Spiegel, der dich dazu zwingt, dich splitternackt vor ihn zu stellen, damit du in die Tiefen deiner eigenen Seele blicken kannst. Aber ich bin nicht rein. Ich muss dir gestehen, dass ich dich zuweilen gehasst habe. Aber ich habe mich nun mit euch und mit mir selbst versöhnt, doch sind mir die Narben meiner Feindseligkeit jahrelang geblieben. Dafür, dass ein Mädchen, für das ich zu sterben bereit war, mich nicht wahrnehmen wollte. Ich fragte mich, warum du, der vor zweitausend Jahren gestorben war, lebendiger, präsenter und attraktiver warst als ich. Eifersucht und Neid zerfraßen mich im Inneren wie Schlangengift. Am schlimmsten war es, als ich später auch Meryam gegenüber Hass empfand. Das Scheitern in der Liebe ist enorm zerstörerisch. Du hältst nichts mehr auf dich, vergleichst dich mit anderen, fühlst dich minderwertig … vor allem, wenn du noch jung bist und dein Herz in frischer Blüte steht. Jemand kann der attraktivste, schönste, mutigste und imposanteste Mann des ganzen Landes sein, er würde all seine Souveränität verlieren, wenn es keine Frau gibt, die ihn liebt. Für manch einen braucht es wohl ein ganzes Leben, um sich vom Scheitern in der Liebe zu erholen. Es ist tödlich, mein Bruder Jesus, es ist tödlich. Was soll ich sagen? Vielleicht sind andere Männer gar nicht so obsessiv, zerbrechlich und schwach wie ich. Ich bin wohl ein äußerst sonderbares Exemplar, der Einzige meiner Art.«

»Diese Nacht, meine Nacht, sie ist ein einziger Jammer. Warum werden Frauen zu Nonnen, die dann für mich sterben? So etwas würde ich nie verlangen! Pass auf, ich sage dir jetzt einmal, wie ich es sehe. Auch wenn das hart klingen mag: Nicht ich habe dieses Mädchen umgebracht. Schuld an ihrem Tod war deine manische, rasende Liebe, mit der du sie bedrängt und ihr Angst eingeflößt hast. Du hast sie zu Tode geliebt. Mit einer dermaßen besessenen, vereinnahmenden und besitzergreifenden Liebe wird niemand fertig, kein Mann und keine Frau. Was du mir erzählt hast, hat mich völlig erschöpft. Ich fühle mich um Jahre gealtert. Ich habe keine Kraft mehr, um zu gehen.«

»Ja, mein Verehrter, die heutige Nacht wird dich durch meine Leidensgeschichte altern lassen. Aber du weißt, dass auch deine Botschaft lust- und leibfeindlich war. Die Apostel und deine Anhänger haben Männern wie Frauen Jungfräulichkeit und Keuschheit gepriesen, in deinem Namen. Allerdings kann ich dir nicht genau sagen, inwiefern das der Wahrheit entspricht.«

»Ach, es ging mir doch einzig und allein darum, dass meine Botschaft die Herzen und Seelen der Menschen erreicht, eine Botschaft der Gerechtigkeit und der Liebe. Ach, wenn ich nicht dauernd gepredigt hätte! Wenn ich nicht so früh gestorben wäre! Dann hätte ich mich vielleicht auch mit einer Frau vermählt. Es ist schauerlich, dass so viele Frauen die Erwartung haben, von mir im Himmel für das entschädigt zu werden, was sie sich im Leben versagt haben. Ich bin doch nur *ein* Mann, nur ein einziger Mann! Verstehst du, wie belastend das ist?«

»Ich bin mir gar nicht sicher, dass sie immer in der Erwartung leben, im Jenseits für ihr keusches, frommes Leben entschädigt zu werden. Vielleicht sind sie auch einfach nur enttäuscht von ihrem irdischen Leben. Bestimmt hat eine jede ihre Gründe. Aber es geben auch alle vor, aus Überzeugung und aus heiliger Pflicht heraus dir nachzufolgen. Ich vermute aber, dass die meisten Nonnen viel eher die Männer für nutzlose Schatten halten und sich deshalb für ein weltabgewandtes Leben entscheiden – so wie meine von Herzen begehrte Meryam auch. Worauf es aber ankommt, ist ja, dass sie, so traurig eine solche Existenz auch sein mag, ihren Seelenfrieden finden. Möge jeder Mensch, solange er anderen nicht schadet, in einer Welt leben, in der er Trost für seine Seele findet. Aber das religiöse Bedürfnis, das Streben nach Transzendenz, überwältigt viele. Es veranlasst sie, zu glauben, man könnte auf Vernunft und Logik verzichten, um herauszufinden, ob das, was man tut, richtig oder falsch ist. Was ich aber bestürzend daran finde, ist, dass den Frauen von unserer Gesellschaft eingebleut wird, sie müssten ihre Sexualität verneinen und ihr Leben lang keusch bleiben, solange, bis sie als Jungfrauen zu Grabe getragen werden, wo Würmer ihr Jungfernhäutchen und Mäuse ihre Brustwarzen, aus denen nie Milch gesaugt wurde, zerfressen. Findest du es nicht auch seltsam, dass sie ihre unberührte Schönheit für das Getier unter der Erde aufsparen? Was meinst denn du?«, stichelte ich.

»Halt ein, mein Freund, das ist ja widerlich! Vielmehr zerfressen deine Worte meine Seele. Sag mir, um Himmels willen, wie entspringen solche schwarzen Bilder deinem Geiste?! Sie sind abscheulicher als alles, was ich mir je ausdenken könnte.«

»Ja, meine Rede hat einen hässlichen Klang für dich. Das liegt aber nicht daran, dass in dem, was ich sage, womöglich eine Wahrheit getroffen ist, sondern weil die meisten, dich eingeschlossen, es nicht hören wollen. Genau wegen solcher Worte wurde ich in meiner Heimat gejagt und bin nun in der Nähe vom Nordpol gelandet, wo lange Winternächte ihre Schwärze in meine Seele gießen. Und trotzdem ist sie nie finsterer als noch die hellsten Tage im Mittleren Osten, deiner und meiner Heimat. Sag du mir, oh du reine Seele des Himmels, sag' ich was Wahres oder bin ich dem Irrtum verfallen?«

»Deine Worte scheinen so sehr etwas Wahres zu treffen, dass es schon wieder geschmacklos ist – das ist ja das Verflixte daran. Aber die unangenehmste Wahrheit ist diejenige, die man zum ersten Mal zu hören bekommt. So, wie es mir gerade ergangen ist. Alles, was du mir vorhin erzählt hast, höre ich zum ersten Mal. Was ich deinen Erzählungen entnehmen musste, ist ein bitteres Gift, ätzend wie Säure. Sie tropft auf die zarten Blütenblätter meiner Seele. Ich frage mich, wozu ich überhaupt zurückgekommen bin. Ist es angesichts all der Zweifel und der Ignoranz, die die Menschen hegen, denn statthaft, die Welt läutern zu wollen? Werde ich überhaupt Erfolg haben? Oder soll ich sie ihrem Schicksal überlassen, bis das Ende kommt, und auch ich, wie jeder andere von euch, dem *Harmageddon* entgegensehe?«

»Bitte verzeih mir, ich will dich nicht von deiner Idee abbringen. Ich bin natürlich bereit, an deiner Seite zu stehen und dich nach draußen zu den Menschen zu begleiten. Obwohl ich weiß, dass sie ihre Wut an dir auslassen, dich verfolgen, wenn nicht sogar ein weiteres Mal kreuzigen werden. Ich wäre bereit, neben dir ans Kreuz genagelt und von Geiern gefressen zu werden. Ich bin mir aber auch gewiss, dass wir umsonst sterben würden.«

»Warum denkst du das?«

»Weil die Zeit der Wunder des Propheten vorüber ist. Gingen wir hinaus, würdest du es bemerken.«

»Ja, würde es dann überhaupt etwas nützen, hinauszugehen zu den Menschen?«

»Sag mir, warum schlagen zwei Herzen in deiner Brust?«

»Nachdem du mich mit Zweifeln überhäuft hast, schlagen hunderte Herzen in meiner Brust, nicht nur zwei. Seit jenem Augenblick, als du begonnen hast, mir von Meryam zu erzählen, mache ich mir Vorwürfe. Ich frage mich, was für ein Erbe ich hinterlassen habe. Was habe ich denn nur falsch gemacht, dass meine Botschaften so schief ausgelegt werden? Ich hatte nicht die Absicht, eine Religion zu gründen. Meine Hauptbotschaft an die Menschen war die Liebe. Aber niemand scheint das begriffen zu haben.«

»Ich habe dir diese Geschichte nicht erzählt, um dir ein schlechtes Gewissen einzureden. Nein, ich wollte etwas loswerden, mich von diesem schweren Geheimnis befreien, das seit Jahren mein Herz auffrisst. Noch nie habe ich es jemandem anvertraut. Zunächst wusste auch keiner davon, dass ich konvertiert war. Und danach, als alle davon erfuhren, blieben mir Buße, Reue und Scham vor meiner Geliebten, meiner Familie und allen Bewohnern in meinem Dorf. Du hast mich dazu gebracht, mich an unsere Geschichte zu erinnern. Darum ließ ich meinen Worten freien Lauf. Die Geschichte von Meryam, dir und mir: Du warst das verbindende Element, Teil davon. Eine Dreiecksbeziehung zwischen Tod, Liebe und

Verlust. Ein Dreieck, das auseinanderbrach. Hin und wieder denke ich an Meryam mit ihrem weißen Nonnengewand, der spitzen Nonnenhaube, mit der ihre dattelfarbigen Haare verdeckt waren, den schwarzen Gürtel um ihre schmale Hüfte, die weiße Halskrause, die über ihren jungfräulichen Brüsten lag. Oh, ich starb für diesen Anblick! Alle Weiblichkeit der Welt hatte sich auf ihren zarten Händen, der kleinen, sichtbaren Halspartie und ihrem leuchtenden Gesicht versammelt. Eine Kutte versteckte bis zu den Knöcheln ihre feine Gestalt vor meinen Blicken. Die Haarsträhnen, die unter ihrem Schleier hervorlugten und die nicht aus Gottesfurcht versteckt worden waren, machten mich verrückt. Ich konnte spüren, wie sehr sie dich liebte. So hoch, wie der Himmel und der himmlische Thron sind, war ich eifersüchtig auf dich. Mein Bruder Jesus, noch verheerender war, dass ich lebendiger Schafskopf gegen dich, den Toten, der sich im Paradies mit seinen Engeln vergnügte, keine Chance hatte. Und wenn mein kleines begehrtes Fräulein, das hin und wieder doch sichtlich Genuss darin fand, dass ein junger Mann ihre Schönheit erkannte, dann aber an dich dachte, legte sich ein angewiderter Ausdruck auf ihr Gesicht. Doch wenn sie die Augen schloss, verfinsterte sich meine Welt und nicht die ihrige. In diesem Augenblick wusste ich, dass sie Angst vor dir bekommen hatte und sich für die Lust schämte, die durch die Adern ihres Herzens floss. Sie zitterte und spürte, wie sich ihre Seele im Schmerz wälzte. Hab Mitleid, mein Bruder Jesus! In solchen Momenten fühlte ich mich wie eine kleine Maus im Morast. Sie wandte sich von mir auf eine Weise ab, als hätte sie dich betrogen. Ich wusste, dass sie den Drang hatte, mir ihre Schönheit zu zeigen, und eine geheime Lust in einem dunklen Winkel ihrer Seele geblieben war. Manchmal strahlte ein kaum wahrnehmbarer Nebel der Zuneigung aus ihren Augen, aber sehr schnell bereute sie das und es legte sich ein dunkler Schatten über ihr Gesicht. Wie ein scheuendes Reh, das vor einem Jäger davonspringt. «

Mit dem Kummer von jemandem, der sich keiner Schuld bewusst war, unterbrach Jesus mich. Hilflos stand er vor mir, einem besitzlosen Landstreicher gleich, und begann mich, wie einem plötzlichen Schmerz folgend, zu umkreisen. Mit himmlischer Überheblichkeit blickte er auf mich herab, erhob seine Stimme und sprach:

»Hör mir zu: Wer sagt denn, dass sie mir diese große Liebe geschenkt hat? Vielleicht hat sie nur eine bloße Vorstellung von mir geliebt!«

»Ja, die Vorstellung ist ja genau das Problem! Wenn jemand, ob weiblich oder männlich, tot oder lebendig, in der Lage ist, das Denken der Leute zu erobern, dann sind die Beherrschten dem Eroberer mit Leib und Seele ausgeliefert. Je größer der Glaube, die mentale Besetzung, umso stärker das Verlangen nach dem Eroberer.«

»Mein Problem ist, dass ich bei meiner Rückkehr gleich auf jemanden gestoßen bin, der mir das Gefühl gibt, gesündigt zu haben.«

»Nein, du selbst bist kein Sünder. Aber das mythische Bild, das du mit deinem Leben und mit deinem Tod der Welt aufgeprägt hast, das hat den Frauen den Kopf verdreht. Deshalb meine ich, dass …«

Bevor ich den Satz zu Ende sprechen konnte, taumelte Jesus, als wäre ihm schwarz vor Augen geworden. Er stützte sich mit einer Hand an der Wand ab. Ich hatte das Gefühl, dass ich ihn bis zur äußersten Grenze der Erschöpfung ermüdet hatte. Zugleich war ich mir sicher, dass er nach so vielen Jahren der Abwesenheit hungrig war nach Geschichten – so wie ein Kind, das neugierig die Welt erkundet. Ich spürte, dass er eine menschliche Stimme hören wollte. Leibhaftig, aus der Nähe. Sich abstützend, blickte er wiederum auf das Gemälde an der Wand. Aber dieses Mal starrte er, wirkte wie abwesend, schaute länger als zuvor. Ich wollte herausfinden, warum er so in das Bild vertieft war.

»Hättest du dir jemals gedacht, dass deine Kreuzigung nach hunderten von Jahren auf Millionen Gemälden festgehalten und diese, über die ganze Welt verstreut, Milliarden von Menschen begeistern würden?«, fragte ich.

»Warum sind sie über die ganze Welt verstreut?«

»Es sind weit mehr, als du dir vorstellen kannst! Heißt das, dass du nichts davon wusstest?«

»Das meiste, was du über mich erzählt hast, ist neu und seltsam für mich: deine Liebesgeschichte, das Erscheinen vieler falscher Jesus-Gestalten, all der gelehrte Zweifel an meiner Geburt, meinem Tod und an meiner Existenz überhaupt, das weltabgewandte Leben so vieler Jungfrauen, die sich auf eine Begegnung mit mir vorbereiten würden, die Besessenheit der Menschen von meiner Rückkehr und der Endzeit. All das lässt mich erstarren.«

»Du bist tief in dieses Gemälde versunken, ich möchte wissen, woran du gedacht hast.«

»An die zwei Gestalten, die rechts und links von mir gekreuzigt wurden. Ich habe noch einmal darüber nachgedacht, wer sie waren und wofür sie am selben Tag wie ich ans Kreuz genagelt wurden.«

»Gott segne deine Worte! Zwei Gestalten, die nicht wahrgenommen werden, weil du mit deinem Kreuz den ganzen Bildraum eingenommen hast und ihn beherrschst. Es sieht so aus, als würde dein Kopf, der die Nähe zum Himmelsthron sucht, über die Wolken hinausragen, ohne dass diese dein Gesicht verdecken würden. Dein Haupt ähnelt dem Vollmond, obwohl ein tiefer Schmerz dein Antlitz verzerrt. Doch dein mächtiges Kreuz, tief in den Boden gerammt, verleiht dir einen geradezu göttlichen Anblick, während der eine Arm den Osten, der andere den Westen überschattet. Und all das macht sie zu kleinen, bedeutungslosen Gestalten, lässt sie aussehen wie zwei an einem Baum vertrocknete, ausgemergelte Affen.«

»Kennst du die Geschichte der beiden Gekreuzigten?«

»Gewiss! Das sind die beiden Schächer, die des Diebstahls bezichtigt wurden.« Verwundert blickte er mich an und fragte beunruhigt:

»Diebe? Wie? Ach ja, stimmt. Warum aber haben sie mich eigentlich mit Dieben gekreuzigt?«

»Ob sie tatsächlich Diebe waren, weiß ich nicht, aber man hat sie beschuldigt, welche zu sein. Sie sollen dich angefleht haben: ›Oh Jesus, Sohn Gottes, rette uns, erbarme dich unser!‹«

»Und, habe ich sie gerettet?«

»Darüber, ob du sie gerettet hast oder nicht, gibt es unterschiedliche Geschichten.«

»Was für Geschichten?«

»Es gibt vier Evangelien, die Unterschiedliches berichten. Die einen sagen, sie wurden gerettet, die anderen behaupten, sie seien verflucht worden.«

»Warum wurde diese Geschichte unterschiedlich dargestellt? Erzähl es mir genau, denn ich weiß nichts darüber.«

»Man hat den Eindruck, dass jeder der vier Evangelisten sich bei der Kreuzigung in eurer Nähe befunden hat. Das sind die vier Verfasser der Evangelien. Nur einer von ihnen, Lukas, hat berichtet, dass du dich einem der Schächer erbarmt und ihn dadurch gerettet haben sollst. Aber Markus und Johannes verlieren kein Wort über die Diebe, als wären sie gar nicht an deiner Seite gewesen.«

»Und was sagt der vierte?«

»Der vierte, Matthäus, behauptet, die beiden Diebe hätten Jesus herabwürdigend behandelt und sogar beschimpft.«

»Beschimpft? Weswegen?«

»Ich nehme an: vor lauter Schmerz. Sie waren auch festgenagelt. Einer von ihnen soll zu dir gesagt haben: ›Wenn du der Sohn Gottes bist, warum kannst du uns nicht retten?‹«

»Und wem von den vieren schenken die Menschen Glauben?«

»Jeder Mensch glaubt dem Evangelium, das ihm zusagt oder seinen Vorstellungen am meisten entspricht. Es gibt auch diejenigen, die alle Evangelien für Fantasiegeschichten halten.«

»Und woran glaubst du, du König des Zweifelns?«

»Ich gehöre zu jenen, die nicht verstehen, warum sich die vier nicht auf eine Geschichte einigen konnten. Ich hinterfrage den Gedanken, warum ich Lukas glauben und die anderen für Lügner halten sollte. Sie waren alle Sterbliche. Der Haken an Überlieferungen alter Geschichten ist, dass deren Erzähler sie in ihrer eigenen Sprache, gemäß ihrer jeweiligen Intention und nach ihrem eigenen Geschmack niedergeschrieben haben. Der Mensch ist verrückt nach Geschichten und jede davon beinhaltet sowohl Wahrheiten als auch Lügen und willkürliche Ergänzungen. Schließlich ist jeder Erzähler nur ein

Mensch, was es mir erschwert, ihm Vertrauen zu schenken.«

»Meine Frage ist: Warum meint Lukas, ich soll mit einem von ihnen Erbarmen gehabt haben und mit dem anderen nicht?«, fragte Jesus neugierig.

»Weil einer der Diebe dich verteidigte und dem anderen vorgeworfen haben soll, dass es sich nicht gehöre, Jesus zu beschimpfen, denn es sei nicht seine Schuld. Kannst du dich nicht daran erinnern, dass einer der Diebe lästerte: ›Bist du nicht der Messias? Dann rette dich selbst und auch uns!‹?«

»Ich kann mich nicht jeder Einzelheit entsinnen. Was mir in Erinnerung geblieben ist, ist wie ein Traum, der im Nebel liegt, nämlich dass an diesem Ort täglich ein Mensch gekreuzigt wurde. Ob auch die Evangelisten in der Nähe waren, weiß ich nicht mehr. Mich beschäftigt immer noch die Frage, warum ich nur einem von ihnen das Paradies verheißen haben soll.«

»Der fromme Räuber soll gesagt haben: ›Uns geschieht recht, wir erhalten den Lohn für unsere Taten. Dieser aber hat nichts Unrechtes getan.‹ Und du sollst geantwortet haben: ›Amen, ich sage dir: Heute noch wirst du mit mir im Paradies sein.‹« Als würde er meinen Worten keinen Glauben schenken wollen oder die ihm nachgesagte Tat bereuen, streckte er verwundert seine Hand zu den Räubern auf dem Gemälde und sprach:

»Das bedeutet, dass ich den anderen Räuber dem Fegefeuer überlassen habe?«

»Das behauptet zumindest das Lukasevangelium. Ich wollte immer wissen, wie es sein konnte, dass du kein Verständnis für jemanden hattest, der bestimmt blind vor Schmerz war, als er dir lästerte, während du in deinem Delirium Gott vorgeworfen hast: ›Mein Gott, mein Gott, warum hast du mich verlassen?‹ Das ist doch auch ein Beweis dafür, dass du ein Mensch aus Fleisch und Blut warst und dich der tödliche Schmerz am Kreuz dazu gezwungen hat, oder der Teufel. Nun frage ich mich, warum ein armer, hilfloser Räuber wegen Lästerei in der Hölle landen musste, dich der andere aber, nur weil er dich verteidigte, ins Paradies begleiten durfte. Ist das eines Propheten würdig?«

»Nein, das ist es nicht. Du selbst hast erzählt, dass Überlieferungen sowohl Wahrheiten als auch Lügen in sich tragen. Was mich aber beschäftigt, ist, warum auch du demjenigen glaubst, der das verbreitet hat.«

»Ja, da gebe ich dir recht. Aber wenn die vier Evangelien mit ihrer jeweils eigenen Version Zweifel in den Herzen von Millionen aufkommen lassen, wie soll ich dann glauben, dass du Jesus Christus bist? Wer sagt, dass du nicht auch nur einer von denen bist, die alle paar Jahre auftauchen und verkünden, sie seien Jesus und nun zurückgekehrt, um die Menschheit zu erlösen?«

»Du musst es nicht glauben und mir auch nicht folgen. Ich könnte durchaus auch einer dieser Jesus-Imitatoren sein. Oder, wie du vorhin erwähnt hast, könnte ich auch nur deinem Rausch oder einer Halluzination entspringen oder einem heimlichen Wunsch, ich würde kommen, um die Endzeit zu verkünden, damit du von deinem todbringenden Warten und deiner Einsamkeit im Haus der Flüchtlinge gerettet wirst. In diesem Fall würdest du morgen aus diesem Traum erwachen und dich, wie zuvor, traurig und einsam in deinem Zimmer wiederfinden.«

»Weißt du, dass auf Millionen Gemälden nur du der Gekreuzigte bist und in den seltensten Fällen die Räuber überhaupt dargestellt werden? Denn die Künstler sehen die Räuber als unwürdig und bedeutungslos an. Sie halten es für beschämend, wenn auch sie neben dir einen Platz haben sollen. Aber für mich hat die Kreuzigung der Räuber genauso eine Bedeutung wie deine und diese wirft für mich viele Fragen auf.«

»Aus welchem Grund?«

»Wir werden niemals die Wahrheit darüber erfahren, wer die Schächer waren und aus welchem Grund sie verhaftet und gekreuzigt wurden oder warum sie überhaupt gestohlen haben. Waren sie tatsächlich Räuber, oder haben sie auch gegen den König rebelliert? Na gut, heißt es nicht, dass du dein Blut vergossen haben sollst zur Vergebung der Sünden der Welt? Warum galt das für einen dieser Räuber nicht? Oder wurde diese ganze Legende für einen bestimmten Zweck so geschmiedet?«

»All deine Fragen sind berechtigt. Aber ich sage es dir noch einmal: Nur einer von vieren hat es auf diese Weise überliefert.«

»Aber dieser eine war nicht irgendein Dahergelaufener. Er war dein Botschafter, an den unzählige Menschen heute noch glauben. Als ich überlegte, mir ein Gemälde deiner Kreuzigung zu besorgen, achtete ich darauf, dass die beiden anderen auch abgebildet waren.«

»Und genau weil du immerzu hinterfragst und zweifelst, findest du keinen Seelenfrieden und bist nun vertrieben aus deiner Heimat.«

»Zweifelsohne! Ich empfinde große Sympathie für den Räuber, der dich um Beistand anflehte. An seiner Stelle hätte ich auch an dir gezweifelt, als du nach all den Wundertaten, die du vollbracht hast, nicht auch noch diese eine letzte geschehen ließest und ihn vor dem Tode gerettet hast. Es ist ein Rätsel, aus welchem Grund Lukas, im Gegensatz zu seinen Gefährten, die Begebenheit auf eine andere Weise überlieferte. Wie konnte sich seine Version gegen die anderen durchsetzen, sodass sie uns auch heute noch erreicht?«

»Ich frage mich auch, wie es sein kann, dass ich bereit gewesen sein soll, mich für mein Volk zu opfern, aber einen Räuber, der selbst ein Opfer von Armut und Hunger gewesen war, der Hölle überlassen haben soll. Das gehört sich nicht, auch wenn er mich herablassend behandelt hat!«

»Mich beschäftigt aber immer noch die Frage, warum zwei der Evangelisten darauf beharren, dass keiner der Räuber mit dir gekreuzigt wurde, während Matthäus behauptet, dass dich beide gedemütigt haben sollen. Glaubst du, dass sie es so überliefert haben, damit deine Schönheit und deine Heiligkeit nicht vermindert wird? Denn die Kreuzigung eines Abgesandten Gottes neben zwei Räubern wirkt doch schmachvoll. Wie denkst du darüber?«

»Mich wundert es nicht. Das Problem an der Niederschrift meiner Lebensgeschichte liegt in den guten oder schlechten Absichten der Überlieferer.«

»Das bedeutet, wir haben nichts, worauf wir uns verlassen können, wenn es um Wahrheit oder Erfindung geht in Bezug auf die Legenden, die einander widersprechen.«

»Ich bin schließlich auch nur ein Mensch, wie du. Ich war viel zu erschöpft, um wirklich mitbekommen zu haben, wer mit mir gekreuzigt wurde. Wie ich schon erwähnte, es glich alles einem verschwommenen Traum. Ich kann mich bis zu dem Augenblick genau erinnern, als die Soldaten untereinander um meine Kleider losten. Ja, bis zu meiner Kreuzigung war ich ein Abgesandter Gottes. Aber es beruht auf einem himmlischen Ratschluss, dass mich Gott am Kreuz zum Menschen werden und mich, wie die zwei Räuber, zu recht leiden ließ. Da ich mich für alle opferte, musste ich auch als Mensch an der Stelle aller anderen Menschen eine schier unermessliche, unendliche Pein erleiden.«

Ich erhob mich von meinem Bett, streckte meine Hand nach der Weinflasche aus und schenkte mir noch ein Glas ein. Mir war gleichgültig, ob mein Magen rebellieren würde. Je mehr Zeit verging, umso berauschter wurde ich und umso mehr schwoll auch mein Widerspruchsgeist an. Ich schritt auf ihn zu und meinte:

»Was sagst du zu den Leuten, die glauben, du seist gar nicht gekreuzigt worden, sondern dass ein Doppelgänger von dir ans Kreuz genagelt und von Gott zu sich genommen worden sei? Vielleicht bist du bloß eine Erfindung, von deinen Anhängern in die Welt gesetzt.«

»Mein Leben und mein Sterben liegen nicht mehr in meiner Hand. Alles hat man zerpflückt und in irgendwelche Legenden, Geschichten und Evangelien gestopft. Aber sag mir, mein Freund, warum quälst du dich mit solchen Fragen? Warum glaubst du nicht, dass ich nun vor dir stehe? Wie ich gekreuzigt wurde und woran ich mich erinnere, was die Wahrheit und was erfunden ist, all das ändert nichts an der Tatsache, dass ich zurückgekehrt bin! Anstatt meine Zeit mit deiner Fragerei zu vergeuden, steh mir doch bei! Du bist doch immerhin der Gegend kundig. Geh mit mir hinaus und hilf mir, meine Botschaft zu verbreiten. Ich weiß um dein reines Herz und deine Freundschaft beglückt mich. Bitte lass doch die Nacht der Wunder nicht ungenutzt verstreichen!«

»Wie soll ich dir beistehen, wenn ich nichts über deine Vergangenheit erfahre, und zwar aus deinem Munde? Wenn ich nichts von der Vergangenheit weiß, habe ich auch nicht die Kraft, über die Zukunft zu sprechen. Du bist ein Zeugnis der Vergangenheit. Bei deiner Sprechweise, deiner Haltung und den seltsamen Themen, wie Sünde, Schuld, Errettung, Reinwaschen und Verfluchen, die uns alle als Prüfsteine in den Weg gelegt wurden, braucht es viele Dispute. Ich werde dir keine Ruhe lassen. Es kann auch sein, dass du meiner überdrüssig wirst, aber seit ich denken kann, beschäftige ich mich mit Jesus. Jesus, Jesus, Jesus. Glaub mir, ich habe mich so sehr in deine Welt vertieft, dass ich dich von deiner Mission abbringen könnte.«

»Bilde dir da mal nicht zu viel auf dich ein!«

»Warum nicht? Ich bin felsenfest davon überzeugt. Aber ich hätte auch kein Problem damit, zu verlieren. Ich habe nichts gegen dich. Wir teilen die gleichen Sorgen. Die Welt um uns herum soll zu einem schöneren und besseren Ort werden – da, wo ich konnte, habe ich mein Bestes dafür gegeben. Aber im Grunde habe ich nichts zustande gebracht. Ich habe versagt und musste mitansehen, wie die Welt und die Menschheit immer verdorbener wurden.«

»Auch ich kehrte mit diesen Sorgen und Ängsten zurück.«

»Es gibt bestimmt auch andere Menschen, die so sind wie ich. Sie haben dort und da zu verschiedenen Zeiten gelebt, doch sie hatten den innigen Wunsch, den Weltenlauf positiv zu beeinflussen. Irgendwann kommt jedoch immer dieser Moment der Desillusionierung, das Begreifen, dass die Welt nicht zu retten ist, dass es nicht gelingen wird. Sie lassen ab von ihrem Wunschtraum, weil er eine bloße Enttäuschung gewesen war. In weiterer Folge wollen sie das eigene Land, das eigene Volk retten. Die Jahre vergehen und sie merken, dass auch das ein schwieriges Vorhaben ist. Dann konzentrieren sie sich auf die eigene Stadt, was auch vergebens ist. Manche kümmern sich irgendwann, im Alter, nur noch um die Verschönerung des eigenen Viertels. Der Traum bröckelt weiter. Was übrig bleibt, ist die Sorge um das Glück der eigenen Familie. Erstaunlich, denn nicht einmal das ist zu erreichen. In der letzten Phase der Verzweiflung ist man nur mehr darum bemüht, die eigene Seele zu retten. Man überlegt: ›Vielleicht gelingt es mir, meine Seele vom Schmutz der Welt zu befreien.‹ Das ist aber auch nicht so einfach. Manchen gelingt es, aber viele nehmen den Wunsch mit ins Grab.«

»Deinen schwarzen Gedanken folgend: In welcher Phase befindest du dich gerade?«

»In der letzten. Ich ringe darum, meine eigene Seele zu retten.«

»Warum zweifelst du daran, ein Mensch zu sein?«

»Ich zweifle sogar sehr daran. Der schwierigste Kampf ist derjenige mit sich selbst. Die wenigsten bringen die Geduld für ihn auf. Ehrlich, ich zweifle daran, wirklich ein Mensch zu sein. Und solange man nicht in den Rang eines Menschen aufgestiegen ist, kann man auch nicht anderen die Botschaft des Menschwerdens überbringen. Was ich mir bewahren kann, ist, in Würde um meinen Seelenfrieden zu kämpfen. Vergiss nicht, dass auch deine Botschaft nur vom Frieden und der Liebe handelte, aber in deinem Namen flossen gewaltigste Ströme aus Blut.«

»Das ist wirklich bitter.«

»Vor kurzem vermeinte ich, es wäre ein Glück, dir zu unterliegen und dir als ein unwürdiger Jünger zu folgen, während du die Welt errettest. Aber was soll ich machen, wenn mir der Wurm des Zweifels den Verstand zerfrisst? Ich habe die gleichen Wünsche, die gleichen Motive wie du, aber es gibt für mich keine Gewissheit, sie ist eine große Lüge. Das Scheitern bereitet mehr Genugtuung als der Gewinn. Das Gewinnen schenkt mir nur eine dumpfe Zufriedenheit. Niederlagen und Enttäuschung zwingen mich zum schärferen, unbarmherzigeren Nachdenken. Wie ein Wetzstein, der des Messers Klinge schärft. Der Zweifel macht wach. Ihn zu töten, macht mich zu einem Dummkopf, ohne Fragen und Entdeckergeist. Es ist der Zweifel, der aus mir einen Bücherwurm werden ließ. Ich erfreue mich an meinem inneren Drang, mich nicht einfach zurückzulehnen und auf meinem Hintern sitzenbleiben zu können wie ein Geschäftsmann, der sich die Hände reibt vor Glück und meint, die Welt sei in Ordnung, solange seine Geschäfte gut laufen und das Rad der Welt sich nach seinem Wunsche weiterdreht. Also, ich halte es für vernünftiger, wenn wir in diesem Zimmer so lange wetteifern, bis wir uns im Klaren darüber sind, ob wir Gefährten werden können oder nicht. Denn ich würde mich dafür schämen, erst mit dir hinauszugehen und es mir dann anders zu überlegen.«

»Wenn das so ist, würde unser Disput nie ein Ende nehmen, bei den äußerst schwierigen Themen, die du aufgegriffen hast.«

»Aber die Aufgaben, für die du herabgestiegen bist, sind auch schwierig. Und außerdem: Warum sollte ich einfache Themen mit dir besprechen wollen?«

»Bist du denn immer so wutgeladen und rebellisch?«

»Ja, ich bin verrückt! Alles in dieser Welt treibt mich in den Wahnsinn. Und macht mich zugleich traurig. Allein schon irgendein achtlos auf die Straße geworfener Müll verbittert mir meine Tage. Das Jagen und Töten eines Spatzes, wenn auch von Kindeshand, raubt mir meine Ruhe.«

»Du führst ein gefährlich fragwürdiges Leben. Warum versuchst du nicht, seine schönen Seiten zu sehen?«

»Richtig! Ich lebe auf zu bedenkliche Weise, als dass mein Leib und meine Seele es aushalten könnten. Aber ich kann mich nicht dagegen wehren. Die Ausmaße des Hässlichen in der Welt sind viel größer als die der Schönheit. Ansonsten bin ich wie du und kann hin und wieder ihre Schönheit wahrnehmen, aber ich garantiere dir, dass der Horizont des Hasses viel weiter ist als jener der Liebe. Zugegeben: Ich führe ein schreckliches Leben. Nicht, weil ich Genuss daran finde, jeden Tag auf unterschiedliche Weise Schmerz zu spüren. Aber mein Leben ist noch viel schlimmer, als du es dir vorstellen kannst. Alles, was meine Augen sehen und meine Ohren hören, ist wie mit einer Sünde behaftet. Mein Bruder Jesus, ich bin zwar glücklich darüber, ein Flüchtling zu sein, aber ein Kummer glüht wie Kohle in meinem Herzen. Ich habe das Gefühl, keinen Ort zu finden, den meine Seele für lebenswert befindet. Wo immer ich auch hingehe, es scheint immer nur ein Ortwechsel in einer großen Hölle zu sein. Kein Ort kann auf Dauer seine Schönheit bewahren. Mich verzücken die unberührte Natur, die fruchtbare Erde, die prachtvollen Steppen und Berge, der Himmel mit seinen Wolken, die endlosen Ozeane, die bunte Welt, die Melodie der Natur und das lebhafte Wehen des Windes, aber die Menschen, die sich für Eigentümer vom alledem halten, sind eine zerstörerische, blutrünstige Spezies. Sie gleichen einem Tier, das an Durchfall leidet und immer weiterfressen muss.«

»Na, dann sind wir uns ja einig. Genau dafür bin ich gekommen, denn ich weiß, in was für einer schrecklichen Zeit die Menschen leben. Ich bin gekommen, um hier wieder eine segensreiche Ordnung einkehren zu lassen.«

»Ich habe eine schlechte Angewohnheit: Immer, wenn jemand einen Schicksalsschlag erleidet, versetze ich mich unwillkürlich in seine Lage. Ich frage mich: Was wäre, wenn es mich getroffen hätte, gleich, ob in der Vergangenheit oder in der Gegenwart? Ich habe schon hunderte Male deinen Platz bei der Kreuzigung eingenommen oder den der beiden Räuber neben dir. Ich werde keine Ruhe finden, wenn ich nicht aus deinem Munde zu hören bekomme, welches Schicksal die beiden erlitten haben.«

»Es ist zwecklos! Lass die Vergangenheit hinter dir. Für dich und für mich zählt nur die Gegenwart. Sie gibt Auskunft darüber, wie sich die Welt in den vergangenen 2000 Jahren verändert hat und was wir dagegen tun können. Die Welt hatte einen Rahmen, der aber nun auseinandergefallen ist. Alle Teile, auch die weit verstreuten, wieder zu vereinen, auf dass sie eins werden, wird mein letztes Wunder sein.«

»Oh, Jesus, ich bin so erschöpft. Was ich erlebte und was ich las, war an sich bereits der Untergang.«

»Ich verstehe. Du wirst sehen, dass ich heute Nacht vor deinen Augen alle vier Jahreszeiten zu einem Augenblick verschmelzen lasse.«

»Seltsam. Manche Menschen haben vor – falls die Endzeit wirklich kommen sollte und kein Zweifel daran besteht – alle

Lichter und Feuer, wie die Kerzen hier vor uns, gleichzeitig zu löschen und sich schlafend zu stellen, damit Gott Mitleid mit ihnen hat und die Welt nicht untergehen lässt. Andere wiederum haben sich den Plan zurechtgelegt, alle Lichter anzuzünden. Verwirrend … Es soll auch welche geben, die glauben, sie müssten ihre Laternen löschen, damit die Sonne am nächsten Tag wieder aufgehe. Na ja, ich habe all dem gegenüber meine Zweifel.«

»Es gehört sich nicht, so zu denken. Der Himmel hat mir bei meiner Rückkehr etwas anderes versprochen: zahme Raubtiere, strahlende Gesichter, riesige Vögel, die uns vor der brennenden Sonne Schatten spenden, Bäume, die sich vor uns auf unserem Weg verbeugen und mit ihren Zweigen und Blättern die Füße küssen, verliebte Jungfrauen, die von Balkonen, hinter Fenstern oder dem Türspalt und auf den Plätzen mit mir liebäugeln und an mich ihr Herz verlieren. Dass Feinde sich versöhnen, dass die Luft rein ist wie Kristall, dass in allen Bächen und Flüssen süßes Wasser fließt und die Erde so fruchtbar wird, dass tote Samen wieder keimen. Verdorrte Bäume trügen mit einem Mal wieder Laub und aus Steinen wüchsen Pflanzen, denn die Welt soll geschmückt sein beim Empfang des Gottessohns. Und die Menschen werden alle Jahreszeiten gleichzeitig erleben. Zum ersten Mal werden Winter und Sommer zur selben Zeit Blüten tragen und Herbst und Frühling einander umarmen, sodass niemand sie trennen kann. Auch die Menschen in Höhlen und Verstecken werden hervorkommen, um mich zu empfangen.«

»Aber es wird ja auch das genaue Gegenteil erwartet. Sogar deine Jünger prophezeiten Dunkles: Bäume würden keine Früchte mehr tragen, die Meere wären ohne Fische, die

Weisen würden wirres Zeug reden, die Richter falsche Entscheidungen treffen, die Krieger einander verraten, Männer würden zu stehlen beginnen, die Sonne würde schwarz, der Mond blutig sein, die Sterne und Planeten würden vom Himmel fallen wie Feigen von den Bäumen, der Himmel selbst sich verfinstern, die Berge in sich zusammenbrechen, die Reichen und Mächtigen sich in unterirdischen Höhlen verstecken, Schwangere ihre Kinder verlieren, Kinder ergrauen und früh sterben, der Mond Flutwellen erzeugen. Die Vorstellung vom Weltuntergang ist nichts Neues. Es wird sie immer geben. Ich bin mir sicher, dass die Prophezeiung der Endzeit ebenso sehr geglaubt wie belächelt wird. Du wirst heute Nacht Menschen sehen, die die Prophezeiungen verhöhnen und solche, die dir zuhören und zustimmen werden. Meine Frage ist, was treibt diese kranken und verrückten Untergangsfanatiker an? Ich frage mich, warum wir uns nur zu gerne zu Sklaven solcher Ideen machen, damit der Himmel zufrieden ist. Warum müssen, wie in alten Zeiten, Menschenherzen den Göttern auf einem Tablett serviert werden, damit Sonne und Mond wieder scheinen, aus Angst vor der Sonnen- und Mondfinsternis? Ich frage dich, Jesus, wozu sind all die Angstmacherei und die Drohlehren gut? Ist es nicht einfacher, die Welt untergehen zu lassen, ohne irgendeine beängstigende Prophezeiung? Etwas zu zerstören war schon immer leichter, als etwas zu erschaffen.«

»Du hast mir nicht zugehört. Ich habe dir gesagt, dass sich bei meiner Rückkehr die Natur in Feierlaune befindet. Diese gefährlichen Zeichen, die du angesprochen hast, sind wahr. Aber all dies geschieht erst nach einer langen Zeit des Freudentaumels. Denn auch die Endzeit hat ihre Würde. All die

Tränen, der Schweiß und das Blut, von den Menschen auf Erden vergossen, wird in himmlischen Meeren gesammelt, damit es dann wie Feuer auf uns herabregnet. Wir Menschen sollen erfahren, wie blutrünstig wir waren und wie sehr wir gesündigt haben. Die Tränen der Unterdrückten verwandeln sich in Sintfluten, mächtiger als jene, der Noah trotzte. Die Bäume, die von Menschenhand gefällt wurden, um daraus Stühle, Häuser, Türen, Werkzeuge und auch das Feuer zu machen, erwachen wieder zum Leben und werden dann vor unseren Augen zu brennenden Fackeln. Die Sintflut aus Blut wird uns ertränken und die lodernden Bäume werden uns in Brand stecken. Wir begegnen fauchenden Schloten, Blutregen, brennenden Wäldern, Schiffen, die auf den Meeren versinken, Bergen, die Feuer fangen, vergifteten Flüssen und Bächen, Menschen werden tränenlos klagend die Hände gen Himmel strecken, der Tag wird zur Nacht. Das Brüllen der Schlote wird alles ertauben lassen. Asteroidenregen, gigantische Wolken nach dem Einschlag werden die Welt verfinstern und die Menschen ersticken lassen. Nur jene Menschen werden gerettet, deren Stirn mit einem himmlischen Symbol versehen ist. Millionen von Reitern in Rüstungen kommen mit feurigen Adlern, die Pferde haben Löwenköpfe, Feuer und Rauch fährt aus ihren Nüstern. Ein Drittel der Erdenbewohner wird getötet. Eine gewaltige Engelsgestalt steht imposant da und beobachtet den Untergang. Ein Fuß im Ozean, einer an Land, stößt sie in die Fanfaren, ruft auf, ihr zuzuhören, denn sie trägt das Geheimnis des Himmels im Herzen, die Botschaft des Allmächtigen, denn Gott selbst hat dem Engel befohlen, das große Buch zu essen, zu schlucken und zu verdauen, um seine Weisungen an alle weiterzugeben. Danach beginnt großes Donnergrollen, ein Gewitter zieht auf, und am Ende kommt die Verkündigung des Jüngsten Gerichts.«

»Oh weh, oh weh, Jesus, mein Bruder, um Himmels willen! Was ist das für ein schrecklicher Untergang! Erlaube mir, dich bei diesem Jüngsten Gericht um einen Gefallen zu bitten.«

»Nur zu, du verdienst es!«

»Ich will, dass du mir meine Meryam zurückbringst. Jene Meryam, die bereits im Diesseits mein UZntergang war. Ich bitte dich, bring sie mir, bevor der Sturm der Endzeit aufzieht.«

»Ich dachte, du hättest größere Sorgen! Angesichts des Untergangs des gesamten Universums machst du dir Sorgen um deine Geliebte?«

»Meine Seele wurde durch meine Liebe zu ihr völlig verbrannt. Mein Herz ist vertrocknet. Es gibt nur eine Möglichkeit, dass es wieder Wasser aufsaugen und heil werden kann: Ich muss sie lebendig vor mir sehen. Ich wünsche mir also, dass du ein solches Wunder bewirkst. Ihre Liebe soll voll und ganz mir gelten, nicht dir. Ich will, so kurz vor dem Ende aller Zeiten, mein Herz mit ihrem Anblick beglücken. Danach kann die Apokalypse von mir aus zweimal kommen, es wird mir gleichgültig sein. Wenn mein Wunsch nicht in Erfüllung geht, werde ich dir als irdischer Mann niemals verzeihen.«

»Außergewöhnlich! Ich glaube, es gibt keinen anderen Menschen auf dieser Erde, der so verliebt ist wie du. Warum bist du noch immer so verrückt nach ihr? Du hattest erwähnt, dass du eine Frau und Kinder hast, und ich bin mir sicher, dass du deine Gemahlin liebst.«

»Ja, gewiss doch liebe ich meine Frau! Ich habe viele Nächte lang in den Armen meiner Frau um Meryam geweint, und sie tröstete mich. Gerade, als wir frisch verheiratet waren. Ich war wie ein weggeworfener Lappen, als sie mich kurierte und wiederherstellte. Ich glich einer Vogelscheuche und sie verwandelte mich wie durch Zauberhand in einen Menschen zurück.«

»Ich fürchte, dass Meryam nie wieder mich wählen würde, wenn sie sich zwischen dir und mir entscheiden müsste. Das wird für uns beide zu einer bitteren Tatsache.«

»Das würde einen echten Narren aus mir machen. Lass mich bitte am Ende aller Dinge nicht als Versager dastehen. Ich vertraue auf dich. Auf deine Selbstlosigkeit und deine Kraft, ein Wunder zu bewirken, sodass ihr Herz mir gehören wird. Du weißt ja, bei uns ist es Brauch, unter Freunden, aber auch unter Feinden, dem zu Tode Geweihten einen letzten Wunsch zu gewähren. Und es ist mein einziger und letzter Wunsch, von dir für meinen großen Verlust in meiner Jugend entschädigt zu werden.«

»Ich wünschte, du würdest begreifen, dass die Liebe nicht erzwungen werden kann, auch nicht durch Wunder. Auch ich weiß nicht, was ich tun sollte, würde Meryam vor mir stehen. Denn die Liebe ist ein Wunder, dem alle übernatürlichen Kräfte unterliegen. Die Liebe ist wie eine seltene Perle, die in den Tiefen des Meeres verborgen liegt und die selbst von den besten Tauchern nicht geborgen werden kann.«

»Wenn du so sehr an deinen Kräften zweifelst, dann soll die Endzeit noch vor meinem eigenen Untergang kommen! Du sollst heute Nacht auch scheitern, sollte mein Wunsch nicht in Erfüllung gehen! Das ist der allzumenschliche, selbstsüchtige Wunsch eines einfachen Mannes. Die Zurückweisung meiner großen Liebe ist für mich die einzige Apokalypse.«

»Mein Herz beginnt zu zittern, wenn du so bewegt über deine Liebe zu dieser Frau sprichst. Jetzt bin ich neugierig geworden und möchte sie zu Gesicht bekommen. Um Gottes willen, nicht dass du denkst, dass ich hegte Gelüste, nein, ich will mitbekommen, wie zwei Liebende einander anblicken, welche Worte sie füreinander haben, wie das Feuer ihr Herz entzündet und wie diese Gefühle sie verwandeln. Ich möchte nach zweitausend Jahren der Abwesenheit wieder ein verliebtes Paar sehen. Ich habe mich in meiner Jugend nur damit beschäftigt, Gottes Botschaft zu überbringen, und ich musste jung sterben. Bitte vergib mir, euch auseinandergerissen zu haben.«

»Du hast uns nicht nur getrennt. Sie starb für dich, und sie hatte es sogar sehr eilig, noch jung und schön zu dir kommen.«

»Es schmerzt außerordentlich, wenn du mir vorwirfst, sie wäre für mich gestorben.«

»Das ändert nichts daran, dass dem so war. Nach ihrem Tod wurde ich verrückt. Ich lag im Bett, meine Frau pflegte mich und fügte mich seelisch wieder zusammen. Hast du meine Geliebte denn im Paradies gesehen?«

»Ich war sehr beschäftigt dort. Die Seelen zogen wie Schatten an mir vorüber und sie hinterließen bloß einen himmlischen Duft, der mich für lange Zeit berauschte. Auch diese Seelen sind traurig, wie du und ich. Und sie sind damit beschäftigt, die paradiesischen Blumen mit ihren Tränen zu gießen. Sie ziehen an einem vorbei, ohne zurückzublicken. Sie tragen Flügel, so zart wie die eines Schmetterlings. Würdest du sie berühren, hättest du buntes Pulver auf deinen Händen. Die paradiesische Seele deiner Geliebten wird möglicherweise bis zum Tag des Jüngsten Gerichts flattern wie die Flügel der

Engel. Auch sie wird die Blumen mit ihren Tränen gießen, und das wird ihre einzige himmlische Glückseligkeit sein. Jene Seele, die sich weder mit dir vereinte noch mit mir.«

»Wozu diese Unbarmherzigkeit des Schicksals? Wie lange soll sie denn noch warten? Wenn sie schon nicht mit mir zusammen sein konnte, warum dann nicht wenigstens mit dir?«

»Das ist das Geheimnis des Märtyrertodes für die Liebe. Je mehr man für sie leidet, umso reiner, heiliger und himmlischer wird man.«

»Bis sich die Seelen in Schatten verwandeln?«

»Bis sie sich in Schatten verwandeln und ein göttlicher Glanz über ihrem Haupt erstrahlt.«

»In meinen Ohren hallen noch immer jene Schläge des Sargmachers nach, als er die Nägel in das Holz trieb. Sie hielt in ihrer Zurückgezogenheit andauernd leise Zwiegespräche mit dir. Ihre Liebe zu dir wurde so stark, dass sie keine Kraft mehr für das irdische Leben hatte – und auch keine Lust zu leben. Alles, was sie zu sich nahm, musste sie wieder erbrechen. Am Ende war sie nur noch Haut und Knochen. Wie gesagt, sie hatte es sehr eilig, zu dir zu kommen. Wenn sie ihren Kopf gen Himmel reckte, konnte ich ihre weiße Kehle sehen. Mir wuchsen Flügel der Freude, als sie mich im Herbst noch bat, mit ihr einen letzten Spaziergang im Park zu unternehmen, bevor sie dann bettlägerig wurde. Sie wollte die Bäume beobachten, wie sie sich von ihren bunten Blättern befreien. Sie wollte ein letztes Mal das Rascheln des Laubs hören und das Knacken der Äste unter ihren Füßen spüren, das dem Rascheln und Knacken in meinem Herzen ähnelte. Es schien, als wolle sie unseren traurigen Abschied verbinden mit der Trauer über das Dahinscheiden des Herbstes. Vor unseren

Augen präsentierte sich die Welt wie ein Kristall. Die Tropfen des Morgentaus glänzten auf den vergilbten Blättern, als wären es Tränen. Ein schwerer Nebel stieg vom Boden und den Bäumen hoch. Hin und wieder verloren wir uns deshalb aus den Augen. Noch nie hatte ich einen dermaßen prächtigen Herbst erlebt. Der Nebel schien der schwere Atem der Bäume zu sein. Ich hätte sie gerne in die Arme genommen, mit dem Vorwand, dass wir uns sonst in den dichten Schwaden verlieren könnten. Die Hitze der Liebe erschwerte mir das Atmen. Meryam hingegen wurde immer stiller und trauriger, belagert von meinen verliebten Blicken, meinem kühlen Atem und dem dichten Nebel, der sie zu verschlingen drohte. Manchmal drang ein Sonnenstrahl durch den Schleier und strahlte auf meine liebe Meryam. Sie leuchtete dann wie eine Kerze. Ihr weißes Kleid ließ silberfarbene Wellen aus ihrem Körper schlagen. Von ihr ging ein Strahlen, ein außergewöhnlicher Glanz aus. Ihr Anblick erinnerte an eine dramatische Schlussszene einer Geschichte oder eines Films, in der die Geliebte Abschied nimmt. Das zerbrach mir das Herz. Ich hatte das Gefühl, ich stünde vor einer Prüfung, in der ich eine Seele zu bewerten, zu begutachten habe, die von mir aber weder besessen noch gezähmt werden kann, als wäre es mein ewiges Schicksal, nichts anderes tun zu dürfen, als sie bloß zu beobachten. Weh mir, mein Bruder Jesus! Es sah ganz so aus, als wolle sie ihre Liebe zu dir zur Zufriedenheit des Himmels an einem Unglückseligen wie mir erproben. Um vielleicht doch ihr Herz zu erobern, sammelte ich Herbstastern. Sie dufteten so himmlisch und waren noch ganz feucht vom Tau. Ihr Duft berauschte mich. Jene Blumen, die keine Menschenhand gepflückt hatte, außer mir unglücklich Verliebten, der nur seine Angebetete glücklich machen wollte, in der Hoffnung, dass wir wie Adam und Eva ungehorsam sein würden. Doch es war vergebens: Sie lebte schon mehr in ihrer Fantasie, in den Gärten und Wäldern des Paradieses, um Blumen zu pflücken an deiner Seite. Mir war es unmöglich, ihr die Blumen, die ich in der Hand hielt, ins Haar zu geben, denn es war bedeckt. Ich wollte ihr meine Gefühle mitteilen, meine gequetschte Liebesstimme lag ihr zu Füßen. Aber, einer Statue gleich, stand sie regungslos da, beklommen und beschämt. Ich wollte ihrer Seele wieder Leben einhauchen und wusste mir nur damit zu helfen, den dichten Nebel zu durchbrechen. Schritt für Schritt ging ich auf sie zu, wie ein Jäger, der sich anpirscht, darum bemüht, die Beute nicht aufzuschrecken. Plötzlich drang der Klang ihrer vergänglichen Stimme an mein Ohr: ›Was hast du vor, du Frevler? Du bist wie ein Wolf, der einem Kaninchen auflauert.‹ Noch bevor sie mich als Wolf bezeichnet hatte, spürte ich, dass sie mich bereits durchschaut hatte. Doch ehe sie noch etwas sagen konnte, schlang ich meinen rechten Arm um ihre Hüfte, aber so, dass sich unsere Körper nicht berührten. Sie erstarrte. Ich nutzte die Gunst dieser Situation und hielt die Blumen mit der linken Hand wie eine schützende Trennwand zwischen uns. Mit der Absicht, ihr Haar romantisch mit den wilden Blumen zu schmücken, versuchte ich halbzittrig, ihr die Haube vom Kopf zu nehmen, was mir aber die Nadeln erschwerten. Der Duft, der aus ihrer Halsbeuge und den Blumen stieg, machte mich trunken. Sie erblich und ihre Lippen begannen zu beben. Sanft schmiegte ich mich an sie, drückte die Blumen an ihre zarten Brüste, bis die Blütenblätter auf den Boden regneten. Ich zog eine dunkellila Aster aus dem Strauß, um sie ihr hinters Ohr zu stecken, das ganz errötet war. Ich näherte meine Lippen ihrem Hals. Als sie meinen warmen Atem in der kühlen Luft zwischen den Bäumen spürte, erschrak sie wie ein Reh und entwand sich meinem Arm. Ich zog sie wieder an mich, um mir einen flüchtigen Kuss von ihren Lippen zu stehlen. Sie war so erschrocken, dass ich das Gefühl hatte, ihr Herz würde in meinem Brustkorb pochen. Sie riss sich los, die Blumen verloren all ihre Blätter. Der Knopf, der ihr Gewand an der Schulter hielt, und ihr Gürtel lösten sich. Eine feurige Lust stieg in mir auf. Das Kleid rutschte ihr von der Schulter. Sie konnte nur noch schwer Luft holen, als wäre sie am Ersticken. Ihre Iris flatterte und es war fast nur noch das Weiß der Augen zu sehen. In diesem Moment fragte ich mich, warum wir nicht auch, wie die Bäume, entblößt dastehen können und warum nicht alle Lebewesen, sondern nur die Menschen von dieser Endzeit bedroht werden. Warum die Fische, die Vögel und die Bäume keinen Liebeskummer haben. Warum sie nicht wegen der Liebe verrückt werden. Was für ein Jammer, als die abgestorbenen Blätter an uns vorbeischwebten und zu Boden fielen. Wortlos, wie gerade aus dem Schlaf hochgeschreckt, setzten wir vorsichtig unsere Füße auf sie. Als hätte der Wald eine Seele und unsere Worte könnten ihm Unbehagen bereiten, trauten wir uns nicht, zu sprechen. Ich war mir sicher, dass alle anderen Gärten und Parks dieser Welt auf prachtvollste Weise für die Liebenden angelegt worden waren, nur nicht dieser Park in meinem Land. Dieser roch nach Tod. Es war absolut still. Das Rascheln der Blätter war befremdlich und beängstigend in dieser klammen Geräuschlosigkeit. Ich hatte diesen Park noch nie so verlassen und menschenleer erlebt. In dieser großen Stille konnte ich sogar hören, wie die Wurzeln der Bäume Wasser aus der Erde zogen. Und es war so trocken, dass ich einen Würgereiz bekam. Liebevoll hielt ich ihre Hand einen Augenblick lang fest, aber geschwind entriss sie sie mir wieder, als befürchtete sie, dich, Jesus, damit zu betrügen. Ich wünschte mir sehr, sie unter einem Baum zu küssen, aber oh, mein Bruder, mein Widersacher, es war alles vergebens. Sogar die Vögel meines Landes beschämten und beschimpften mich mit vorwurfsvollem Gezwitscher von den Bäumen, das sie geradezu auf mich herabwarfen. Es gab lediglich zwei schwarze Katzen, die für ein paar Minuten etwas Unruhe in den Park brachten. Das Weibchen versteckte sich und gab sich dem Kater nicht hin. Er jagte sie durch den Park, durch das Dickicht und zwischen unseren Beinen hindurch, sodass die Röcke von Meryam hochflogen. Sie bekreuzigte sich und schloss die Augen, als wolle sie nicht sehen, wie die Katzen sich unter einem Baum paaren würden, oder um nicht wahrzunehmen, wie sehr ich die Katzen beneidete. Denn Gott hatte die Katzen von der Scham verschont und sie erfüllten den ganzen Park mit ihrem lustvollen Miauen. Sie murmelte ein Gebet in einer Sprache, die ich nicht verstand, lief vor mir weg mit weiten Schritten, bis sie an einen großen Baum stieß. Sie hielt sich die Ohren zu, um weder das Zwitschern der Vögel noch das Rauschen der Blätter noch das Miauen der Katzen zu hören. Ich bemerkte, dass sie nicht mehr aufrecht stehen konnte und dachte, sie würde gleich in Ohnmacht fallen. Meine Befürchtung bewahrheitete sich, ihr schwindelte und sie verlor das Bewusstsein. Ich weiß nicht, welcher meiner Versuche, sie wieder zu sich zu bringen, der richtige war. Denn ich musste sie schnell ins Kloster zurückbringen, sodass sie dich um Vergebung bitten konnte, weil sie meine Hand berührt und dich somit betrogen hatte. Bis wir das Kloster erreicht hatten, war sie völlig benommen und ich bemerkte, dass sie gegen etwas Unterdrücktes in ihrem Inneren ankämpfte, das sie schmerzte. Sie wirkte noch erschöpfter, konnte sich nicht mehr auf den Beinen halten. Ich musste sie unter den Armen stützen und wie eine Puppe fiel sie vornüber. Ihr ganzer Körper zitterte in meinen Armen, als hätte sie tagelang in Schnee und Regen gestanden. Ich drückte sie, um sie vor dem zu beschützen, was ihr ganzes Wesen erobert hatte und vor dem sie sich offensichtlich fürchtete. Die Stille der Bäume ließ mich begreifen, wie weit wir voneinander entfernt waren. Sie teilte uns mit, dass sie dem unerschütterlichen, hohen Himmel angehöre und ich einer verwüsteten Erde. Nun begriff ich, dass dieses traurige Mädchen nichts mit dem Boden verband, auf dem ich zu überleben versuchte. Ihre Seele war bereits zu dir geflogen. Bloß ihr Körper, den sie zu töten versuchte, war noch im Hier und Jetzt. Sie ekelte sich vor sich selbst, weil ich sie liebte. Das war mir bewusst.«

IV

Meine bittere Geschichte liess Jesus ein weiteres Mal für eine ganze Weile unruhig im Zimmer auf und ab gehen. Dabei stieß er mehrmals unabsichtlich an mir, am Tisch und an den Stühlen an. Dann sprang er plötzlich aus dem Fenster! Er entfloh wie ein jahrelang in einer Zelle eingesperrtes Tier, entfernte sich immer weiter von meinem Fenster. Im Weglaufen drehte er sich zu mir um und rief, wenn ich ihn schon nicht begleiten wolle, solle ich ihm doch wenigstens keine Steine in den Weg legen. Auf der Straße waren einige Leute in Grüppchen unterwegs. Sie eilten in die Stadt, zum Zentrum der Feierlichkeiten und des Tumults. Jesus wandte sich an sie mit der Bitte, mich von ihm fernzuhalten. Mit seiner himmlischen Stimme sprach er jeden Vorbeigehenden an. Blitzartig bildete sich ein Kreis aus Schaulustigen um ihn herum. Alle schien es zu amüsieren, dass sich ein so seltsam gekleideter und so merkwürdig sprechender Mann auf solche Weise zur Schau stellte. Lauthals verkündete er ihnen die frohe Botschaft. Ich war ihm hinterhergelaufen. Als er mich lächelnd im Kreis stehend erblickte, verließ er rasch sein Publikum, ging ein paar hundert Meter weiter, wo sich gleich wieder ein Schwarm junger Frauen und Männer um ihn herum bildete. Mit derselben Eindringlichkeit wie zuvor setzte er seine Botschaft fort:

»Es ist vollbracht! Wer von euch gläubig ist, der komme und folge mir nach! Von nun an werdet ihr weder an Hunger noch an Durst leiden. Ihr werdet weder der Hitze der Sonne noch der Kälte des Winters ausgesetzt sein. Wenn ihr sterbt, werdet ihr in mir wieder auferstehen. Ihr könnt eure Mäntel ablegen und ich versichere euch, ihr werdet keine Kälte verspüren. Ich weiß, dass heute Nacht niemand von euch ein Auge zumachen wird. Diese Nacht wird die erste und die letzte sein, in der ich auf die Erde herabsteige. Sie ist eine schneebedeckte Hölle, als versuche der viele hohe Schnee, den Sündenpfuhl unter unseren Füßen zu verbergen. Ihr könnt euch glücklich schätzen: Ihr seid die ersten, denen in dieser heutigen Nacht das Wunder meiner Botschaft zuteilwird. Es ist besser, wenn ihr nicht schlaft, und ihr müsst nicht fragen, warum ihr es nicht tut, auch wenn ihr dafür keinen Anlass seht. Die Toten leiden wahrlich nicht an zu wenig Schlaf. Jene, die sorglos vor sichhinträumen, haben keine Ahnung, was für Katastrophen sich zwischen Himmel und Erde abspielen. Sie sind sehr zu bedauern, sie haben kein Bewusstsein, weder für das Heute noch für die Zukunft. Ich habe Mitgefühl mit ihnen und bete für sie, dass der Himmel ihre Seele und ihr Herz erhellen möge. Ich habe das Geheimnis der Auferstehung in die Welt gebracht, in der Hoffnung, ihr möget euch rüsten, ins Himmelreich zu gelangen. Für die Suche nach dem Licht, das vom Himmel strahlt. Es durchdringt die Finsternis und die schwarzen Wolken und gelangt in eure Seelen, Augen und Herzen. Dieses Licht wird an eure Türen klopfen. Wenn ihr schlaft und nicht die Türen öffnet, werdet ihr zurückbleiben. Wisset, dass es eure eigene Schuld sein wird. Wenn ihr in dieser Zeit mit Herz und Seele meine Geburt feiern wollt, dann versinkt dabei nicht im Rausch, sondern hört auf meine Botschaft, denn ich bin zurückgekehrt, um sie zu vollbringen. Füllt eure Köpfe und Herzen nicht mit berauschenden Getränken, denn der Wein Gottes wartet auf euch. Ihr nehmt mich zum Anlass für diese Feiertage, also ist es nur angebracht, mir bis zum letzten Wort Gehör zu schenken. Ich bin froh, dass ihr den

Glauben an mich nicht verloren habt und mich erwartet. Nun bitte ich euch, durchdringt eure Seelen mit meiner letzten himmlischen Botschaft, denn heute Nacht kommt das Ende. Nicht das Ende der Feiern in diesen Tagen, an denen ihr euch alle berauscht, sondern das Ende dieser Welt. Sie wird durch den himmlischen Thron ersetzt. Jene, die meine Gefährten bleiben, werden mit eigenen Augen alle nur möglichen Wunder miterleben. Aber jene, die schlafen und denen es nicht gelungen ist, sich zu rüsten, werden zurückbleiben. Es macht mich glücklich, wenn ihr eure Lieben fest in die Arme nehmt, damit sie nicht davonfliegen. Der Anblick einer solchen Liebe berauscht mich. Sehet, sehet, im tiefsten Winter blühen die Bäume. Sehet es als ein Zeichen: Das Himmelreich ist nahegekommen. Die Erde vergeht, aber meine Worte werden bleiben. Folget mir, es ist spät und das Schiff hat die Segel bereits gehisst. Steiget ein!«

Jesus schritt, seine poetischen Worte verkündend, voran und die Schar, die ihm folgte, wuchs stetig. Immer wieder brach jemand in Gelächter aus. Andere aber nahmen sich in den Arm und küssten sich. Die Leute dachten wohl, dieser verrückte, betrunkene, seltsame Mann wolle sie vom lauten, verheißungsvollen Trubel dieses Silvesterabends fernhalten und sie stattdessen bekehren. Andere müssen den Eindruck gehabt haben, er wäre ein Straßenkünstler, eine Art Gaukler, wie es sie an solchen Abenden zuhauf gibt. Aber er übertrieb es schließlich mit seiner beharrlichen Rede. Einige entfernten sich und mieden ihn, andere wiederum wollten ihn unterbrechen. Wieder andere sahen sich an und kicherten.

Ich hatte große Mühe, ihn nicht aus den Augen zu verlieren, drängte mich durch die Menschenmenge, um ihn im

Blick zu behalten. Wenn er mich in der Menge sah, erhob er die Stimme noch mehr, als habe er mit mir eine Wette über den Ausgang der heutigen Nacht abgeschlossen und wolle mir nun beweisen, dass er sie gewinnen könne. Ich blieb in seiner Nähe und begleitete ihn, Schritt für Schritt, als wäre ich sein Schatten, denn ich hatte nicht mehr das Gefühl, er wolle sich vor mir verstecken. Die Menschenmenge wurde noch größer und es kam ab und an zu Auseinandersetzungen – da suchte er meinen Blick. Ich merkte, dass die Kälte und die vielen Leute ihm zusetzten und dass er Zuflucht an einem sicheren Ort suchen wollte. Mit einem Handzeichen gab ich ihm zu verstehen, dass wir uns in die richtige Richtung bewegten, denn ein Stück weiter befanden sich eine Reihe von Restaurants, Bars und Tanzlokalen. Ich wies ihn an, zu einem der bekanntesten Clubs zu gehen. Er hatte drei Stockwerke und wurde von Leuten unterschiedlichsten Alters besucht. Ich hielt diesen Ort für passend. Im ersten Stock befanden sich die über Vierzigjährigen, im zweiten die etwas Jüngeren und im dritten die Jugendlichen.

Vor dem Club reihten wir uns unter all den anderen ein, die darauf hofften, eingelassen zu werden. Ich überlegte mir, unseres seltsamen Aufzugs wegen, in den ersten Stock zu gehen, da die älteren Leute uns vielleicht nicht sofort verhöhnen würden. Nach langem Drängeln und Stoßen gelangten wir in einen Tanztempel, der sich *Die wilden Pferde* nannte. Drinnen, auf einer festlich geschmückten Tanzfläche, umgeben von göttlichen Rosen, die an bunten Bändern von der Decke hingen, ließen Männer und Frauen beim Klang von sanfter Musik ihre Hüften schwingen, während sie Alkohol in sich hineinkippten und miteinander liebäugelten. Es war jene Art von Tanz, bei dem zuckersüße Frauen ihre feurigen, lustvollen Blicke in alle Richtungen schießen. Von diesen blieben auch Jesus und ich nicht verschont. Plötzlich war wildes Gekreische zu vernehmen. Einige Frauen stürzten sich auf mehrere Männer, die nahe der Band tanzten. Die Männer ließen sich gerne darauf ein. Der Rhythmus der Band passte sich dem Stimmungswechsel an. Im Getümmel stehend dachte ich, dass ein Gläschen Sekt Jesus und mir nicht schaden würde. Jesus las meine Gedanken, verlor darüber aber kein Wort. Mit kummervollem Blick, in dem aber noch immer eine Art heilige Euphorie, seine Botschaft zu verbreiten, lag, senkte er das Haupt. Er ließ seinen sanften Blick über die aufgebrezelten Männer und Frauen gleiten, ohne dass ich darin etwas Besonderes herauslesen konnte. Ich wollte ihn mit dem Sekt betrunken machen, damit er still dasäße und Ruhe gäbe. Das war mein Plan. Allerdings fürchtete ich, womöglich genau das Gegenteil zu erreichen und seinen missionarischen Enthusiasmus anzustacheln, sodass er sein feuriges Predigen wieder aufnehmen würde. Ich ging zur Bar. Auf dem Weg dorthin blickte ich immer wieder zurück, um mich zu vergewissern, dass Jesus sich unauffällig benahm. Während ich zwei Gläser vom Barkeeper entgegennahm, erklang auf einmal Jesus' Stimme, der nun auf einem Podest neben der Musik stand. Ich war von Scheinwerfern geblendet und fand nur mühsam meinen Weg zu ihm. Er schien viel weiter entfernt, als er in Wirklichkeit war. Ich wollte meinen Gefährten dazu bringen, das Ganze sein zu lassen und wieder von dem Podest herunterzukommen, aber es war zu spät, denn viele warteten bereits neugierig darauf, was dieser Mann zu bieten hatte: ob er in diesem seltsamen Gewand singen oder wie ein Schauspieler oder als

Zauberkünstler auftreten würde. Eine dichte Menschenwand stand zwischen Jesus und mir. Ich gab nicht auf. Ich schob und drängelte mich durch und versuchte, mir den Weg zu ihm zu bahnen. Er zog die Aufmerksamkeit der Menge auf sich mit seinem leuchtenden Gesicht, der Aura um sein Haupt und seiner imposanten Gestalt, einem orientalischen König gleich. Seine selbstbewusste Haltung und seine tiefe Überzeugung ließen die Menschen gebannt zu ihm hochblicken. Eine eigentümliche, wellenartige Kraft, die seinem Inneren entsprang, ging von ihm aus. Sie beeindruckte die Menschen. Die Band spielte leiser, die Tänzer standen still. Alle Augen waren auf ihn gerichtet. Die Musiker gingen dazu über, eine andere Melodie zu spielen. Sie hörte sich an wie eine einen Imperator ankündigende Fanfare. Ich erstarrte, wie alle anderen auch, und um mich wieder wie ein Mensch zu fühlen, trank ich beide Gläser Sekt auf einmal. Selbst wenn ich zu ihm hätte gelangen können, wäre es schwierig gewesen, ihm das Wort zu verbieten. Noch einmal versuchte ich, mich zu ihm durchzudrängen. Ich wollte meinen Gefährten beschützen können, sollte irgendetwas passieren.

»Oh, meine geliebten Menschen, ich überbringe euch himmlische Grüße als Geschenk. Ich bin mir sicher, dass viele von euch meine Rückkehr noch nicht erwartet haben. Ich konnte nicht warten, bis die zweitausend Jahre vorüber waren. Die Welt ist so hässlich geworden, dass es keine Seele ertragen kann. Ich bin glücklich, dass ihr feiert, denn Feiern ist das Zeichen des Friedens. Ich hoffe, dass ihr das Elend in euren Ländern und auf der Welt nicht vergesst, dass ihr derer gedenkt, die kein so großes Glück hatten und die jetzt nicht trinken und feiern können. Ich wünschte, niemand würde von mir ein Wunder erwarten, denn es gab Zeiten, in denen man ohne Wunder nicht zum Propheten werden konnte. Nun, die herrschenden Katastrophen, Kriege und Krankheiten sollen die größten Zeichen sein, die besagen, dass die Erde dabei ist, zugrunde zu gehen. So beängstigend, dass ihr, statt zu feiern, trauern solltet. Ich bin nicht gekommen, um Blinde zu heilen, Taubstumme wieder sprechend zu machen oder in der Wüste eine Quelle aus dem Boden sprudeln zu lassen. Nein, ich bin gekommen, um Herzen vom Rost zu befreien und die Seelen reinzuwaschen. Denn wenn wir nicht gehorchen, wird Gott mit Strafen und todbringenden Katastrophen ins Feld ziehen. Ich bin wie ein fürsorglicher Botschafter, der für euch alle sein Blut vergossen hat und der Gott nun um nur eine letzte Gelegenheit gebeten hat, euch zu erlösen. Das Erblinden der Augen ist nichts gegen das Erblinden des Herzens und der Seele. Ich könnte die Lahmen dazu bringen zu tanzen, wie ihr es gerade tut, aber es geht um weit mehr, als Krankheiten zu heilen. Meine größte Sorge ist, dass wir den Zugang zum himmlischen Reich verlieren. Ich sehe, dass die Quellen der Seelen und Herzen versiegt sind und dass die Leiber den Wüsten ähneln. Euretwegen entschied ich mich für das Kreuz, damit das Kreuz zu einer Leiter werde, über die ihr dann in das Königreich aufsteigen könnt. Meine Wunden waren die Buße für eure Sünden. Erwartet nicht, dass ich euch durch faulen Zauber in angenehmen Schlummer versetze. Ich bin gekommen, um Furcht und Angst in eure Herzen zu pflanzen. Ich bin gekommen, um eure Seelen zu bewegen, nicht eure Körper, euch wachzurütteln, damit ihr mit offenen Augen das Unheil seht. Kehret um zu Gott. Ich will, dass ihr euch dem Allmächtigen zuwendet und Reue für eure Sünden zeigt. Sagt nicht, ihr wäret die Nachfahren Abrahams und Gott würde neue Nachfolger Abrahams aus Erde erschaffen, nein, erwartet so etwas nicht! Die Äxte warten bereits unter den Bäumen, denn jene Bäume, die keine Früchte tragen, haben es verdient, gefällt zu werden. Wer zwei Hemden besitzt, solle eines jenem schenken, der keines besitzt. Wer genügend zu essen hat, soll auf jene achten, deren Teller leer sind. Ich bin gekommen, um euch mit Feuer und dem Heiligen Geist zu läutern. Ich sage euch, wer mir folgen will, soll auf alles Weltliche verzichten, auch auf die liebsten Verwandten und Freunde. Bringet Opfer, gebet alles auf, was ihr für wertvoll haltet, wenn nicht, dann hat es keinen Wert, mich zu begleiten.«

Seine Predigt wurde plötzlich von Buh-Rufen und aufgebrachten, fuchtelnden Gesten einiger junger Frauen und Männer unterbrochen. Die wutgeladenen Männer ruderten voran, durch die Menge hindurch, um den vermeintlichen Idioten beim Kragen packen zu können, der ihnen da mit seinem schwachsinnigen Gerede ihre Party verdirbt. Der Kreis der Streitwilligen und Tobsüchtigen wurde immer größer. Ich wusste, dass diese Menschen nicht zögern würden, gegen ihn handgreiflich zu werden. Für eine Weile wirkte Jesus gebrochen und klein. Er ließ die Schultern hängen und sein Gesichtsausdruck war von einem großen Schmerz überschattet. Ich drängte mich weiter durch die erdrückende Masse, um zu ihm zu gelangen. Plötzlich, als wolle er sich nicht einschüchtern lassen, richtete er sich auf und setzte mutig seine Rede fort:

»Ich kam als Flüchtling auf die Welt. Um nicht getötet zu werden, musste meine Mutter aus ihrer Heimat fliehen. Auch heute Nacht landete ich bei meiner Rückkehr an einem Ort, wo sich Flüchtlinge aus der ganzen Welt aufhalten. Ich war zu Gast bei einem Mann, dessen Heimat gekreuzigt wurde, so wie ich. Er wurde aus seiner Heimat vertrieben, weil er die Wahrheit gesprochen hatte. Auch ich wurde gejagt, als ich noch nicht einmal sprechen konnte. Dann vergoss ich mein Blut für eure Sünden und damit ihr geläutert werdet. Meine Rückkehr ist nicht grundlos. Die Menschheit hat Sünden, hoch wie Berge, angehäuft, deren Gipfel den Sockel des Throns meines Vaters bereits erreicht haben. Ihr habt mit euren Sünden sogar das reine irdische Wasser und die fruchtbare Erde verseucht. Nun bin ich zurückgekehrt, um die Menschheit vor ihrem eigenen Gefängnis, vor der Zerstörung zu retten. Ich bin bereit, ein weiteres Mal gekreuzigt zu werden. Es ist mir gleich, ob ich für euch noch einmal ein Kreuz auf meinen Schultern tragen, den Berg hinaufgehen und ungeheuerlichsten Schmerz erleiden muss, denn ich liebe meine Mitmenschen bedingungslos. Die Liebe zu euch hat mich getötet und die Liebe zu euch hat mich zurückgebracht. Nun stehe ich vor euch, aber ihr verhöhnt meine Worte. Dennoch werde ich nicht aufgeben, auch damals wurde ich für meine Botschaften gedemütigt, aber nun …«

Auf jähe, unerwartete Weise blieben die Worte in seiner Kehle stecken. Er verstummte und beobachtete eine Art Flutwelle schwarzhaariger Männer, die, einem Wunder gleich, das Tanzlokal stürmten, den Kreis durchbrachen, sich kampfbereit vor die blonden Männer mit dem harten Gesichtsausdruck stellten, um mich und Jesus zu beschützen. Ich war starr vor Erstaunen, wie schnell sich ein Kreis um mich und Jesus gebildet hatte. Männer, die jenen gewaltbereiten Tunichtguten aus meiner Heimat ähnelten, hatten sich um uns herum aufgestellt. Sie waren ausgerüstet mit Messern, Peitschen und Stöcken. Es dauerte nicht lange, bis sie anfingen, um sich zu schlagen und die hellhäutigen Männer zurückzudrängen. Während diese Männer Schläge kassierten, erreichten das Kreischen und die Rufe der Frauen, die sich um ihre Freunde oder ihre Lieben sorgten, ihren Höhepunkt. Ich war in Panik und nur darauf bedacht, Jesus nicht aus den Augen zu verlieren. Er verschwand trotzdem im Gewühl. Ich selbst blieb auch nicht vor den willkürlich fliegenden Fäusten verschont, mehrmals flog ich, wie eine Puppe, in eine andere Richtung, fiel zu Boden und wurde von einem schwarzhaarigen Schutzengel wieder hochgezogen. Meine Kleider waren zerrissen und mir fehlte ein Schuh. Plötzlich drang Jesus' Stimme, der hartnäckig mitten im Handgemenge wieder zu predigen begann, an mein Ohr: »Mir gefällt eure Feier, die ihr nicht zuletzt meinetwegen veranstaltet, ganz und gar nicht. Während ihr euch austobt und betrinkt, sterben tausende eurer Mitmenschen in diesem Augenblick vor Hunger oder werden in sinnlosen Kriegen getötet. Die Reste eurer Speisen und Getränke würden hungernde Kinder, Frauen, alte Menschen und ganze Dörfer satt machen, die heute nichts zu essen haben. Für mich braucht ihr nicht zu tanzen und eure Hüften schwingen. Mich macht das nicht froh. Es würde mich freuen, euch glücklich zu erleben, aber nicht auf Kosten eurer Artgenossen. Bedenkt doch, dass es Millionen Menschen gibt, die ihr Leben ohne eine Heimat und ohne ein Dach überm Kopf ertragen müssen …«

Dieses Mal wurde Jesus von herunterfliegenden Gegenständen unterbrochen, die von den oberen Etagen aus auf ihn geworfen wurden: Zigarettenschachteln, Rosenkränze aus Plastik, Feuerzeuge, Obst, Gläser, verschwitzte Kleidungsstücke. Es kamen auch immer mehr Leute vom zweiten und dritten Stock herunter. Von einem Augenblick auf den anderen standen zwei kräftige Türsteher vor uns. Sie packten Jesus und mich wie zwei dreckige Ratten am Kragen, versuchten, uns aus dem Tumult zu ziehen und uns rauszuschmeißen. Würden uns die zwei Männer nicht in die Luft heben, schlügen uns die Rassisten mit Tritten und Fäusten tot, dachte ich. Man sah diesen Männern mit ihren blutunterlaufenen Augen an, dass sie Jesus und mich am liebsten kopfüber auf der Tanzfläche aufgehängt hätten. Aber Jesus ließ sich nicht abhalten und begann wieder zu sprechen:

»Oh, meine geliebten Schwestern und Brüder: Es ist der edelste Charakterzug des Menschen, die Wahrheit zu sagen. Ich habe dafür bereits gebüßt. Ich werde die Fahne der Gerechtigkeit hissen, bis zum letzten Blutstropfen. Die Gerechtigkeit und die Wahrhaftigkeit, sie stehen über uns allen. Ich wurde verraten, aber ich habe niemals jemanden verraten. Hinterlist und Lüge haben nie Einzug in meiner Seele gehalten. Niemals habe ich bloß zu meinen Gunsten von anderen Menschen profitiert. Um der Wahrheit willen musste ich sogar die Herzen meiner Lieben brechen. Niemals wollte ich jemanden einschüchtern, niemals ließ ich jemanden hungern. Ich wollte niemals der Grund für das Leid eines anderen sein. Ich habe nichts getan, wofür ich mich dem Himmel gegenüber schämen müsste, habe niemandem Schmerz bereitet, niemanden zum Weinen gebracht, niemanden getötet und auch niemanden zum Mord angestiftet. Ich habe keine wilden Tiere erlegt, keine Vögel gejagt, keinen Baum gefällt. Ich könnte mich nicht einmal entsinnen, eine Kerze gelöscht zu haben. Es ist sehr bedauerlich, dass manche, die mir folgten, entweder getötet oder lange gefoltert worden sind. Ich weiß aber auch, dass einige in meinem Namen und im Namen meiner Botschaft die Welt mit Feuer, Rauch, Blut und Tränen überzogen haben. Sie haben viel Übles angerichtet, nicht nur Gutes vollbracht, aber …«

Er konnte seine Ansprache nicht mehr zu Ende bringen, da sich die Pranken eines geradezu herkulischen Türstehers um seine Kehle legten. Je mehr Jesus versuchte weiterzusprechen, umso fester wurde sein Würgegriff. Der zweite Herkules hatte mich wie einen ausgemergelten, kleinen Affen im Griff und zog mich mit Leichtigkeit hinter sich her. Währenddessen hatten unsere mutigen Beschützer in einem blutigen Kampf die Rivalen zurückgedrängt. Manche der Frauen versuchten ihre Partner zurückzuhalten, damit sie sich keine weiteren Verletzungen zuziehen würden. Das gelang aber nur zum Teil. Die Menge war in Aufruhr. Alle versuchten, sich einen Weg durchs Gedränge zum Ausgang zu bahnen, um dem Tumult zu entgehen. Mit großer Mühe gelang es den zwei Kraftprotzen, Jesus und mich durchs Gedränge Richtung Ausgang zu schieben. Ich hatte das Gefühl, meine Beine wären von der Hüfte an abgerissen und auf der Tanzfläche liegengeblieben. Wie durch ein Wunder war Jesus wieder in Sichtweite, während wir beide noch im gewaltsamen Griff der beiden Muskelmänner hingen. Jesus war in Schweiß gebadet und völlig entkräftet, es hatte ihm die Sprache verschlagen. Nach Luft schnappend schien er etwas sagen zu wollen, aber er bekam kein Wort heraus. Etwas zu sagen, hätte aber auch nichts mehr gebracht. Die beiden Türsteher in unserem Nacken beschimpften uns fauchend: »Ihr schwarzhaarigen Teufel! Verdammte Hurensöhne!« Blitzartig strampelte Jesus sich mit ungeahnten Kräften frei, sprang wie ein wütender Hahn auf einen Tisch und setzte seine leidenschaftliche Predigt fort:

»Heute Nacht beginnt unsere Reise, seid auf der Hut! Ich sehe den Vater hinter den Wolken, wie er sich gezwungen sieht, mit Wut und Zorn zu uns herniederzukommen. Es ist vollbracht. Lasset uns auf alles verzichten und uns auf den Empfang des Königs aller Könige vorbereiten. Wer von euch seine Hände vom Blut reingewaschen hat, sein Herz von Habgier, seine Augen von bösen Blicken, seinen Bauch von Gefräßigkeit und sein Geschlecht von Wollust befreit hat, folge mir nach. Ich bin gekommen, um euer Hirte zu sein. Ich bin das Licht des Lebens. Wer mir folgt, wird niemals vom rechten Weg abkommen. Ich werde euch alle zu dem Quell des Lebens und den Flüssen des Paradieses führen. Der Allmächtige selbst wird die Tränen der Traurigen wegwischen. Halleluja, Gott sei gepriesen, halleluja, hallelujaaaaaaaaa …«

* * *

Die Frauen und Mädchen sahen erstaunt zu Jesus hinauf, als er beim Predigen seine Arme wie die Flügel eines Adlers schwang und dadurch einen Luftwirbel erzeugte. Es gab aber auch entnervte Männer, die, von allen Seiten kommend, ein Konzert aus Pfiffen, Rülpsern, Gejohle und Buh-Rufen veranstalteten. Eine Gruppe sah es offenbar als ihre Aufgabe an, einen Pfiff nach dem anderen abzugeben, während die andere Gruppe lauthals rülpste. Das ergab zusammengenommen zugleich einen absurden Kanon und eine verstörende Kakophonie. Die groteske Situation brachte viele Mädchen zum

Lachen. Jesus' Stimme war damit nur noch als ein bedeutungsloses Geplätscher im Hintergrund zu vernehmen. Verwirrt versuchte er, mit seiner Körpersprache, seinen rudernden Armen und mit trockener Kehle, allen im Raum mitzuteilen, dass seine Predigt noch nicht zu Ende sei und wir ihm weiter Gehör schenken sollten. Eines der tanzenden Mädchen näherte sich ihm mit schwingenden Hüften und streckte ihm ein Glas Weißwein entgegen, damit er seine Kehle befeuchten könne. Jesus war unschlüssig, ob er das Getränk von dem Mädchen mit den bezaubernden Augen annehmen oder mit kratziger Stimme fortsetzen sollte. Mit seiner krächzenden Stimme, die einem Propheten nicht würdig war, konnte er unmöglich den Lärm und das ohrenbetäubende Geschrei übertönen und die jungen Männer und Frauen erreichen, die unter den bunten Scheinwerfern tanzten. Nein, es gelang ihm nicht, mit seinen Worten zu den Leuten auf der Tanzfläche durchzudringen, auf der manche sich auf durchaus eigentümliche Weise wanden und sich seltsam bewegten, als wären sie in die Erde schlüpfende Würmer. Wie Derwische warfen sie ihre Gliedmaßen und den Kopf in alle Richtungen. Und wenn die Musik aufhörte zu spielen, erstarrten sie plötzlich alle zu Salzsäulen. Dann hob das Schlagzeug wieder an, wilde Rhythmen zu spielen, zu denen sie wie Narren umhersprangen und ihren ganzen Körper durchschüttelten. Irgendetwas an dieser Atmosphäre machte auch mich ganz benommen. Die bunten Discokugeln, die im schnellen Rhythmus der Musik blinkten, blendeten nicht nur meine Augen, sondern auch meine Seele. Es war hoffnungslos. Die erbärmliche Stimme des Propheten, die einem kaum merkbaren Gesäusel glich, konnte diesen Lärm nicht übertönen. Es würde genauso wenig erhört werden wie sein Schrei am Kreuz: »Mein Gott, mein Gott, warum hast du mich verlassen?«

Die Leute auf der Tanzfläche drehten sich weiterhin wie wirbelnde Sufis. Sie warfen ihr Haar durch die Luft, als wären sie in Trance versunkene Derwische. Duftwolken umschwebten unsere Köpfe. Es waren viele verschiedene, nicht mehr auseinander zu haltende Gerüche, vermischt mit dem Schweiß der Tanzwütigen. Dieses Gemisch erinnerte kaum noch an die Essenz der Rosenblätter und der diversen Blüten, aus denen ihre Parfums bestanden. Diese im Raum wabernde Duftmischung hatte etwas Magisches. Sie schien die Gelüste der Anwesenden anzustacheln. Eine wilde, archaische Form von Erregung, die schon vor Urzeiten durch die Adern unserer Vorfahren floss. Die Band spielte eine dermaßen feurige Melodie, dass ich den Eindruck hatte, sie wolle die Leute auf einer verrückten Welle tanzen lassen. Sogar mich und Jesus riss sie mit. Aber der Ausdruck in Jesus' Augen wurde immer leerer und trauriger. Als wolle er vom Tisch herabsteigen, hielt er Ausschau nach unseren Beschützern, damit sie ihn vor den Händen der Türsteher bewahren würden. Von allen Seiten wurde er von der gutgelaunten Menge dazu ermuntert, herunterzuspringen. Die Leute standen so eng aneinander, Arme und Beine ineinander verschlungen, dass man nicht mehr ausmachen konnte, zu wem welches Körperteil gehörte. Immer wieder kreuzten sich Blicke und blieben aneinander hängen. Wünsche und Begierden fielen zu Boden, wo sie mit Füßen getreten wurden, Gelächter schwang sich empor, um nicht von der Masse zerquetscht zu werden. Es war nicht leicht, dem Drang, einen Kuss zu erhaschen, zu widerstehen. Manche Pärchen suchten verzweifelt nach einer stillen Ecke, wo sich ihre

Lippen ungestört treffen konnten. Je länger Jesus auf dem Tisch stand, desto verzweifelter versuchten unsere Freunde, uns dazu zu bewegen, uns unter die Leute zu mischen und dort geduckt zu verharren, bis das Jüngste Gericht sich von selbst ereignen würde. Ich befürchtete, Jesus würde irgendwann mit Gewalt heruntergeholt und im Gedränge von den Tanzenden erdrückt werden. Das Mädchen, das vor Jesus stand, blieb beharrlich. Sie versuchte weiterhin, ihm ihr schon halb verschüttetes Getränk zu trinken zu geben. Sie stand vor ihm wie eine Venus-Statue, ich wie ein Windhund, den sein Herrchen am Nacken gepackt hatte. Ich versuchte mich aus dem Gedränge zu lösen, um zu Jesus zu gelangen, damit ich ihn von einem weiteren verhängnisvollen Predigtversuch würde abhalten können. Ich wünschte mir so sehr, dass er endlich aufgeben würde, damit wir unsere Köpfe endlich aus dieser Höllenschlinge ziehen könnten. Ich bemerkte aber, dass er, sich seiner eigenen Stimme anvertrauend wie in alten Zeiten, nun erst so richtig in Fahrt gekommen war. Mir graute, dass noch weitere rassistische Schläger hereinstürmen und meinem Gefährten und mir mit Tritten und Ohrfeigen darlegen würden, wie die Hölle von innen aussieht. Denn es war, so könnte man sagen, eine Gepflogenheit dieser Zeitgenossen, sich in Bars und Tanzlokalen herumzutreiben und Streit zu suchen. Anfangs nehmen sie wie jeder andere einen Drink zu sich und bewegen sich wiegend zur Musik. Dann, wenn ihnen der Alkohol zu Kopf gestiegen ist, suchen sie sich ein Opfer heraus, meist ist es ein Dunkelhaariger, um ihn zu provozieren und sich an der Aggression zu berauschen. Daraus entsteht dann oft, als wäre es eine Notwendigkeit, ein Kampf, der meist darin endet, dass die Polizei mit Sirenengeheul und Blaulicht anrauscht und die Kampfhähne, schwer verletzt durch Schläge und Messerstiche, wieder auseinandertreibt. Solche Szenen vor Augen, rief ich Jesus verzweifelt zu, er solle um Himmels willen aufhören und den Mund halten. Jesus stand mit blutunterlaufenen Augen und schweißgetränkter Kleidung da und herrschte mich an:

»Ich muss also mit meinem Blut bezahlen? Und wenn schon! Ich gehe nicht so schnell weg von hier!« Er setzte seine Rede fort, aber ich konnte wegen der lauten Musik nur Fragmente aufschnappen:

»Der Allmächtige wird von den Himmeln herabkommen wie ein Wirbelsturm, wenn ihr nicht aufwacht! … Weh euch … Stürzt euch nicht ins Verderben … Wir werden in den Himmel aufsteigen … Gott weiß alles, er kennt eure Seele, euer Herz … der Vater wartet auf uns, im paradiesischen Garten … wie lange wollt ihr noch … die Finsternis wird uns zermahlen!«

Noch mehr Leute drängten auf die Tanzfläche und es spielten sich sonderbare Szenen ab: Die weiblichen und die männlichen Tänzer bildeten Kreise, lösten sich daraus und bildeten einen neuen Kreis. Mal fielen Jesus, mittlerweile wieder vom Tisch gestiegen, und ich in die Arme der gutgelaunten Tänzer und ein andermal in jene der zwei herkulesartigen Türsteher. Es ging alles sehr rasant vor sich. Immer wieder verlor ich Jesus aus den Augen. Die Tanzenden rissen uns mit, zogen uns in ihren Kreis, in die Glut ihres Tanzes. Ob wir es wollten oder nicht, drehten wir uns mit im allgemeinen Wogen. Bisweilen konnte ich flüchtig mehrere wunderbare Frauen vor mir sehen, die beinahe zu einer Einheit verschmolzen, und aus ihren Körpern, ihren Haaren und Dekolletés stieg mir ein betörender Duft entgegen. Aber immer wieder, bevor ich etwas deutlich wahrnehmen konnte, blendeten mich die Lichter oder jemand stieß mich unabsichtlich am Bein. Meine Empfindungen schwankten zwischen Verzückung und Bedrängtsein hin und her. Ich, der ich seit neun Monaten ohne auch nur eine einzige Berührung eines weiblichen Wesens meine Tage fristen musste, brach in diesem merkwürdigen Reich beinahe in ein Schluchzen aus, mit dem ich, hätte ich es zugelassen, wahrscheinlich nie mehr aufgehört hätte. All meine Ängste, meine Niedergeschlagenheit und meine unbefriedigte Lust hatten mich gleichzeitig überwältigt. Mir war, als würde ich schielen, denn ich sah die Menschen um mich herum doppelt. Jesus wirbelte plötzlich wieder auf mich zu. Ich bemerkte, dass die Männer wieder darauf aus waren, uns zu schlagen. Das fiel auch den glitzernden Frauen auf, weshalb sie einen schützenden Ring um uns bildeten. Das machte die Männer eifersüchtig und wühlte sie sichtlich auf, woraufhin sie versuchten, gewaltsam mit Schulterstößen den ›Schutzwall‹ der Frauen zu durchbrechen, um zu uns zu gelangen. Sie drängten die Frauen auseinander, Jesus und ich waren den Händen der wutentbrannten Männer ausgeliefert. Ich verstand nicht, was für eine Kraft das war, die Jesus und mich einmal näher aneinander und dann wieder auseinandertrieb, als würden wir in einem Boot von einer Flutwelle mitgerissen werden, ohne ein Ruder in der Hand zu haben. Jesus keuchte und sah so mitgenommen aus, als würde er ein Kreuz auf den Schultern tragen und sich einen Berg hinaufschleppen. Auch ich bekam kaum noch Luft und mein erstickendes Schluchzen würgte mich noch in der Kehle. Mit einem vorwurfsvollen Blick gab ich Jesus zu verstehen: Schau nur, in was für eine elende Lage wir geraten sind! Ich habe es dir doch gesagt! Die umherwirbelnden Leute schleuderten uns durch das Tanzlokal und uns blieb nichts anderes übrig, als uns dem Schicksal zu ergeben, das uns mit grimmigen Händen ergriffen hatte. Vier der Männer waren darauf versessen, zu uns vorzudringen. Sie arbeiteten sich vor, in meine Richtung. Als sie direkt vor mir standen, schlugen sie im Rhythmus der Musik auf meinen Kopf ein. Um mich zu schützen, zog ich meine Arme hoch. Während sie auf mich einschlugen, tänzelten die Männer um mich herum. Ich war so erschöpft, dass ich es nicht mehr schaffte, dieser eisernen Umzingelung des Zorns zu entfliehen. Wie zwei Schneepflüge rissen dann aber die Türsteher die Männer um und drangen zu uns vor. Diesmal war ich froh, dass sie wieder da waren. Das Einzige, was ich mir in diesem Moment wünschte, war, mit Jesus zum Ausgang zu gelangen. Aber er wollte nicht aufgeben und mit der gleichen Kraft wie vor zweitausend Jahren der Menge seine Botschaft verkünden. Noch einmal schrie ich ihm zu, er solle aufhören, aber er hatte noch genug Luft, um ein paar seiner Weisheiten der Menge mitzuteilen. Einige Männer traten uns auf die Füße, andere rammten uns hasserfüllt die Ellenbogen in die Seite. Mehrere Male schlugen sie mit dem Kopf gegen mein Kinn. Ich spürte die Wärme des Blutes, das mir anscheinend den Hals hinunterrann. Die zwei Hünen, deren Köpfe fast die Lichter an der Decke berührten und die fest davon überzeugt waren, dass Jesus und ich der Grund für den gesamten Eklat gewesen waren, versuchten mit großer Mühe, uns so schnell wie möglich hinauszuschaffen. Mit einem Mal kamen wir nicht mehr weiter, da sich vor uns wieder eine menschliche Barriere gebildet hatte. Mit flehenden Blicken versuchte ich die Männer dazu zu bewegen, uns rasch nach draußen zu tragen, bevor wir ersticken würden. Ihre Gesichter ließen jegliche Gefühlsregung, jeglichen Ausdruck vermissen und ich wusste nicht, ob sie Mitleid mit uns hatten oder, im Gegenteil, uns verachteten. Jemand trat mir, und das kam unerwartet, so fest in den Schritt, dass ich die Endzeit, von der Jesus die ganze Zeit gesprochen hatte, nun wirklich vor Augen hatte. Es fühlte sich an, als würde sich die Geburt der Welt auf schmerzhafteste Weise zwischen meinen Beinen vollziehen, als wäre dieser Schmerz eine Schlange, die meinen Leib durchwandert, auf der Suche nach einem geeigneten Ort, an dem die Endzeit stattfinden könne. Diese Endzeitschlange der Qualen stieg mir erst in den Kopf, machte dann kehrt und senkte sich hinab ins Herz. Nun brach ich wirklich in Tränen, in bitterstes Schluchzen aus. Ich verdammte und spuckte auf mein Schicksal, das mich zu diesen blutrünstigen Tänzern geführt hatte. Der Club erwies seinem Namen *Die wilden Pferde* alle Ehre. Als Jesus klar wurde, dass sie vorhatten, uns mit Gewalt hinauszuwerfen, begann er mit mächtiger Stimme zu predigen, aber dieses Mal in Zungen, die ich nicht verstand. Er wollte beweisen, wie furchtlos er war, dass er sich nicht einschüchtern ließ und auch unter Todesgefahr nicht aufgeben würde. Eine große Anzahl unserer anonymen Anhänger eilte herbei, um uns vor den ›Roten Handflächen‹ zu beschützen. Diese waren glattrasiert – schwarze Stiefel, Lederarmbänder, Nietengürtel und dicke Ketten, wohin man auch blickte. Doch unsere Freunde waren offenkundig sehr versiert in verschiedenen Kampfkünsten. Diese jungen Männer wollten unter Beweis stellen, dass sie furchtlose Kämpfer waren und bildeten eine Phalanx um Jesus und mich. Damit bewahrten sie uns wohl vor dem sicheren Tod.

Bevor sie uns in ihre Mitte genommen hatten, waren wir von den Rassisten bereits mit Tritten und Schlägen auf den Kopf halbtot geprügelt worden. Wir konnten uns allerdings doch glücklich schätzen, dass sie nicht mit Messern oder Schlagringen gegen uns vorgingen. In dem Durcheinander fehlte mir die Möglichkeit, wahrzunehmen, wo genau ich verletzt worden war. Alles, was ich spürte, war das warme, mir die Sicht nehmende Rinnsal auf Stirn und Augenbrauen. Ich wollte das Blut wegwischen, doch meine Hände gehorchten mir nicht mehr. Auch das Haupt und das Gesicht des Herabgestiegenen waren an vielen Stellen blau angelaufen, mit Platzwunden übersät. Es fehlte nur noch die Dornenkrone. Ich hatte sogleich das Bild jenes Tages vor Augen, an dem Jesus, das schwere Kreuz auf der Schulter tragend, den Berg hinaufschritt und es von allen Seiten Steine hagelte. Die beiden verfeindeten Schlägertrupps hatten Jesus und mich zu ihrem Spielball gemacht. Es schien, als ginge es ihnen nicht nur um Sieg oder Niederlage, sondern um Leben und Tod. Mehrmals hoben sie uns hoch, als wollten sie uns an ein Kreuz nageln, und warfen uns dann wieder auf den Boden. Mich hatten meine Kräfte fast ganz verlassen, Jesus hingegen schien in Sachen Gewalt mit allen Wassern gewaschen zu sein und eine solche Schlägerei ohne Weiteres wegstecken zu können. Mit aller Macht des Himmels blickte er mir tief in die Augen, um mir Kraft und Mut zu spenden. Es war, als wolle er sagen, dass es noch zu früh sei, um in die Knie zu gehen. Unsere Anhänger nahmen uns Huckepack. So glichen wir zwei vom Sturm gebeutelten Vogelscheuchen. Aber es dauerte nicht lange, schon wurden wir wieder zur Beute der Feinde. Ich hatte es offenbar gar nicht mitbekommen, aber sie hatten uns wohl an Beinen und Armen genommen und zu Boden gerissen. Ah, der Weg bis zum Ausgang schien nicht enden zu wollen. Die jungen Frauen warfen verhöhnend ihre Blumenkränze nach Jesus' Haupt. Kränze, die sie sich gekauft hatten, um sich für ihre Verehrer hübsch zu machen. Wie sehr wünschte ich mir, ein Christ zu sein, um auch mit diesen Mädchen tanzen zu dürfen. Obwohl ich ohnehin viel zu deprimiert gewesen war, um in einen Club zu gehen. Wäre Jesus nicht gewesen, wäre ich in meinem stillen Zimmer im Flüchtlingsheim geblieben, bei meinen geliebten Büchern. In dieses Jüngste Gericht auf Erden hätte ich mich jedenfalls nicht begeben. Die Leute aus den oberen Stockwerken des Clubs ließen nicht davon ab, uns mit alkoholischen Getränken zu übergießen, während die Mädchen mittlerweile schon einen Kranzwurfwettbewerb, mit uns als ihren lebenden Zielen, veranstalteten. Aber es war für sie gar nicht so einfach, unsere Köpfe zu treffen, da sie dauernd hin und her geschleudert wurden. Nur ein Kranz blieb gerade so auf meinem Kopf liegen. Dieser vermeintliche Erfolg wurde mit lauten Pfiffen und Gejohle gefeiert. Dann war Jesus an der Reihe. Auf seinem Haupt blieb ein Kranz länger liegen, weil er auf seinem langen, verschwitzten Haar nicht so leicht abrutschen konnte wie auf meiner Glatze. Mit Müh und Not erreichten wir endlich den Ausgang, das Hohngelächter, das Geschrei der Mädchen und den heißen Atem der Männer im Nacken. Letzterer sah aus wie der Atemhauch der Rentiere in einem kalten Wald und nicht wie von Menschen in einer Stadt des zwanzigsten Jahrhunderts. Es dauerte nicht lange, bis ein Dunst und die warme Luft des Tanzlokals wie Nebel aus unserer Kleidung in die Kälte aufstieg. Auch die vielen Demütigungen und Beschimpfungen, die wir abbekommen hatten, erstarrten im frostigen Wind und fielen wie Eiszapfen von uns ab. Der Ausgang war so schmal, dass die Schaulustigen hinter uns sich nicht auf einmal hinauszwängen konnten.

* * *

Die Welt da draußen war still und silbern, ganz so, als wäre sie dafür geschaffen, dass zwei Liebende sich in die Arme fallen und einander wärmen. Jesus und ich, wir zwei Unglücksraben, von allen Annehmlichkeiten dieser Welt verstoßen, hatten nur die eine Sorge: Wir wollten in dieser Nacht nicht getötet werden. Es fühlte sich so an, als wären wir aus einem Tunnel in eine Welt gestiegen, deren Bewohner nur darauf warteten, uns umzubringen, und dass nur Gott wusste, wie es enden würde.

Im Freien ließen uns die Freunde von ihren Schultern gleiten, während sie mit ihren lauten, orientalischen Organen wütende Schreie und Drohungen von sich gaben. Wellen kalter Luft empfingen uns und ließen uns wieder frei atmen. Erleichtert sog ich für eine Weile die kühle Luft ein. Ein Lächeln, wie von einem Kind, das gerade von einer Geburtstagsfeier kam, breitete sich auf Jesus' Gesicht aus. Ich war zwar von oben bis unten mit Blut überströmt, aber der selige Ausdruck auf seinem Antlitz gab mir wieder Kraft. Ich war doch nicht wie er, der vor zweitausend Jahren all diesen Schmerz über sich ergehen lassen und die Hölle durchlebt hatte. Ich konnte die Angst nicht, wie er, aus meinem Herzen vertreiben. Ich weiß nicht, vielleicht empfand er ja auch Angst, aber seine imposante Prophetengestalt war für alle undurchschaubar. Oder barg er in seinem Herzen vielleicht eine göttliche Kraft, die diese Angst gewissermaßen abfrieren ließ, wie meine Füße in den Gummischuhen im Winter, als ich noch ein Kind war? Wir gingen weiter, begleitet von unseren hilfsbereiten Engeln. Ein eisiger Wind schlug mir ins Gesicht. Meine Zähne begannen zu klappern, die Kälte schien tödlich. Mein Mund stand offen und fror in dieser Position ein. Einer der Freunde schob mir die Kinnlade zu. Jesus wollte nicht, dass wir uns trennten, denn er sah meinen schrecklichen Zustand. Mit einem Kopfnicken deutete er mir an, dass ich durchhalten solle. Mir fehlte die Kraft, Jesus zu sagen, was ich dachte, nämlich, dass es leichter sei, ein Kreuz an einem sonnigen Tag auf einen Berg zu schleppen, als hier an diesem schneebedeckten, eiskalten Ort ums Überleben zu kämpfen. Ich hob den Kopf und sah vor mir einige Bars, Restaurants und Tanzlokale, von deren Vordächern Eiszapfen wie Speere hinunterhingen. Sie ragten so weit hinab, dass die Passanten ihnen ausweichen mussten. Da waren Betrunkene, die nicht auf diesen Eisvorhang achteten. Sie stießen dagegen und die Gebilde zerbarsten am Boden wie Glas. Jesus und ich mussten nicht befürchten, gegen diese eng aneinandergereihten Eiszapfen zu stoßen, denn wir waren viel kleiner als die meisten Bewohner dieses Landes. Ich weiß nicht, wie es Jesus ging, aber ich hatte vor Kälte jegliches Gefühl in meinen Armen und Beinen verloren. Ich fragte mich, warum nicht auch ich meinen buschigen Schnurrbart abrasiert hatte, so wie die Menschen in diesem Land, denn mein Oberlippenbart hatte sich zu einem Vogelnest aus Eis verwandelt. Ich war mir sicher, dass ich mit dem weißen Oberlippenbart und meinen reifüberzogenen Augenbraunen viel älter aussah, als ich eigentlich war. Zwar war mir unsäglich kalt, aber ich wünschte mir, dass mich der Frost noch so lange weiter einhüllen würde, bis man mich nicht mehr als einen Fremden identifizieren konnte. Ich hatte keine Sorge, in der Kälte zu sterben, denn ich hatte meinen Unterleib mit einem dicken Filzstoff gut eingewickelt. Mein Vater hatte mir einst beigebracht, dass man im Schnee nicht so leicht sterben würde, wenn der Unterleib gut verpackt und warmgehalten war. Dazu sagte er: »Für Leute, die eine lange Reise durch den Schnee vor sich haben, ist es wichtig, noch bevor man sich dicke Wollsocken über die Füße streift, sich noch dickere Socken über die Eier zu ziehen.« Diese Socken nannte man bei uns ›Eiersocken‹. Dem Himmel sei's gedankt, ich habe diese Socken noch schnell anziehen können, bevor ich Jesus gefolgt war. Der Schnee erinnerte mich an meine Schulzeit in unserem Dorf, als mir meine Mutter einen speziellen Hodenwärmer angefertigt hatte, weil sie besorgt gewesen war, ich könnte auf dem langen Schulweg durch den Schnee erfrieren. Und je älter ich wurde, umso größer wurden diese Socken. Meine Mutter sagte immer: »Warte, bevor du hinausgehst, muss ich dir die Haltegummis an deinen Oberschenkeln festmachen.« Diese Erinnerung gab mir Kraft und ich wollte lächeln, so wie Jesus, aber meine Lippen gehorchten mir nicht mehr. Ich dachte, wenn Jesus keine Wunderkräfte besäße, wären seine Hoden an seinem dünnen, nahtlosen Gewand schon längst festgefroren. Aber vielleicht waren sie es bereits, und er sagte nur nichts. Ich blickte zurück und sah die Statuen dreier wilder Pferde vor dem Tanzlokal. Ich beneidete sie darum, nicht lebendig zu sein, so wie wir. Aus ihren Nüstern und Mäulern hingen Eiszapfen herunter bis zum Fuß des Brunnens, in dessen Mitte sie standen.

Die Leute strömten aus allen Richtungen ins Stadtzentrum. Sie kamen mir vor wie Schatten in einer verborgenen Ecke meiner Gedanken. Ich kämpfte darum, mich auf den Beinen zu halten, und beschäftigte mich dazu bewusst mit der Umgebung. Nebel senkte sich allmählich herab; er umgab uns wie ein weißer, durchsichtiger Vorhang und ließ die Laternen wie schwachglimmende Punkte erscheinen. Sie erinnerten mich an das Lesen alter Geschichten und Erzählungen, die solche Bilder in mir entstehen ließen. Die nackten Bäume, die uns umgaben, machten den Eindruck, als würden sie für immer schlafen und nie mehr erwachen wollen. Eine einzige Farbe herrschte vor: Weiß. Und sie machte mich verrückt. Die Farbe Weiß, die eigentlich allgemein beliebt ist, schien hier allein das Sagen zu haben. Um Jesus und mich stand eine Menschenmenge. Sie bildete einmal die Form eines Rings, hatte dann wiederum keine genau definierbare Form. Ich hatte den Eindruck, dass sich diese ›Mauer‹ für uns öffnen würde, damit wir beschützt voranschreiten könnten. Aber wohin, fragte ich mich, wohin? Ich schreckte aus meinen Gedanken hoch. Der uns begleitende Pulk, die jungen Männer, unsere Beschützer und Freunde, drängten Jesus und mich voran in Richtung der hohen Gebäude und Kirchen. Mit einem Mal wirbelte der Wind den Schnee um uns herum auf. Ich wünschte mir, er würde noch stärker werden, um uns zu verstecken und zu retten. Von fern hörte ich die Sirenen von Rettungs- und Polizeiwagen, und ich fragte mich, ob sie angebraust kamen, um uns zu helfen, oder ob sie sich um andere unangenehme Vorfälle kümmern mussten. Die Luft war katastrophengeschwängert. Seit ich hier Asyl beantragt hatte, träumte ich ohnehin dauernd vom Ende der Zeit: dem Schmelzen von Gletschern, dem alles entscheidenden letzten Sturm, von der Flucht zu den Häfen, um das letzte Schiff zu erreichen, dem Kampf gegen verheerende Flutwellen und davon, sich auf eine kaputte

Arche zu begeben, neben all den verschiedenen Tieren und Vögeln, und auf den hohen Wellen zu reiten, bis das Schiff auf dem Berg Dschudi landet. Und wenn mich die Kälte aufweckte, die durchs offene Fenster meines Zimmers im Flüchtlingsheim drang, war ich schweißgebadet, als wäre ich mit der Arche Noah, samt allen Tieren und Vögeln, versunken.

Es hieß, dass heute Nacht eine der kältesten Nächte des zwanzigsten Jahrhunderts sein würde und es besser wäre, zu Hause zu bleiben und nicht auf die Straße zu gehen. Ich versuchte, Jesus zu überreden in das Flüchtlingsheim zurückzukehren, aber vergebens. Mit größter Mühe bewegte ich meinen Mund, um unseren tapferen, solidarischen Freunden zu sagen, dass alles getan werden müsse, damit Jesus nicht in die Hände der Polizei gerate, denn er hatte keine Papiere. Ich sagte, wenn die Rassisten nicht in der Nähe seien, wäre es an der Zeit, auf der Stelle das Flüchtlingsquartier aufzusuchen. Aber zu Fuß, denn es war schwierig, in der Neujahrsnacht ein Taxi zu bekommen. Doch ich merkte, dass die schwarzhaarige Bande eine Gelegenheit suchte, sich an den Rassisten zu rächen. In Wahrheit war ein Zwist zwischen türkischen Fanatikern und Kurden aus dem Norden, den Kurmancis, ausgebrochen, aber die Eskalation hatte sich verwandelt in einen Krieg zwischen den einheimischen Rassisten und den schwarzhaarigen Fremden. Ich beneidete zutiefst die freilaufenden Katzen und Hunde, die in dieser ereignisreichen Silvesternacht inmitten der lauten Musik und der Kälte gut miteinander zurechtkamen. Sogar diese Tiere hatten eigene Dokumente und Papiere; es gab einen Arzt, einen Friseur und volle Futterregale in den Supermärkten, nur für sie. Sie bekommen ein Fressen, das viel gesünder und geschmackvoller ist als der

Müll, den arme Völker wie meines zu fressen kriegen. Die Tiere haben sogar ihren eigenen Friedhof. Wenn sie tot sind, wird ihre Identität auf einem Grabstein verewigt. Die Hunde und Katzen riechen gut und wissen, dass sie im Abendland gewaschen werden, bei uns hingegen werden sie für unrein und schmutzig erklärt, selbst Gott hat ihnen den Rücken zugekehrt. Die Besitzer dieser Tiere, die sie mit Zuwendung großziehen, kennen viel bessere Erziehungsmethoden als die Lehrer, Eltern und Sippen in meinem Land. Hie und da kamen die Hunde näher zu uns und schnupperten an Jesus, der stehenblieb und sich krümmte, entweder wegen der Kälte oder wegen einer schmerzenden Wunde.

Ich hielt seine Hand fest und eine eigenartige Wärme floss durch meinen Körper, als hätte er einen unsichtbaren, göttlichen Handschuh übergezogen. Ich fragte Jesus, warum er sich so krümmte, ob er denn Schmerzen hätte. Er deutete mit der Hand zwischen seine Beine und murmelte etwas vor sich hin, was ich nicht verstand. Er schien nicht darüber sprechen zu wollen. Ich merkte, dass ihn nichts trösten konnte. Ein Prophet, der einen so langen Weg zwischen Himmel und Erde zurückgelegt und den Allmächtigen angefleht hatte, den Menschen und der Welt beistehen zu dürfen, aber nach ein paar fried- und liebevollen Predigten gedemütigt, geschlagen, beschimpft und bespuckt wurde. Ich konnte seine tiefe Enttäuschung spüren, die ihn zum Schweigen gebracht hatte. Auch sein friedlicher Gesichtsausdruck war beinahe ganz verloschen. Seine Augen waren von einer Trübsal erfüllt, die nur bei jenen Menschen zu sehen ist, die eine bittere Niederlage durchlebt haben. Ich spürte auch, dass er sich schämte, vor meinen Augen von der Meute erniedrigt worden zu sein.

Auch ich wurde schlecht behandelt, aber ich dachte, es sei ein großer Unterschied, jemanden wie mich zu erniedrigen, der keine Identität und keine Heimat hat, oder jemanden, der im Namen Gottes vom Himmel herabgestiegen war.

Ich hatte ihm doch von vornherein gesagt, dass der Traum von einer Erlösung und ihre Verkündigung nichts wert sei. In so einer Nacht, in der die Menschen nur an den Rausch denken, kann kein Sieg davongetragen werden. Aber er hatte ein göttliches Vertrauen in sich. Schließlich war er für das Heilige herabgestiegen; der ganze Himmel wartete bereits auf seine triumphale Rückkehr und es gehörte sich nicht, auf einen naiven Menschen wie mich zu hören. War ihm doch schließlich eine Nacht der Wunder gewährt worden und er musste das Versprechen einlösen. Er konnte ja nicht vor Gott, allen anderen Propheten und Engeln stehen, sein Scheitern zugeben und ihnen dabei erklären, die Menschen würden auf völlig seelen-, herz- und lieblose Weise ihr Dasein fristen. Es drängte mich, ihn zu fragen, ob er heute Nacht und die weiteren Nächte neben mir ausharren wolle oder ob er mit gebrochenem Herzen und mit leeren Händen wieder in den Himmel aufsteigen würde. Als wäre es ihm gelungen, in mein Herz zu schauen und meine Frage zu hören, drückte er sanft meine rechte Hand. In diesem Augenblick stand ich mit Herz und Seele hinter Jesus. Mein Mitgefühl für ihn entfachte ein Feuer in meinem ganzen Körper, sodass ich die Kälte für eine Weile vergaß. Die Frage, ob irgendwann die Apokalypse anbrechen würde, stellte ich mir gar nicht mehr. Ich hatte Jesus bereits mitgeteilt, dass man nicht auf die Endzeit warten müsse. Sie sei bereits da – der Untergang findet jeden Tag statt.

* * *

Ich hatte zwar in meinen Träumen, im Leben, in den Büchern und in Filmen zerstörerische Katastrophen und deren Folgen zu sehen und zu spüren bekommen, aber niemals hätte ich mir eine dermaßen schwarze Nacht ausgemalt. Es hätte mich auch nicht gewundert, wenn in dieser Nacht der fallende Schnee alle Wege versperrt, alle Gebäude zum Einsturz gebracht, die Lichter gelöscht oder die Kälte alles gesprengt und die Zeit zum Stillstand gebracht hätte. Und dann wäre eine alles wegspülende Flut gekommen, gewaltiger als diejenige zu Noahs Zeiten. Ich fragte mich, wie die Welt enden würde: im Eis erstarrt, in Feuersbrünsten verbrannt oder untergegangen in einer Sintflut? Vielleicht aber auch durch alles gemeinsam?

Der eisige Wind wurde immer stärker und wurde schlussendlich zu einem erbarmungslosen, tobenden Sturm. Er wehte unbarmherzig die Passanten wie Strohhalme auseinander und drückte die Liebespaare in verschiedene Straßenecken. Wie in meinen Träumen schien diese Nacht endlos zu sein. Die im Sturm davonfliegenden Menschen glichen einer Halluzination, genauso wie das plötzliche Verschwinden unserer schwarzhaarigen Beschützer. Das Einzige, was sich echt anfühlte, war Jesus' Hand, die immer noch in meiner lag. Ich wunderte mich, warum nur er und ich fest am Boden geblieben waren und nicht wie die anderen vom Wind davongetragen wurden. Ohne dass ich diese Frage ausgesprochen hätte, antwortete Jesus:

»Es hat schon seinen Grund, dass unsere Füße am Boden

bleiben und wir Menschen mit der Erde verhaftet sind. Aber hab keine Angst. Es ist einfacher, sich vom Winde wegwehen zu lassen, als dagegen Widerstand zu leisten.«

Ob das nun ein Traum oder die Realität war, ich wusste, dass es nur eine Wundernacht sein konnte, in der ich imstande war, mich einem solchen Sturm zu widersetzen. Ich hatte Jesus an der Hand und zog ihn hinter mir her.

Beim Hafen näherten wir uns einem Schiff, das ordentlich und zuverlässig aussah. Ich sagte:

»Lass uns an Bord gehen und von den Wellen forttragen, weg von hier. Wir lassen die Enttäuschung über unser Scheitern am Ufer zurück und beobachten dann, in reiner Selbstsüchtigkeit, das in den Fluten untergehende Festland.«

Seine Worte gelangten kaum noch an mein Ohr, ein Teil davon wurde vom Wind mitgerissen:

»Niemals, … retten, … es ist schöner … Wir gehen mit unter … Vielleicht werden wir die Einzigen sein, die untergehen werden oder überleben. Heute Nacht wird mein Mysterium den Sturm nicht überdauern. Es wird nicht gelingen. Was für eine bittere Erfahrung.«

»Ah, wie seltsam! Wir werden die zerstörte Welt wiederaufbauen, so wie wir sie haben wollen. Sie wird viel, viel schöner sein als die jetzige!«

»Du und ich? Nur du und ich? Für wen denn?«

»Nein, nicht nur für dich und mich. Ich bin mir sicher, dass wir nicht allein sein werden. Da und dort wird es bestimmt einige Überlebende geben, auch wenn es unwahrscheinlich erscheinen mag. Die Erde ist Naturkatastrophen gewohnt und sie hat schon vieles überstanden.«

»Wenn du es dir aussuchen könntest: Wer sollte überleben? Wer hätte es verdient, nach dem Untergang noch hier zu sein?«

»Menschen, die noch enttäuschter, noch verzweifelter sind als ich. Menschen aus meinem Volk, denen nie gewährt wurde, wirklich zu leben.«

»Das ist wieder egoistisch.«

Ich dachte darüber nach, dass das Schiff viel zu klein war, um all diejenigen zu retten, die ich retten wollte. Es bahnte sich einen Weg durch die Wellen, bis allmählich das Festland und die Berge meiner Heimat in Sicht waren und näherte sich dann dem Ufer. Ich rief meinen Landsleuten zu:

»Steigt ein, beeilt euch, kommt an Bord bevor die Flut euch erreicht!«

»Unsere Berge werden uns wie immer beschützen. Keine Flut und kein Feind kann sie bezwingen«, riefen sie zurück.

Aber die Berge begannen nach einer Weile wie Holzbretter auf der Wasseroberfläche zu schwimmen.

»Niemand hat unser Kommen erwartet, niemand. Selbst wenn dutzende weitere Fluten kämen, niemand würde auf eine weitere Arche Noah warten«, bemerkte Jesus betrübt.

»Dann stimmst du mir also doch zu, dass niemand an einen Erretter oder gar an Wunder glaubt?«

»Mag sein. Es hofft zwar jeder auf einen Erretter, aber wenn man dann als derjenige vor der Türe steht, wird man fortgejagt.«

»Du und ich haben eine Sache gemeinsam: Wir geben unsere Träume nicht auf. Doch wenn wir auf den harten Boden der Realität aufschlagen, wird uns bewusst, dass es nur leere Hirngespinste waren.«

»Meinst du damit, dass du mich auf der Erde in deinem

Traum siehst und ich dich im Himmel als meinen Begleiter habe?«

»Alles ist möglich in diesem mysteriösen Universum. Besonders für jene Menschen, die zerstreut sind und ihre Gedanken nicht ordnen können.«

»Vielleicht hältst du dich für mich, oder ich mich für dich. Es ist ein Spiel, in dem wir ständig die Rollen tauschen.«

»Ich glaube, wir sind beide Opfer von Fantasien, Träumen, Wundern und Geschichten, die man einander erzählt. Sie haben uns verführt, und wir wissen nicht, inwiefern sie der Wahrheit entsprechen oder erfunden sind und uns in die Irre führen.«

»Ich wünschte, es bliebe ein Traum, denn ich kann ihn nicht loslassen. Ich sehe mich in der Rolle eines Retters und könnte mir keine andere vorstellen.«

»Auch ich als ein bedeutungsloser Flüchtling hatte einen Traum, den ich zu erfüllen suchte, woraufhin ich gejagt und dann heimatlos wurde. Das Schlimme daran ist, dass ich an keinen Retter glaube, der die Menschen aus dem Elend erlösen könnte.«

»Und trotzdem hast du mich begleitet, obwohl du genau wusstest, dass ich so einer bin? Sie hätten dich beinahe getötet, und dennoch bliebst du an meiner Seite. Warum?«

»Ich kann es selbst nicht genau sagen. Vielleicht habe ich mich von dem Traum mitreißen lassen, um herauszufinden, wie weit wir kommen würden – du als Messias und ich als Zweifler.«

»Du hast also auch so eine seltsame Sorge wie ich, weil ich die Wette gegen den Himmel gewinnen will, indem ich die Welt und die Menschheit läutere.«

»Ja, das mag sein, aber wie ich schon sagte: Ich bin nicht darauf aus, eine Wette gegen dich zu gewinnen, oder gar erpicht darauf, dich scheitern zu sehen. Nein, niemals!«

»Was für einen Traum hattest du denn, wegen dem du aus deiner Heimat verbannt wurdest?«

»Du musst bedenken, dass jeder Flüchtling auf dieser Welt eine Geschichte hat, wegen der er fliehen musste. Ich bin nicht der Einzige, der versuchte, sich seinen Traum zu erfüllen. Jeder hat seinen Traum, ob groß oder klein. Ich hatte auch so einen unbedeutenden Wunschtraum. Wie ein Narr machte ich Freunde, Fremde, Verwandte und die ganze Stadt verrückt, weil ich alle aufgefordert hatte, in jeder Stadt dieses Landes einen Garten für liebende Paare anzulegen. Einen Ort, an dem die Verliebten geschützt sind und niemand als Sünder verurteilt werden darf.«

»Das heißt, du wolltest, dass sich die Liebe verbreitet. Du strebtest also nach dem, was auch ich säen wollte. Meine Botschaft in zwei Wörtern zusammengefasst würde lauten: ›Liebet einander.‹ Ich frage mich, warum das verboten sein soll.«

»Das wird als die größte Sünde angesehen. Wenn in meiner Heimat, aber auch in vielen anderen Ländern, zwei Menschen einander lieben, dann wird das als schändlich angesehen, aber wenn zwei Menschen einander hassen oder töten, dann findet niemand etwas dabei. Auch zu deiner Zeit gab es einige, die deine Botschaft der Liebe für abscheulich hielten, woraufhin sie dich ans Kreuz nagelten.«

»Das geschah nicht durch die Hände der einfachen Leute. Das war ein von der römischen Staatsmacht geschmiedeter Plan, von ungerechten Richtern und falschen Gottesfürchtigen.«

»Doch, es gab einfache Leute, die dich verraten haben. Sogar deine Jünger haben dich im Stich gelassen.«

»Das ist wahr. Nur sehr wenige blieben bei mir, als man mich am Kreuz zurückließ.«

»Mir geht dein letzter Satz am Kreuz, als du deinen Kopf nicht mehr halten konntest, immer noch nicht aus dem Sinn.«

»Ah, wie oft willst du mir noch jene Tatsache in Erinnerung rufen, vor der ich im Himmel die ganze Zeit fliehen und die ich vergessen wollte?« Jesus liefen plötzlich Tränen die Wangen hinunter. Er wollte meine Hand loslassen und im dichten Nebel verschwinden. Ich hielt ihn zurück.

»Hör mir bitte zu, ich bin einsamer als du. Geh nicht fort«, flehte ich reumütig.

Er wusste, dass ich ihn nicht loslassen würde. Unsere Wünsche, Träume und nicht zuletzt unser eiserner Wille verlangten danach, dass wir beide wie zwei hoch fliegende Adler durch Stürme, Schnee und Regen zu meinem Nest zurückkehren würden. Aber in welches Nest, fragte ich mich, und wo war es? Ich wollte in Erfahrung bringen, ob Jesus die Leiter noch sehen konnte, die in den Himmel ragte. Noch bevor ich meine Frage gestellt hatte, schien er sie bereits in meinem Herzen gelesen zu haben. Er flog schneller als ich, wie auf Wellen reitend. Ich musste ihm hinterhereilen.

»Ich kann die Leiter noch sehen! Der Himmel hat sie noch nicht wieder hochgezogen. Er wird wohl bis zum Morgengrauen warten, und wenn ich bis dahin keinen Fuß auf die erste Sprosse gesetzt habe, wird es zu spät sein.«

Während wir dahinflogen, flehte ich ihn an, mich nicht zurückzulassen. Ich wusste nicht, ob er meine Bitte annahm, denn er antwortete nicht. Ich fühlte mich wie ein alter Adler, dem vom starken Wind die Federn aus den Schwingen gerissen wurden. Als wäre ich verletzt und Blut des Kummers würde aus meinem Schnabel tropfen, bat ich ihn:

»Lass mich nicht allein, mein Nest ist weit weg von hier. Es ist weit entfernt von allen Ozeanen. Selbst wenn ich die Arche Noah besäße, würde ich mein Nest niemals erreichen.«

»Flieg höher, damit wir sehen können, bis wohin die Sintflut reicht!«

»Es ist vergeblich, ich kann nicht mit dir mithalten. Ich werde von einer Welle geschluckt. Ich muss umkehren.«

»Möchtest du mit mir in den Himmel aufsteigen? Obwohl ich mich schämen werde, mit leeren Händen zurückzukehren.«

»Niemand wartet auf mich im Himmel. Auf dich aber schon. Du warst schon immer ein Sohn des Himmels und wirst es auch immer bleiben!«

»Nein, das stimmt nicht. Jeder kann mich begleiten. Meine Sorge ist, wie du sicherlich bemerkt hast, dass ich mit einer Niederlage, einer Schande zurückkehren muss.«

»Aber deine Botschaften sind im Munde von Millionen von Menschen. Sie sind unsterblicher als du selbst. Im Gegensatz zu mir, ob ich nun lebendig bin oder tot, meine Botschaften haben nicht einmal unsere Nachbarn in unserem Viertel erreicht. Wenn ich nun auf meinem Fluchtweg gestorben wäre, hätte diese Nachricht nicht einmal in der letzten Ecke einer unbedeutenden Zeitung gestanden. Ich erachte deine Mission nicht als eine Niederlage.«

»Du machst mich noch betrübter, als ich es ohnehin schon bin«, erwiderte Jesus.

»Sieh nur, wie dieses Licht aus meinem Zimmer in der

Flüchtlingsunterkunft, das dich zu mir gelockt hat, in alle Richtungen strahlt, als wäre es ein leuchtendes Schiff, angedockt an einen Hafen. Es tut so, als wäre es für immer ein Nest zum Bleiben. Es wartet auf mich, als würde das Zimmer nach mir rufen und ich nach ihm.«

»Ich beneide dich, mein Freund. Ich biete dir einen Platz im Himmel an, und du sehnst dich nach deinem Nest im Flüchtlingsheim und vermisst es. Du scheinst innig mit Mutter Erde verbunden zu sein, obwohl du sie leid bist und nur schwarzsiehst.«

»Du solltest mich nicht beneiden! Vergiss nicht, dass du dich für die Menschheit geopfert hast.«

»Das hast du doch auch getan!«

»Nein, ich bin geflohen. Ich warte hier auf ein Stück Papier, das mir eine menschenwürdige Existenz genehmigt, um die von Menschenhand geschaffenen Ländergrenzen ohne größere Schwierigkeiten überwinden zu können. Während ich hier auf dieses Papier warte, schreibe ich die Geschichte über meine Niederlagen und meine Verluste nieder. Es ist bloß eine Geschichte, die wahrscheinlich von niemandem jemals gelesen werden wird. Deine Heimat ist der Himmel, aber mein Schicksal ist es, darum zu kämpfen, dass mir ein Platz auf dieser verdammten Erde zugesprochen wird.«

»Aber jetzt kannst du ja fliegen. Wozu brauchst du da noch Papiere, um Grenzen zu passieren?«

»Du hast vergessen, dass wir bloß zwei Fantasie-Adler sind, die in unseren Träumen fliegen.«

»Herrgott, warum erinnerst du mich daran?! Wenn du ohne jede Hoffnung bist, warum schreibst du es auch noch nieder?«

»Nur um mich zu trösten oder mich vom Schmerz zu befreien. Außerdem wüsste ich nicht, welchen Beruf ich ausüben könnte. Lass mich dir noch etwas sagen: Wo auch immer ich sein werde, wirst du meine Stimme, wirst du die Wünsche meines Herzens hören können, aber ich besitze eine solche Gabe nicht.«

»Dazu werde ich in Zukunft wahrscheinlich nicht mehr in der Lage sein, denn nur für diese Mission habe ich mir deine Sprache und die Sprache dieses Landes vom Himmel geliehen und ich nehme an, diese Gabe wird mir, als Konsequenz für meine Niederlage, wieder genommen werden.«

»Ich habe das Gefühl, dass mein Zimmer mich vermisst.«

»Aber wie soll das gehen? Wie kannst du in diesem Sturm erkennen, dass dich dein Zimmer ruft und auf dich wartet?«

»Sieh doch, mein Fenster steht einladend offen! Die aufgereihten Kerzen brennen immer noch, wie in meinen Träumen. Mein Bruder Jesus, ich erkenne die Kerzen meines Fremdseins. Wenn ich sie nicht selbst auslösche, brennen sie so lange, bis ich die Finsternis aus meiner Seele vertrieben habe.«

»Aber du hast mir noch nicht gesagt, warum du Papiere brauchst, um Grenzen zu überwinden. Von was für Grenzen sprichst du?«

»Zu deiner Zeit waren die Ländergrenzen nicht so stark bewacht. Heute ist das Überwinden von Grenzen, ob übers Meer, über Land oder über die Luft, für viele Menschen ein Ding der Unmöglichkeit.«

Wir flogen weiter, Jesus vorneweg. Er glitt vor mir wie ein erfahrener Adler mit scharfen Augen in das Zimmer hinein und landete elegant, weit von den Kerzen entfernt. Ich aber war dermaßen durcheinander, dass ich mit der Seite gegen das Fenster meines Zimmers schlug und die Scheibe zerbrach. Er faltete seine kräftigen Flügel und fragte besorgt, ob ich mich verletzt hätte. Ich inspizierte meine Wunden und beruhigte ihn:

»Es ist nicht so schlimm. Es ist nichts im Vergleich zu dem Blut, das du damals am Kreuz vergossen hast.«

»Ich sage dir noch einmal: Steig mit mir die Himmelsleiter hinauf, solange sie noch nicht hochgezogen wurde!«

»Nein, es ist unmöglich. Ich kann es nicht.«

»Wieso kannst du das nicht, wenn du doch fest davon überzeugt bist, dass deine Botschaften hier nicht einmal deine Nachbarn erreichen konnten? Worauf wartest du? Was hält dich noch? Du hast hier nichts mehr.«

»Meine Wurzeln reichen tief. Ob das alles nun ein Traum ist oder die Realität, ich bleibe hier.«

»Diese Worte entspringen deiner verdüsterten Seele, du wirst sie immer wiederholen. Aber, sag mir, kennst du einen Menschen, der mit friedlicher Seele einen lebenswerten Ort hier auf Erden gefunden hat?«

»Lebenswert? Der Menschheit ist es sogar gelungen, nicht nur sich selbst, sondern auch allen anderen Kreaturen das Leben zu vermiesen. Sie schafft es, allem und jedem ein bitteres Leben zu bereiten.«

»Ich bin zornig darüber, dass Menschen diese Verwüstung verursacht haben. Ich will es trotzdem nicht wahrhaben, auch wenn du selbst gesehen hast, dass wir von den Leuten gejagt, umzingelt und verprügelt wurden.«

»Richtig, du und ich, wir sind verschieden. Du wolltest die Menschheit retten und wurdest zum Opfer. Und dieses Mal hast du einen weiteren Versuch gewagt, aber vergebens. Sieh doch, der Himmel hat mit dir Erbarmen und will dir anscheinend dabei helfen, es weiter zu versuchen, indem er eine Flut kommen ließ, um die Erde reinzuwaschen. Aber ich zweifle, dass das gelingt. Wie ich schon sagte, der Mensch ist unbelehrbar.«

»Du hast nicht gesagt, warum du und ich unterschiedlich sind.«

»Dir stehen Himmel und Erde offen. Mir aber steht gar nichts offen. Sogar meinem ganzen Volk wird ein Platz auf Erden und in der Menschheitsgeschichte verwehrt. Uns ist kein Boden vergönnt, auf dem wir frei und friedlich leben können. Damals wurdest nur du gekreuzigt, in meinem Fall aber wurde ein ganzes Volk samt seinem Heimatboden gekreuzigt. Seitdem wir existieren, sind wir dazu verdammt, zu bluten. Mein Bruder Jesus, wenn du zurückkehrst, berichte Gott und seinen Engeln, dass auch wir seine Geschöpfe sind und seit langem darauf warten, vom Kreuz genommen zu werden und in den Himmel einziehen zu dürfen.«

»Du vergisst, wenn man ans Kreuz genagelt wird, muss man auch damit rechnen, dass es nicht so leicht sein wird, von dort wieder herunterzukommen.«

»Obwohl du dich eigentlich nicht als jemanden bezeichnen kannst, der kein Glück hatte, auch wenn du sehr viel Leid und Schmerz über dich ergehen lassen musstest. Du sollst ja schließlich nach ein paar Tagen wiederauferstanden sein – wenn es nicht doch irgendein Doppelgänger war, der anstelle von dir gekreuzigt wurde …«

»Was auch immer! Was zählt, ist, dass ich nun endlich weiß, warum niemand meine Botschaft hören wollte. Aber ich werde deine Klage den himmlischen Mächten überbringen. Ich begreife nur noch immer nicht ganz, warum du nicht mit mir gehen willst.«

»Weil ich das Ende der Flut und den Untergang der Erde miterleben will. Abgesehen davon weiß ich, dass ich niemanden retten kann, aber es gibt ein paar wenige Menschen, die mich wiedersehen wollen.«

»Dein letzter Wunsch ist einfach und schlicht.«

»Wie ich auch. Dennoch konntest du mir meinen kleinen Wunsch nicht erfüllen, meine geliebte Meryam wieder zum Leben zu erwecken.«

»Und wenn ich dir sage, dass ich versuchen werde, Meryam und dich zu vereinen, würdest du mich in den Himmel begleiten? Enttäusche mich nicht und lass mich dieses Wunder tun, als Entschädigung für meine heutige Niederlage, die mich vor dem Himmel bis in alle Ewigkeit beschämt hat. Du bist für mich ein liebevoller Begleiter, ich wünschte, du wärest zu meiner Zeit geboren worden oder ich zu deiner.«

»Unmöglich. Ich glaube nicht, dass meine süße Geliebte, die mich deinetwegen auf Erden nicht beachtete, mich nun im Himmel neben dir sehen wird können. Aber natürlich regt sich in mir das gleiche Gefühl, das du mir gegenüber empfindest. Du warst schon immer der wichtigste Begleiter in meinem Leben. Ich hatte auch nie das Gefühl, zum richtigen Zeitpunkt geboren zu sein, und das nicht, weil ich mich für etwas Besseres halten würde. Ich bin auch nur ein Mensch und in mir stecken sowohl ein Teufel als auch ein Engel. Aber mich bedrückt der Gedanke, dass ich vielleicht zu spät oder zu früh auf die Welt gekommen bin. Ich habe noch einen Wunsch: dass du bei mir bleibst und zu einem Flüchtling wirst.«

»Für mich gehörst du zu allen Zeiten der Erde und dem Himmel zugleich an. Und dein Wunsch ist dein gutes Recht.«

»Ich weiß aber selbst nicht, welcher Zeit und welchem Ort ich angehöre. Einer der Gründe für meine Flucht war, nach der Antwort auf diese Frage zu suchen. Und ich werde nicht mit dir gehen, weil du mich gar nicht mitnehmen kannst. Für mich bist du immer noch ans Kreuz genagelt, du hast nur noch die Kraft, deine berühmten Worte auszusprechen.«

»Dann versuche, mich vom Kreuz zu nehmen, damit ich nicht mehr leiden muss. Vielleicht können wir gegenseitig unsere Wunden heilen.«

»Ich wünsche mir so sehr, dich vom Kreuz zu nehmen – ob im Traum oder in der Wirklichkeit durch ein Wunder.«

Ich nahm einen Stuhl, stellte ihn unter das Gemälde an der Wand, stieg darauf, um an die Nägel, die seine Hände und Füße durchbohrten, zu gelangen. Geschickt zog ich sie mit meinen Zähnen aus seinen Gliedmaßen. Mit jedem Nagel entfuhr Jesus ein tiefer Seufzer. Ich hatte Mitleid mit ihm und beeilte mich, seine alten Wunden zu versorgen.

»Du hast viel Blut verloren. Leg dich auf meine Schulter und hab keine Angst. Du bist so entkräftet und ausgemergelt, dass du nur mehr das Gewicht eines Kindes hast«, sagte ich.

»Auch du scheinst selten etwas zu essen«, klagte Jesus.

»Ja, weit weg von der Heimat und den Landsleuten zu leben, bereitet großen Kummer. Es gibt Menschen, ohne die man nicht so einfach leben kann.« Jesus entgegnete:

»Stimmt. Für meine Botschaft der Liebe erntete ich nur Hass und sie ließen mich dafür verbluten. Auch heute Nacht erlebte ich das Gleiche. Ich spüre mich immer noch am Kreuz hängen. Was für eine Hartherzigkeit!«

»Ich denke, wenn wir Liebe schenken mit der Erwartung, dass diese Liebe erwidert wird, werden am Ende alle mit leeren Händen dastehen. Mein Bruder Jesus, kannst du dich daran erinnern, als sie dabei waren, dir die Seele aus dem Leib zu reißen, und du darauf deine Stimme gen Himmel erhoben hast mit den Worten: ›Gott, vergib ihnen, denn sie wissen nicht, was sie tun‹? Zugegeben, ein weiterer Grund für meine Flucht waren deine Weisheiten zu Toleranz und Vergebung.«

»Bedeutet das, du hast mir für deine unerfüllte Liebe zu Meryam vergeben?«, fragte er.

»Schon seit langem! Es geschah, als ich herausfand, dass Frauen und Mädchen in meiner Heimat ohnehin nicht wegen dir Todessehnsucht haben.«

Sanft und liebevoll legte ich ihn auf das Bett meines Mitbewohners, der ab und zu wie ein Geist zum Schlafen auftauchte, und dann wieder für lange Zeit verschwand. Ich wischte Jesus mit einem feuchten Lappen das Blut aus dem Gesicht und von der Brust.

»Ich habe das Gefühl, dass ich seit zweitausend Jahren am Kreuz hänge. Gedankt sei dir, dass du mich heruntergeholt hast. Es ist seltsam, dass sich niemand bis jetzt auf diese Weise um mich gekümmert hat.«

»Du bist sehr erschöpft. Der Morgen ist nahe, schlaf ein wenig. Ich werde das zerbrochene Fenster mit Karton abdecken, damit dir nicht kalt wird.«

»Auch du scheinst müde zu sein, deine Augen sehen aus wie zwei Teiche voller Blut.« Jesus sah mich an.

»Mein Bruder Jesus, es ist wahr, ich schlafe kaum. Jede Nacht halte ich Wacht über die schlafende Welt. Meine Nachtruhe ähnelt einer Ohnmacht. Und wenn ich endlich einschlafe, packen mich Albträume am Kragen, ganz so, als wäre ich mitten in der Hölle. Vor der heutigen Nacht träumte ich immer wieder vom Weltuntergang, dem Jüngsten Gericht und deiner Rückkehr. Obwohl ich an keinen Erlöser glaube, sehnt sich mein Unterbewusstsein auf besondere Weise nach dir. Auch wenn tatsächlich einer käme, würde er nichts erreichen können, denn die von Hass erfüllten Seelen sind stärker. Du hast es heute Nacht selbst erlebt. Vielleicht sind manche noch auf der Suche nach dir, wie Jäger, die der Spur eines angeschossenen Rehs folgen, das sie fangen und aufschlitzen wollen.«

»Das heißt, du denkst immer noch, dass das, was mit uns heute Nacht geschah, nur ein böser Traum war?«

»Auch wenn es nur ein böser Traum war, bedeutet das für mich, dass ich immerhin noch lebendig bin. Manche Leute gehen zum Seelenklempner, wenn sie nicht träumen. Und mein heutiger Traum war ja noch ein schöner Ausflug im Vergleich zu den anderen Träumen, die mich bislang heimsuchten. Ruh du dich jetzt aus und vergiss das alles.«

»Ich will aber nicht, obwohl ich mich noch nie zuvor in meinem Leben so sehr nach tiefem Schlaf gesehnt habe. Ich bestehe darauf, dass du mich in den Himmel begleitest. Sieh doch, die Leiter wartet noch auf uns und ich meine, dass es unser Schicksal ist, gemeinsam, so blutbeschmiert und erschöpft wie wir sind, in den Himmel aufzusteigen. Und du könntest deinen Kummer persönlich dem Himmel mitteilen und deine Beschwerden vorbringen.«

»Oder aber du könntest dein Schicksal ändern: Bleib hier bei mir und werde zum letzten Flüchtling auf Erden. Beginne zu Neujahr, zur Geburt des neuen Jahres ein neues Leben! Du wurdest, gegen deinen Willen, als Säugling zum ersten Flüchtling der Menschheitsgeschichte, und nun kannst du selbst dein Schicksal bestimmen und deine himmlische Bestimmung als Prophet aufgeben. In den Augen der Menschen da draußen sind wir beide gleich, nämlich: ohne Papiere. Der Unterschied zwischen dir und mir ist, dass du bewusst vom Himmel herabgesandt wurdest, aber ich bin, oder besser: mein Volk ist vom Himmel, ohne dass der Schöpfer es wusste, also mehr aus Versehen, auf diese Erde gefallen. Auf ein Stück Land, an dem von vier Seiten gezerrt wird und dessen Existenz unter den Teppich der Vergessenheit gekehrt wird. Und jetzt bin ich an einem Ort gelandet, wo die Leute gelassen ihr Leben bestreiten und mit großem Stolz behaupten, der Boden, auf dem sie stehen und leben, sei ihr Eigentum. Seit ich denken kann, hatte ich nie eine Art von Zugehörigkeit zu Mutter Erde verspürt. Ständig musste ich, beschämt, traurig und verängstigt, meine Spur durchs Leben bahnen und mich vor den Leuten verstecken, als wäre ich ein Außerirdischer. Sogar das Haus, in dem ich aufwuchs, war mir fremd. Ich konnte nie begreifen, warum so viele in dem Glauben waren, sie würden eine Heimat *besitzen.* Meine Mutter pflegte oft zu sagen: ›Mein Sohn, es lohnt sich nicht, schwere Lasten auf den Schultern durchs Leben zu tragen. Denn wir sind als fremde, arme Menschen auf die Welt gekommen und wir werden als fremde und arme Menschen diese Welt wieder verlassen. Alles, was wir ins Grab mitnehmen, ist ein weißes Leichentuch.‹ …

… Mein Bruder Jesus, was ist los? Du bist doch noch nicht in einen tiefen Schlaf hinübergeglitten? Schon haben deine Pupillen begonnen, zu vibrieren und zu zucken, als würden sie fliegen. Ich werde dich und deine Träume bewachen. Wenn ich nicht selbst in Ohnmacht falle, würde ich dich gerne beobachten, um zu erfahren, wie Propheten schlafen und ob ihre Träume sie zum Lachen oder zum Weinen bringen. Ich werde weiterhin zu dir sprechen, denn es heißt, schlafende Menschen können durch die Seele alles hören. Du krümmst dich, zitterst und legst deine Hände schützend auf deinen Kopf und das Gesicht, als würde eine Peitsche auf dich einschlagen und ein Feuer in deiner Seele entfachen. Mein erschöpfter Freund, wie konntest du so schnell in einen schmerzerfüllten Schlaf voller Albträume stürzen? Nun bin ich an deiner Stelle. Ich trage das Kreuz auf den Schultern und mache mich auf den Weg, den Berg hinauf, zur Kreuzigungsstelle, wo ich dich zuvor heruntergenommen habe. Der weite Leidensweg führt mich in das Gemälde hinein. Deine Albträume pochen in meinen Adern. Ich zähle all die Steine, die auf deinen Kopf und deinen geschundenen Körper geworfen werden, spüre ihren unbarmherzigen Aufprall. Schlimmer noch als die Hartherzigkeit der dich bespuckenden Menschen ist dieser unsägliche Platz, der in dem Gemälde für dich reserviert ist. Die Dornen deiner Krone durchbohren meinen Kopf wie die demütigenden Worte der Schaulustigen. Unter der Last des schweren Kreuzes schlitzen die Peitschen meine Haut auf und ihr Schnalzen lässt mich taub werden. Ich kann das schale Blut in meinem Mund schmecken, falle auf die Knie und versuche, wie ein ausgemergeltes Pferd, dessen Beine ihm nicht mehr gehorchen, mich wieder aufzurappeln. Meine stillen Schreie verhallen ungehört. Mein geduldiger Bruder Jesus, dein Traum ist tödlich und übersteigt das, was ich ertragen kann. Es gelingt mir nicht, auszuhalten, was du über dich ergehen lässt. Ich bin kein Erlöser und werde auch nie einer sein. Ob es ein Traum ist oder nicht, bitte lass mich nicht so leiden.

Mein Bruder Jesus, wenn die Engel der Träume dich lieben, bitte sie um einen schönen Traum. Ich habe hier vielleicht nur noch die Freiheit, einen neuen Namen anzunehmen und in einem neuen Land zu leben. Das ist das Einzige in meinem Leben, das ich genießen kann: Hier habe ich die Wahl und die Freiheit, Anhänger Jesu, Mose, Mohammeds oder ein Buddhist zu werden. Hier darf niemand Gott spielen, um mich zu verurteilen. Du könntest das Gleiche machen wie ich! Schläfst du schon? Bewege deine Augen, wenn du mich hörst. Anscheinend verstehst du meine Sprache nicht mehr. Aber die Sprache der Schmerzen und des Leidens sind universell. Die gleiche Sorge und der gleiche Kummer, das gleiche Bestreben ließen uns beide den gleichen Albtraum und die gleiche Niederlage erleben. Lass mich nicht allein zurück und enttäusche mich nicht. Bitte sei mein Begleiter auf dem Leidensweg. Lass mich nicht mit diesem schweren Kreuz auf den Schultern allein. Es ist noch nicht das Ende, die Flut schwillt erst an. Auch die Sterne hinter den Wolken fürchten sich vor etwas Unheimlichem, sie drehen sich und wollen nicht verlöschen. Die Himmelskörper und alle Geschöpfe des Himmels beobachten uns still. Ich bin erst am Fuße des Berges, bleib bitte noch ein bisschen. Ich habe noch einen langen Weg vor mir. Er ist weiter als der Weg zurück in die Gebärmutter. Lass ein Wunder geschehen, sodass wir gemeinsam gekreuzigt werden. Das ist würdiger, als sich in den Himmel zurückzuziehen und der Erde den Rücken zuzukehren. Einer Erde, die mitsamt den Menschen ins Nichts stürzt. Beim Himmel, den du über alles liebst, flehe ich dich an, setze deinen Fuß nicht auf die erste Sprosse. Nein, Jesus, du sollst zum Abschied weder weinen noch zurückblicken. Ich weiß, wie enttäuscht du von der

Welt und wie wütend du auf ihre Bewohner bist. So gebührt es sich für einen Propheten. Ich höre die Stimme in deinem Herzen, die mir sagt, dass du es eilig hast, vor dem Morgengrauen den Himmel zu erreichen, um ihn zu bitten, die Flut zu stoppen, damit wir nicht untergehen. Nein, du scheinst mir nicht zuzuhören, dein Herz beherbergt ein geheimes Vorhaben, von dem nur du und der Himmel wissen …

… Wie ein verwundeter Tiger steigst du langsam die Leiter hinauf, bis du meinen Augen entschwindest. Bevor ich mit meinem Kreuz auf den Schultern deinen nun leeren Platz auf dem Gemälde erreiche, versuche ich vergebens, dich aufzuwecken, weil ich nicht hinnehmen kann, dass das alles hier endet. Ein Ende, das ich eigentlich nicht verdient habe, aber werde ertragen müssen. Ich könnte vielleicht wie du den Berggipfel erreichen, ans Kreuz genagelt werden und bis zu meinem letzten Atemzug Blut verlieren, aber niemand würde ein Gemälde aufhängen, das mich als Gekreuzigten darstellt, denn es ist allein dein Platz. Seit jeher gebührt dieser Platz nur dir. Und du wirst noch für sehr lange Zeit der König des menschlichen Verstandes und der Herzen bleiben, und auch der Eroberer des Herzens meiner geliebten Meryam, die mich für dich verlassen hat. Und nun werde ich auch von dir verlassen. Sei mir nicht böse, lieber Jesus, wenn ich dir keine Abschiedsworte nachrufe. Du hast dir noch nicht alle meine traurigen Geschichten angehört. Warum verlasst ihr mich alle? Ihr alle habt mich im Stich gelassen, alle! Nein, ich bin nicht jenes Wesen, das geduldig und herrschaftlich Teil dieses Gemäldes bleiben kann, um von Menschen angehimmelt und angebetet zu werden. Dort ist nur dein Platz. Kehr mir nicht den Rücken zu, warte wenigstens, bis ich gekreuzigt bin und meinen Platz auf dem Gemälde eingenommen habe, damit du auch mich herunterholen und meine Wunden versorgen kannst, wie ich es für dich getan habe. Dann kannst du in den Himmel zurückkehren. Es ist noch zu früh für den endgültigen Untergang. Jeder Tag auf Erden gleicht einem Untergang. Seit einer Ewigkeit leben wir in der Hölle und werden dennoch immer wieder von neuen Höllenfeuern bedroht. Mein Bruder Jesus, hab Erbarmen und Mitgefühl, denn niemand würde verstehen, warum ich nun deinen Platz auf diesem Gemälde eingenommen habe. Sei dir gewiss, dass ich nur vom Kreuz heruntergenommen werde, um noch einmal gekreuzigt zu werden, und mir würde nichts anderes bleiben als zu rufen: ›Mein Gott, mein Gott, warum hast du mich verlassen?‹ …

… Deine blutige Klage blieb bis zum heutigen Tag im Herzen der Erde, des Himmels und vieler Menschen bewahrt. Sie wird für immer, als ewiger Klang, im Wesen der Schöpfung nachschwingen. Mein Klagen aber würde nicht einmal von meinen Nächsten gehört werden. Ein einsamer Schrei, der nur in der Höhle meiner Seele nachhallt. Ein Schrei, der, wie das Blut aus meinem Mundwinkel, meinen ganzen Leib hinunterrinnen würde. Von niemandem gesehen, von niemandem gehört. Niemals, niemals.«

* * * * *

Beginn 1997 in Tampere, Finnland
Abgeschlossen 2012 in Sulaimaniyya, Kurdistan

Vier Fragen an Sherzad Hassan

Das Buch ist, nach fünfzehn Jahren Arbeit am Manuskript, 2012 in kurdischer Sprache erschienen. Welche Resonanz hat es in Ihrer Heimat darauf gegeben?

Seit fünf Jahrzenten experimentiere ich damit, in verschiedenen Genres, darunter auch Übersetzungen vom Englischen ins Kurdische, zu schreiben. Meine bisher veröffentlichten Werke wurden von meiner Leserschaft gut aufgenommen. Das gilt auch für dieses Buch. Mein literarischer Hintergrund und meine Weltanschauung führen vielleicht auch dazu, dass meine Leserschaft weiterhin sehnsüchtig auf neue Werke von mir wartet, insbesondere, wenn sie einen Romantitel mit dem Namen ›Jesus‹ darin liest oder hört. Das ließ durchaus aufhorchen. Abgesehen davon, haben meine Werke bisher bei Literaturkennern, Kritikern sowie den Medien Gehör gefunden, was dem Buch eine breite Aufmerksamkeit verschafft hat. Die hohen Auflagen der verkauften Bücher sprechen für sich. Ich denke, ich kann mich glücklich schätzen.

Was hat Sie dazu gebracht, das Buch zu schreiben?

Dafür gibt es mehrere Gründe: Zum einen beeindruckten mich schon immer die Lebensgeschichte Jesu mit seinen bekannten Lehren, seiner selbstlosen Haltung und seiner Botschaft des Friedens, vor allem aber auch seine tragische Kreuzigung, die zu Dichtungen, großen Kunstwerken und vielem mehr inspirierte. Zum anderen wurde ich im Jahr 1997 von dem internationalen Autorenverband PEN zu einer Konferenz in Finnland eingeladen. Im Grunde bezweckte diese Einladung, mich vor den Konsequenzen der Drohungen der islamischen Fanatiker, die sich tatsächlich hätten bewahrheiten können, zu schützen. Dort habe ich Asyl beantragt. Die lange Wartezeit auf ein Stück Papier, damit meine ich den Asylbescheid, der dich offiziell als Mitbürger ausweist, entfachte in mir das Feuer, mit dem Schreiben dieses Romans zu beginnen.

Zu jener Zeit wurden Stimmen lauter, die behaupteten, dass Jesus im Jahr 2000 vom Himmel herabsteigen würde, um diejenigen, die an ihn glauben, zu erretten. Man sagte, er würde als Messias zurückkehren und die Menschen vor dem Untergang bewahren. Ich habe mir gedacht, es wäre eigentlich nur gerecht, wenn er mich, den Asylwerber, zuerst besuchen würde. Und so habe ich mich von meiner Fantasie leiten lassen.

Darüber hinaus beschäftigte mich während dieser Zeit des Wartens die Frage, warum so viele Menschen in schwierigen Zeiten, in ökonomischen und gesellschaftlichen Krisen oder wenn sie Naturkatastrophen befürchten, immer auf den Beistand einer Erlöserfigur hoffen. Warum gehen die meisten Religionen überhaupt von einen gottgesandten Retter aus? Aber auch säkulare Ideologien haben eine ähnliche Vision, nämlich diejenige, das Paradies auf Erden zu errichten. Selbst die Oktoberrevolution in Russland versprach die Verwirklichung eines solchen Traums. Alle politischen Ideologien dieser Welt propagieren, die Menschheit retten zu wollen oder zu können. Sie sind zweifelsohne Verkäufer von Träumen, deren Erfüllung sie zugleich versprechen.

Meine Absicht mit diesem Roman war es unter anderem, die Idee des Erlösers und Wundermanns in Frage zu stellen, der uns angeblich von allem Elend befreien könne. Wozu ich anregen wollte, ist, dass an der Entstehung eines Umfelds gearbeitet werden sollte, in dem der Mensch die Möglichkeit hat, selbst sein eigener Messias zu werden. Das gilt besonders für ärmere Länder, in denen der Analphabetismus weit verbreitet ist und in denen nur wenige Bildungsmöglichkeiten gegeben sind. Genau dort ist der Glaube an die Rückkehr eines Retters am größten. Dagegen möchte ich angehen und ich versuche zu vermitteln, dass der Erlöserglaube reines Wunschdenken ist. Und möchte ich aufzeigen, dass jede Gesellschaft, die stets nur auf einen Retter wartet, nicht in der Lage ist, selbst die Zügel in die Hand zu nehmen, um die Richtung seiner Geschichte und seines Schicksals zu steuern. In den Gesellschaften, wo mehrheitlich an einen Messias geglaubt wird, ist gelebte Individualität eine Seltenheit.

Schon in der fernen Vergangenheit war es so – und ist es bis heute –, dass der Großteil der Menschheit dazu neigt, auf einen Erlöser zu warten, um der Hölle zu entgehen, in der sie sich auf Erden befindet. Dieser Zustand wurde und wird von Religionsvertretern ausgenutzt: Sie insistieren darauf, dass auf der Erde das Elend vorherrscht und die Zeit erfüllt ist von Katastrophen. Darum, sagen sie, werden die Gläubigen im Himmel mit einem friedlichen Paradies als ihrer letzten Heimat entschädigt werden. Das Versprechen eines paradiesischen Zustands ist fast in allen Ideologien zu finden: Eine Aussicht, mit der sie die gutgläubige Masse verführen. So wurde dieser Roman geboren.

Ist das Buch als Religionskritik zu verstehen?

Ja, zweifelsohne. Ich kritisiere jede Religion, die ein freies Leben der Menschen verneint oder sie nicht leben lässt. Ich bin ein harter Kritiker jeder Religionsform, die im Namen Gottes

Blutbäder anrichtet. Aber ich wende mich auch gegen jegliche politische Macht, die die gleiche Vorgehensweise pflegt. Wie ich schon erwähnte: In diesem Werk beabsichtige ich unter anderem, die Existenz eines Erlösers in Frage zu stellen. Jede Religion kreiert einen Messias, um die Masse mit der Versprechung anzulocken, die Menschen aus ökonomischen, gesellschaftlichen und politischen Krisen zu erlösen, oder um die Angst vor dem Feuer des Jenseits oder schlichtweg die Furcht vor dem Ungewissen zu schmälern. Religionen können ohne eine Erlöserfigur nicht existieren.

Der Roman beinhaltet aber auch Kritik an anderen Dingen, zum Beispiel an der Todessehnsucht, die im Orient gepflegt wird, wie auch an den Gründen für den weitverbreiteten Rassismus und dem bedingungslosen, hysterischen Bekenntnis zu einer Konfession, für die Menschen bereit sind, sich in die Luft zu jagen. Aus all diesen Gegebenheiten gehen nur Hass und Gewalt hervor.

Ich möchte in diesem Zusammenhang auf ein ›goldenes‹ Zitat von Karl Marx hinweisen: »Die Kritik der Religion ist die Voraussetzung aller Kritik.«

Was denken Sie, inwieweit werden deutschsprachige Leser das Buch anders lesen als kurdische?

Bestimmt unterscheiden sich die Mentalität und die Lesegewohnheiten der deutschen Leser im allgemeinen von den unsrigen im Orient. Es ist auch schwierig für mich zu sagen, inwiefern Deutschsprachige anders lesen als Kurden. Aber die Geschmäcker sind individuell. Auch der Titel könnte die Neugier der deutschsprachigen Leserschaft erwecken, wenn sie herausfinden will, mit welcher Intention ein orientalischer beziehungsweise kurdischer Autor die Figur Jesus zum Protagonisten in einem literarischen Werk macht. Oder vielleicht kommt bei der Leserschaft die Frage auf, aus welchem Grund der Autor nicht etwa Moses oder Mohammed gewählt hat. Selbstverständlich würde ich mich freuen, die Aufmerksamkeit der Leserschaft, aber auch der Literaturkenner und -kritiker zu erwecken. Ich würde sagen, lassen wir uns überraschen und optimistisch sein.

Anmerkung

Zitat, Seite 62: Der zweite Satz von Al-Hallādsch wurde zitiert nach Annemarie Schimmel: *Al-Hallādsch – »O Leute, rettet mich vor Gott«. Texte islamischer Mystik.*

Die Originalausgabe erschien 2012 mit dem Titel
دوا شەوی دابەزینی عیسا
(Dwa shawi dabazini Isa)

Deutschsprachige Erstausgabe

www.klingenbergverlag.at

Umschlagbild: Saman Kareem Ahmed
Gestaltung, Satz: Paul Klingenberg
Druck und Bindung: Finidr, Tschechien
Papier: Holmen 70g
Gedruckt auf FSC-zertifiziertem Papier

Dank an: Laura Schuler, Lisa Handler,
Michael Kanofsky, Karolin Türk, Daniel Weber

ISBN 978-3-903284-13-5
Printed in the European Union

Mit freundlicher Unterstützung von
Stadt Graz

GRAZ